LE JOUEUR
Extrait des carnets d'un jeune homme

Titre original
Igrok

© ACTES SUD, 1991
pour la traduction française
et la présentation
ISBN 978-2-7427-2821-3

FÉDOR DOSTOÏEVSKI

LE JOUEUR

EXTRAIT DES CARNETS D'UN JEUNE HOMME

nouvelle traduction d'André Markowicz

Lecture d'André Comte-Sponville

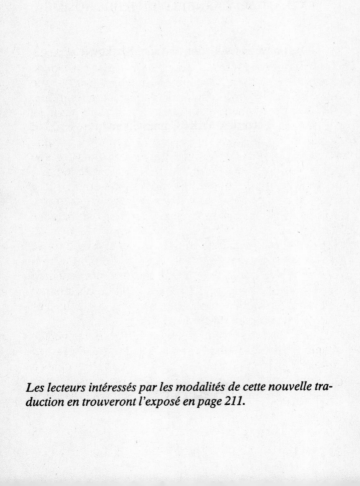

Les lecteurs intéressés par les modalités de cette nouvelle traduction en trouveront l'exposé en page 211.

— Comment nous arranger ? ajouta-t-il. Il faut changer cela en thalers. Tenez, prenez donc cent thalers, pour faire un compte rond – le reste ne sera pas perdu, cela va de soi.

Je pris l'argent sans rien dire.

— Et, je vous le demande, ne soyez pas fâché de ce que je vous ai dit, vous êtes tellement susceptible... Si je vous ai fait cette remarque, c'est, n'est-ce pas, pour vous mettre en garde, et j'ai, pour ainsi dire, un certain droit...

Rentrant avec les enfants avant de passer à table, j'ai croisé toute une cavalcade. Ils étaient partis visiter je ne sais quelles ruines. Deux landaus somptueux, des chevaux magnifiques. *Mlle Blanche* dans un landau avec Maria Filippovna et Polina ; le petit Français, l'Anglais et le général sur leurs montures. Les passants s'arrêtaient et regardaient ; l'effet était obtenu ; sauf que le général ne s'en tirera pas comme ça. J'ai compté qu'avec les quatre mille francs que j'ai ramenés, et en y ajoutant ce qu'ils ont eu, sans doute, le temps de dénicher ici, ils disposent maintenant de quelque chose comme six ou sept mille francs ; trop peu pour *Mlle Blanche.*

Mlle Blanche s'est arrêtée dans le même hôtel que nous, avec sa mère ; pareil pour le petit Français. Les laquais lui donnent du "Monsieur le comte", la mère de *Mlle Blanche* est créditée d'un *Madame la comtesse* ; et même, c'est peut-être vrai qu'ils sont vraiment un *comte* et une *comtesse.*

Je me doutais bien que *M. le comte* n'allait pas me reconnaître quand nous nous retrouverions à table. Le général, cela va de soi, n'a même pas songé à nous présenter, ou ne serait-ce qu'à me recommander à lui ; quant à *M. le comte,* il a déjà fait un séjour en Russie et il sait bien que ce n'est pas un oiseau de haut vol, ce qu'ils appellent un *outchitel**. Il me connaît très bien, pourtant. Je crois d'ailleurs que je n'y étais pas invité, à ce repas ; il me semble que le général m'avait complètement oublié, sans quoi il m'aurait envoyé à la table d'hôte. Je me suis présenté de moi-même, le général m'a gratifié d'un coup d'œil mécontent. La bonne Maria Filippovna m'a tout de suite indiqué une place ; mais la rencontre avec Mr. Astley m'a sorti d'embarras et, même à mon corps défendant, je suis entré dans leur compagnie.

Cet Anglais surprenant, c'est en Prusse que je l'avais rencontré pour la première fois, dans un wagon où il était assis en face de moi quand je devais rattraper la famille ; ensuite de quoi je l'avais retrouvé à mon entrée en France, enfin en Suisse ; deux fois en deux semaines, et voilà que je le revoyais soudain à Roulettenbourg. Jamais je n'ai rencontré un homme plus timide ; il est timide jusqu'à en être bête, et il le sait lui-même, bien sûr, car il est loin d'être bête. Mais c'est un brave garçon, très doux. Je l'avais fait parler dès notre première rencontre en Prusse. Il m'avait dit qu'il avait visité le cap Nord durant l'été et qu'il avait envie d'assister à la foire de Nijni-Novgorod. J'ignore comment il a connu le général ; j'ai l'impression qu'il est follement épris de Polina. Quand elle est entrée, le rouge lui est monté aux joues – un incendie. Il était très heureux que je me sois assis à ses côtés et il me considère déjà, je crois bien, comme son plus vieil ami.

A table, le petit Français tentait d'en imposer d'une façon incroyable ; il étalait son dédain et sa morgue sur tout le monde. A Moscou, je m'en souviens, c'était

* Précepteur en russe. *(N.d.T.)*

déjà de la poudre aux yeux. Il racontait une masse de choses sur les finances et la politique russe. Le général prenait sur lui, de temps en temps, de le contredire, mais pas trop, juste assez pour ne pas tomber le nez dans le ruisseau.

J'étais dans un état d'esprit bizarre ; bien sûr, avant le milieu du repas, j'avais déjà eu le temps de me poser cette sempiternelle – et éternelle – question : pourquoi est-ce que je me traîne avec le général, pourquoi ne l'ai-je pas quitté depuis longtemps ? Je regardais Polina Alexandrovna de loin en loin ; elle ne me remarquait pas le moins du monde. Tout cela finit par me faire exploser ; je décidai de me montrer grossier.

Je commençai, brusquement, à brûle-pourpoint, par me mêler à haute voix, et sans qu'on me le demande, à leur conversation. Ce que je voulais surtout, c'était m'en prendre au petit Français. Je me retournai vers le général, et, brusquement, d'une voix claironnante, en lui coupant la parole, je crois bien, je remarquai que, cet été, il était tout à fait impossible pour les Russes de déjeuner aux tables d'hôte des hôtels. Le général m'adressa un regard étonné.

— Si vous avez un tant soit peu d'amour-propre, dis-je, en m'échauffant de plus en plus, vous tomberez toujours sur des insultes et c'est des pieds de nez invraisemblables que vous aurez à supporter. A Paris, sur les bords du Rhin, et même en Suisse, on voit tellement de Polaks à toutes les tables d'hôtes, et puis de petits Français qui compatissent à leurs malheurs qu'il devient impossible d'ouvrir la bouche si l'on est russe.

J'avais dit cela en français. Le général me regardait avec stupéfaction, se demandant s'il devait se fâcher ou, simplement, s'étonner de ce que je me sois oublié de la sorte.

— C'est qu'on vous a déjà dit vos quatre vérités, remarqua le petit Français d'une voix indifférente et dédaigneuse.

— Quand j'étais à Paris, j'ai commencé par avoir des mots avec un Polonais, lui répondis-je, et puis avec un officier français qui soutenait le Polonais. Après quoi une partie des Français m'a soutenu quand je leur ai raconté que j'avais eu envie de cracher dans le café d'un *monsignor*.

— Cracher ? demanda le général, avec un masque de colère plein de grandeur, en regardant autour de lui. Le Français me dévisageait d'un air sceptique.

— Parfaitement, continuai-je. Comme j'ai cru pendant presque deux jours que je serais obligé, peut-être, de faire un saut à Rome pour régler notre affaire, je suis allé au consulat de l'ambassade du Saint-Père, à Paris, pour le visa. Là, j'ai été reçu par un petit abbé, la cinquantaine, tout sec, un air de glace ; il m'a écouté poliment, mais avec une sécheresse inouïe, et il m'a demandé de patienter. Moi, j'avais beau être pressé, je me suis assis, bien sûr, et puis, pour patienter, j'ai sorti *L'Opinion nationale* et j'ai commencé à lire les injures les plus sales contre la Russie. Entre-temps, j'entendais que quelqu'un était passé chez le monsignor par la chambre voisine ; j'avais bien vu mon abbé qui se confondait en courbettes. Je retourne le voir pour refaire ma demande ; il me redit de patienter, et d'une manière encore plus sèche. Un peu plus tard encore, un autre type se présente, mais pour affaire – un Autrichien, il l'écoute et il le fait monter à l'étage tout de suite. Là, je me suis vraiment senti humilié ; je me lève, je viens vers l'abbé et je lui dis très fermement que, puisque monsignor peut recevoir, il peut aussi régler mon affaire. Et là, mon abbé s'écarte de moi, complètement ahuri. Il ne comprenait pas, tout simplement, comment un misérable Russe pouvait se placer sur le même pied que les hôtes d'un monsignor. Avec une telle insolence, comme s'il était heureux d'avoir le droit de m'humilier, il me toise des pieds à la tête et il s'écrie : "Vous pensez vraiment que monsignor laissera son café refroidir pour vous ?" Alors, je me suis mis à hurler encore plus fort que lui : "Eh bien, son café, à votre monsignor, je lui crache dedans ! Si vous ne me faites pas mon passeport dans la minute, j'irai le trouver moi-même."

"Comment ? Pendant la visite du cardinal ?" me crie l'abbé. Il s'écarte de moi avec horreur, se précipite vers les portes et se met les bras en croix comme pour montrer qu'il préférerait mourir plutôt que de me laisser passer.

Alors je lui réponds que je suis *un hérétique et un barbare,* et que, moi, tous ses archevêques, ses cardinaux, ses monsignors, etc., etc., je m'en fiche comme de ma première chemise. Bref, je lui montre que je n'ai pas l'intention de céder. L'abbé me regarde avec une rage indicible, puis il m'arrache mon passeport et il l'emporte à l'étage. Une minute plus tard, j'avais mon visa. Tenez, vous voulez voir ? Je sortis mon passeport et j'exhibai le visa romain.

— Là, vous, quand même… voulut commencer le général…

— Ce qui vous a sauvé, c'est que vous avez déclaré que vous étiez un barbare et un hérétique, remarqua le petit Français avec un sourire en coin. *Cela n'était pas si bête.*

— Et que penser de nos Russes, alors ? Ils restent là, ils n'osent pas piper mot, ils ne demandent qu'à nier qu'ils sont russes, peut-être. Au moins, à Paris, à l'hôtel, j'ai eu droit à un plus grand respect dans le service quand je leur ai raconté ma dispute avec l'abbé. Le gros *pan* polonais, celui qui m'en voulait le plus à notre table d'hôte, il s'est retrouvé bien vite au second plan. Les Français n'ont même pas réagi quand je leur ai dit qu'il y a deux ans de cela, j'avais vu un homme qu'un chasseur français avait pris pour cible en 1812 dans le simple but de décharger son fusil. Cet homme, à l'époque, était un enfant de dix ans, sa famille n'avait pas eu le temps de quitter Moscou.

— C'est impossible, s'indigna le petit Français, un soldat français ne peut pas tirer sur un enfant !

— C'est pourtant ce qui s'est passé, lui répondis-je. Je tiens ce récit d'un digne capitaine à la retraite, et j'ai pu voir moi-même la cicatrice de cette balle sur sa joue.

Le Français se mit à parler plus vite et à grands flots. Le général voulut le soutenir, mais je lui recommandai de lire ne fût-ce que, par exemple, des extraits des *Mémoires* du général Perovski, qui avait été prisonnier des Français en 1812. A la fin, Maria Filippovna parla soudain d'autre chose, pour changer de conversation. Le général était très mécontent de moi parce que le Français et moi nous en étions presque venus à crier. Mais il semble que notre dispute avait énormément plu à Mr. Astley ; en sortant de table, il me proposa de trinquer. Le soir, comme il nous le fallait, j'ai réussi à trouver un quart d'heure pour parler avec Polina Alexandrovna. Notre conversation a eu lieu pendant la promenade. Nous étions tous allés vers le parc du casino. Polina s'est assise sur un banc devant une fontaine et elle a demandé à Nadenka de rester jouer à portée de vue avec les enfants. Moi aussi, j'ai libéré Micha et nous nous sommes retrouvés seuls.

Nous avons commencé, cela va de soi, par parler affaires. Polina s'est simplement mise en colère de ce que je ne lui avais donné que sept cents gouldens. Elle était persuadée que je lui en aurais rapporté au moins deux mille, et même plus, sur ses diamants que j'avais mis au clou.

— J'ai besoin d'argent coûte que coûte, dit-elle, il faut que j'en trouve ; sinon, je suis tout simplement perdue.

Je lui ai demandé ce qui s'était passé pendant mon absence.

— Rien d'autre sinon qu'on a reçu deux nouvelles de Petersbourg : d'abord que la grand-mère allait très mal, et, deux jours plus tard, qu'elle venait, sans doute, de mourir. C'est Timofeï Petrovitch qui nous informe, ajouta Polina – un homme de toute confiance. Nous attendons une dernière nouvelle, définitive.

— Ainsi, tout le monde est dans l'attente ? demandai-je.

— Bien sûr : tout et tout le monde ; voilà six mois que c'est leur seul espoir.

— Et vous aussi ?

— Mais moi, je ne suis pas de leur famille, je ne suis que la filleule du général. Pourtant, je suis sûre que, moi non plus, elle ne m'oubliera pas dans son testament.

— J'ai l'impression que vous aurez beaucoup, lui dis-je avec conviction.

— Oui, elle m'aimait vraiment ; mais vous, cette impression, d'où vous vient-elle ?

— Dites-moi, lui répondis-je par une question, je crois que, notre marquis, lui aussi, il est au fait de tous les secrets de la famille, n'est-ce pas ?

— Et vous-même, en quoi ça vous concerne ? me demanda Polina après m'avoir jeté un regard sec et dur.

— Bien sûr que ça me concerne – le général a déjà eu le temps de lui emprunter de l'argent, je crois.

— Vous devinez juste.

— Et comment aurait-il accepté de lui prêter s'il n'avait pas été au courant pour la grand-mère ? Vous avez remarqué, à table, deux ou trois fois, en parlant d'elle, il l'a appelée la *baboulinka*. Des relations très proches, et diablement amicales !

— Oui, vous avez raison. Sitôt qu'il apprendra que, moi aussi, j'aurai quelque chose, il demandera ma main. C'est ça que vous vouliez savoir ?

— Il la demandera seulement ? Je croyais que c'était chose faite depuis longtemps.

— Vous savez bien que non ! dit Polina avec agacement. Où avez-vous rencontré cet Anglais ? ajouta-t-elle après un léger silence.

— Je savais que vous alliez me le demander.

Je lui racontai mes précédentes rencontres avec Mr. Astley au cours de nos voyages.

— Il est timide, il tombe amoureux pour un rien, et, bien sûr, il est amoureux de vous ?

— Oui, il est amoureux de moi, répondit Polina.

— Et il va de soi qu'il est dix fois plus riche que le Français. Comment, il possède vraiment quelque chose, ce Français ? C'est sûr ?

— Non, ce n'est pas sûr du tout. Il a un *château* je ne sais où. Hier encore le général m'en a parlé comme d'un fait acquis. Eh bien, ça vous suffit ?

— Moi, si j'étais vous, je me marierais avec l'Anglais, sans balancer.

— Pourquoi ? demanda Polina.

— Le Français est plus bel homme, mais il est plus répugnant ; l'Anglais, lui, non seulement il est honnête, mais, en plus il est dix fois plus riche, répliquai-je.

— Oui, mais le Français est un marquis, et il est plus intelligent, répondit-elle avec une grande sérénité.

— Est-ce que vous en êtes sûre ? fis-je, poursuivant sur ma lancée.

— Absolument.

Polina détestait mes questions, et je voyais qu'elle voulait me mettre en rage par la tranquillité et par l'absurdité de ses réponses ; ce que je lui confiai sur-le-champ.

— Eh bien, c'est vrai que ça m'amuse, que vous vous mettiez en rage. Ne serait-ce que parce que je vous permets de me poser ces questions et de jouer aux devinettes – n'est-ce pas un droit que vous devez payer ?

— C'est vrai que je m'estime en droit de vous poser toutes sortes de questions, répondis-je tranquillement, justement parce que je suis prêt à les payer au prix que vous voudrez, et que je n'attache plus aucune valeur à ma propre vie.

Polina éclata de rire :

— La dernière fois, sur le Schlangenberg, vous m'avez dit, je crois, que vous étiez prêt à vous jeter dans le vide au premier mot que je vous dirais – et il y a bien mille pieds de haut. Un jour, je finirai par le dire, ce mot, simplement pour voir comment vous allez vous y prendre pour payer, et croyez que je ne céderai pas. Je vous hais – justement parce que je vous ai permis beaucoup, et je vous hais encore plus parce que vous m'êtes indispensable. Aussi longtemps que vous m'êtes indispensable, il faut que je vous préserve.

Elle voulut se lever. Elle était énervée. Ces derniers temps, quand elle me parlait, elle terminait toujours par de la rage et de l'énervement – une rage véritable.

— Puis-je vous demander ce que c'est que *Mlle Blanche* ? lui demandai-je, ne voulant pas la laisser repartir sans explication.

— Vous le savez vous-même, ce que c'est que *Mlle Blanche*. Il ne s'est rien passé depuis. *Mlle Blanche* sera sans doute générale – si le bruit de la mort de la grand-mère se confirme, bien sûr, parce que *Mlle Blanche* comme sa mère et son cousin au troisième degré, le marquis, savent tous parfaitement que nous sommes ruinés.

— Et le général, il est décidément amoureux ?

— Il ne s'agit pas de ça pour le moment. Ecoutez, et gardez bien ça en tête : prenez ces sept cents florins et allez les jouer, gagnez-moi à la roulette autant que vous pouvez ; il faut absolument que je trouve de l'argent.

M'ayant dit ces mots, elle appela Nadenka et se dirigea vers le parc où elle retrouva toute notre compagnie. Pour moi, je pris le premier sentier qui se présenta sur ma gauche, je réfléchissais et je n'en revenais pas. C'est comme si le sang m'était remonté à la tête après qu'elle m'eut donné l'ordre de jouer à la roulette. Une chose étrange : j'avais de quoi réfléchir mais je me trouvais plongé dans l'analyse des sentiments que j'éprouvais pour Polina. Bien sûr, je m'étais senti mieux, pendant ces deux semaines d'absence, que maintenant, à mon retour, même si, durant tout le voyage, je la regrettais comme un fou, je m'agitais comme un perdu et, même, je la voyais en rêve toutes les nuits. Une fois (c'était en Suisse), je m'étais endormi dans le wagon, et je crois que j'avais dû me mettre à lui parler dans mon sommeil, ce qui avait fait rire tout le compartiment. Je me posais donc, une fois encore, la même question : est-ce que je l'aimais ? Et, encore une fois, je ne savais que répondre, ou plutôt, pour la centième fois, je me répondis que je la haïssais. Oui, je la haïssais. Il y avait des minutes (et plus précisément à la fin de chacune de nos conversations) où j'aurais bien donné mon âme pour lui tordre le cou. Je le jure, s'il avait été possible de lui enfoncer lentement dans la poitrine un couteau bien pointu, je l'aurais fait, je crois, avec délice. Et pourtant, je le jure sur tous les saints, si, au sommet de cette aiguille à la mode, le Schlangenberg, elle m'avait vraiment dit : "Jetez-vous dans le vide", je l'aurais fait tout de suite, et même avec délice. Je le savais. D'une façon ou d'une autre, il fallait crever l'abcès. Tout cela, elle le comprenait fort bien et cette idée que j'étais entièrement et résolument conscient qu'elle me restait inaccessible – toute l'impossibilité de la réalisation de mes lubies, cette idée, j'en suis sûr, lui procurait des délices extrêmes ; sinon, aurait-elle pu, intelligente et prudente comme elle était, se montrer avec moi aussi intime, aussi sincère ? Je pense qu'elle me voyait toujours comme cette impératrice de l'Antiquité qui s'était mise à se déshabiller devant un de ses esclaves, parce qu'elle ne pouvait pas imaginer qu'il était un homme... Oui, bien des fois, elle avait dû penser que je n'étais pas un homme.

Mais elle m'avait donné une chose à faire – gagner à la roulette, coûte que coûte. Je n'avais pas le temps de réfléchir : pourquoi, et dans quel délai, devais-je gagner, et quelles nouvelles idées venaient de naître dans cet esprit toujours calculateur ? En plus, durant ces deux semaines, une masse de faits nouveaux, sans doute, s'était accumulée – je n'avais pas la moindre idée de ce qu'ils pouvaient être. Tout cela, il fallait que je le devine, le comprenne, et le plus vite possible. Mais, pour le moment, je n'avais pas le temps : je devais me rendre à la roulette.

II

Je l'avouerai – cela me dérangeait ; certes, j'avais décidé que je jouerais, mais je n'avais pas l'intention de
commencer à jouer pour les autres. Même, cela me perturbait, ce qui fait que je suis entré dans les salles de
jeu avec une impression de malaise. Là, au premier
coup d'œil, tout m'a déplu. Je ne supporte pas ces
manières de larbin dans les feuilletons du monde entier,
et surtout dans les journaux russes où, presque à
chaque printemps, nos feuilletonistes ne parlent que de
deux choses : d'abord de la splendeur incroyable et du
luxe des salles de jeu des villes de roulette sur les bords
du Rhin, et puis des montagnes d'or qu'on y voit,
soi-disant, sur les tables. Or, personne ne les paie pour
écrire cela ; ils le racontent simplement par servilité
gratuite. Il n'y a pas le moindre luxe dans ces salles
pouilleuses, et l'or, non seulement on n'en voit pas des
montagnes sur les tables, mais c'est tout juste si l'on en
voit un petit peu de temps en temps. Bien sûr, de loin
en loin, quand la saison s'avance, on voit paraître soudain un genre d'original, ou un Anglais, ou, je ne sais
pas, un Oriental, un Turc, comme cet été, qui gagne soudain ou alors qui perd une fortune ; les autres ne jouent
que de petits gouldens et, en moyenne, il n'y a que très
peu d'argent qui traîne sur les tables. A l'instant où je

suis entré dans la salle de jeu (pour la première fois de ma vie), je suis resté encore un bout de temps sans me décider à jouer. Et puis, il y avait foule. Pourtant même s'il n'y avait eu que moi, je crois que, de toute façon, j'aurais préféré sortir plutôt que de me lancer. Je l'avoue, j'avais le cœur qui battait la chamade, et j'étais incapable de garder mon sang-froid ; je le savais à coup sûr, je l'avais décidé depuis longtemps – je ne partirais pas comme ça de Roulettenbourg ; il arriverait nécessairement quelque chose dans mon destin, quelque chose de radical et de définitif. Cela devait être, cela serait. Il est peut-être ridicule que j'attende tellement pour moi de la roulette, mais je trouve bien plus ridicule encore l'opinion commune, que tout le monde admet, qu'il est absurde et imbécile d'attendre quoi que ce soit du jeu. Pourquoi le jeu serait-il moins bon qu'un autre moyen de gagner de l'argent, par exemple le commerce ? Ce qui est vrai, c'est qu'il n'y en a qu'un pour cent qui gagne. Mais moi, en quoi cela me regarde ?

Quoi qu'il en soit, j'avais décidé de commencer par observer et de ne rien entreprendre de sérieux le premier soir. Le premier soir, s'il arrivait quelque chose, cela n'arriverait que sans faire exprès, et juste un peu – voilà ce que j'avais décidé. De plus, il fallait que j'étudie le jeu lui-même ; parce que, malgré les mille descriptions de la roulette que j'avais toujours lues avec avidité, je ne comprenais rien de rien à son mécanisme jusqu'au moment où je l'ai vu de mes propres yeux.

D'abord, tout m'a paru sale – une sorte de saleté, d'abjection morales. Je ne parle pas du tout de ces visages avides et inquiets qui se massent par dizaines, sinon par centaines, autour des tables de jeu. Je ne vois résolument rien de sale dans le désir de gagner le plus et le plus vite ; j'ai toujours cru très bête l'idée de ce moraliste repu et nanti qui répondait, lorsque quelqu'un disait qu'il ne "jouait que des petites sommes" : "C'est pire, c'est une cupidité mesquine." Bien sûr : cupidité mesquine et grande cupidité, cela n'a rien à voir. Affaire de proportion. Ce qui est mesquin pour Rothschild est énorme pour moi, et, pour le gain et la conquête, ce n'est pas qu'à la roulette, c'est partout que les hommes n'ont jamais fait qu'une chose – se prendre et se gagner ce qu'ils pouvaient les uns aux autres. Le gain et le profit sont-ils abjects en eux-mêmes – c'est une autre question. Ce n'est pas d'elle que je m'occuperai. Mais comme j'étais moi-même, et au plus haut degré, possédé par le désir du gain, c'est toute cette cupidité, toute cette abjection de la cupidité, si vous voulez, qui, au moment où j'ai pénétré dans la salle, m'est apparue plus à ma main, plus familière. C'est tellement mieux, quand on ne fait pas de manières l'un devant l'autre, quand on agit au grand jour, en évidence. Et puis, à quoi sert de se mentir à soi-même ? Ce serait le plus stupide, le plus absurde. Ce qui paraissait le plus laid, au premier abord, dans cette racaille de la roulette, c'était le respect pour cette occupation, le sérieux et même la vénération avec lesquels les gens se massaient autour des tables. Voilà pourquoi on fait ici une grande distinction entre un jeu qu'on appelle *mauvais genre* et un jeu qui est permis à un honnête homme. Il existe deux jeux, l'un, celui des gentlemen, l'autre celui de la plèbe, le jeu cupide, le jeu de la racaille. Ici, cette distinction est rigide, mais c'est bien elle, cette distinction, qui est abjecte, quand on y pense ! Le gentleman, par exemple, peut miser cinq ou dix louis d'or, rarement plus, il peut miser mille francs, s'il est très riche, mais, au fond, pour le seul fait de jouer, seulement pour se distraire, dans le seul but de voir le processus du gain ou de la perte en tant que tels ; mais il lui est interdit de s'intéresser à ce qu'il a gagné. S'il gagne, par exemple, il a le droit de rire à haute voix, de faire une remarque à quelqu'un de son entourage, il peut même miser le tout et le doubler une deuxième fois, mais par curiosité, pour observer les probabilités, les calculs – jamais par désir plébéien de gagner. En un mot, il doit regarder toutes ces tables de jeu, les roulettes, les *trente et quarante* comme un simple amusement conçu pour son plaisir. La cupidité et les chausse-trapes qui font la base et l'idée même de la banque, il ne doit pas les soupçonner. Il serait même très bien, vraiment très bien, s'il lui semblait, par exemple, que tous les autres joueurs, toute cette racaille qui tremble sur chaque goulden, sont tous des gentlemen et des gens aussi riches que lui, et qu'ils ne viennent, eux aussi, que pour s'amuser et se distraire. Cette ignorance absolue de la réalité et ce regard innocent qu'il jetterait sur les gens, seraient, pour sûr, particulièrement aristocratiques. J'ai vu bien des mamans qui poussaient en avant des misses de quinze seize ans, élégantes et pures, leurs filles, et qui, leur confiant quelques pièces d'or, les initiaient au jeu. La demoiselle gagnait, ou elle perdait, elle souriait toujours et s'éloignait très satisfaite. Notre général s'est approché de la table d'un air grave et majestueux ; un laquais a voulu accourir pour lui donner un siège, il n'a pas remarqué le laquais ; il a mis un siècle à sortir son porte-monnaie, un autre siècle à sortir trois cents francs or de son porte-monnaie, a misé sur le noir, et a gagné. Il n'a pas repris son gain et l'a laissé sur la table. Le noir est sorti une nouvelle fois ; là encore, il l'a laissé en jeu et quand, à la troisième fois, c'est le rouge qui est sorti, il a perdu d'un seul coup mille deux cents francs. Il s'est retiré avec le sourire, et a fait bonne figure. Je suis sûr qu'il était prêt à hurler, et si la mise avait été deux ou trois fois plus forte, il n'aurait pas tenu, sa mine aurait trahi de l'agitation. Pourtant, j'ai vu moi-même un Français qui avait gagné puis reperdu jusqu'à trente mille francs, dans la bonne humeur, et sans la moindre agitation. Un véritable gentleman, quand bien même il aurait perdu jusqu'à son dernier sou, doit conserver son calme. L'argent doit être tellement plus bas que le gentleman, qu'il ne doit pas, pour ainsi dire, s'en soucier. Evidemment, il serait très aristocratique de ne pas remarquer du tout la saleté de cette racaille et toute cette atmosphère. Mais l'attitude contraire n'est pas moins aristocratique, je veux dire celle de remarquer – c'est-à-dire de faire attention, d'aller jusqu'à examiner, même à travers un lorgnon, cette fameuse racaille : mais jamais autrement que pour comprendre cette saleté, cette racaille, comme une distraction, comme une espèce de spectacle organisé pour le divertissement du gentleman. Vous pouvez vous presser vous-même dans la foule si vous regardez autour de vous avec la certitude absolue qu'au fond, vous n'êtes qu'un observateur et qu'en aucune façon vous n'êtes partie prenante. Mais, justement, il n'est pas recommandé d'observer avec trop d'attention : votre attitude cesserait d'être celle d'un gentleman parce que ce n'est pas là, de toute façon, le genre de spectacle qui mérite une attention trop grande, ou trop soutenue. En général, il y a peu de spectacles qui méritent une attention trop soutenue de la part d'un gentleman. Moi, pourtant, j'ai bien eu l'impression que ce que je voyais méritait absolument une attention particulière, surtout pour celui qui n'est pas venu là seulement pour observer mais qui se voit lui-même, sincèrement et en toute bonne conscience, appartenir à la racaille. Quant à mes convictions morales les plus profondes, elles n'ont pas de place, bien sûr, dans mes réflexions présentes. Disons-le ainsi ; je parle pour me laver la conscience. Mais je ferai une remarque : il m'est devenu terriblement désagréable, ces derniers temps, de mesurer mes actes et mes pensées à une aune morale, quelle que puisse être l'aune. C'est autre chose qui me dirigeait...

La racaille, c'est vrai qu'elle joue d'une façon très sale. Je ne suis même pas loin de penser qu'il se passe ici, autour de la table, une quantité de vols des plus communs. Les croupiers, assis aux deux bouts de la table, qui surveillent les mises et qui comptent, ont fort à faire. Quand on parle de racaille ! La plupart d'entre eux sont français. Mais justement, ce que je dis et ce que j'observe ici, ce n'est pas du tout pour décrire la roulette ; je fais quelques remarques pour moi-même, afin de savoir comment me comporter à l'avenir. J'ai remarqué, par exemple, qu'il n'y a rien de plus ordinaire qu'une main qui se tend soudain sur la table et qui vous prend ce que vous venez de gagner. Commence une dispute, souvent des cris – et essayez de trouver des témoins pour confirmer que la mise était à vous !

Au début, toute cette affaire me semblait comme du chinois ; j'étais réduit aux conjectures, je distinguais juste que les mises peuvent se faire sur les chiffres, le pair ou l'impair et les couleurs. De l'argent de Polina Alexandrovna, ce soir-là, je ne voulais risquer que cent gouldens. L'idée que je commençais à jouer pour quelqu'un d'autre me perturbait. Cette impression me dérangeait particulièrement et je voulais m'en défaire au plus vite. J'avais toujours l'idée qu'en commençant à jouer pour Polina, c'était mon bonheur que je minais. Est-il donc impossible de s'approcher d'une table de jeu sans être immédiatement contaminé par la superstition ?

Je commençai par sortir cinq frédérics d'or, c'est-à-dire cinquante gouldens, et je les posai sur le pair. La roue tourna, c'est le treize qui sortit – j'avais perdu. Avec une espèce d'impression maladive, juste pour m'en défaire et fiche le camp, je misai cinq autres frédérics d'or sur le rouge. Le rouge sortit. Je misai les dix frédérics d'or – le rouge sortit encore. Je misai le tout en une seule fois – c'est encore le rouge qui ressortit. Ayant reçu quarante frédérics d'or, j'en misai vingt sur douze chiffres du milieu, sans savoir ce que cela pouvait donner. Je multipliai par trois. Ainsi, avec dix frédérics d'or, j'en possédais quatre-vingts. Un sentiment tellement invraisemblable, tellement bizarre me submergea si fort que je n'arrivais plus à le supporter, et je décidai de fiche le camp. Il me semblait que je n'avais pas joué comme je l'aurais fait si j'avais joué pour moi. Pourtant, je posai une fois encore tous les quatre-vingts frédérics sur le pair, et c'est le quatre qui sortit ; j'en reçus quatre-vingts autres ; alors, ramassant tout le tas des cent soixante frédérics, je partis à la recherche de Polina Alexandrovna.

Ils se promenaient tous je ne sais où dans le parc, et je ne pus les retrouver qu'au dîner. Cette fois, le Français n'était pas là et le général se sentait plus libre : entre autres, il crut utile de me faire remarquer une nouvelle fois qu'il aurait préféré ne pas me voir à la table de jeu. Il pensait que cela le compromettrait d'une manière inconsidérée, s'il m'arrivait de trop perdre ; "mais, quand bien même il vous arriverait de gagner beaucoup, là encore, cela me compromettrait, ajouta-t-il d'un ton grave. Bien sûr, je n'ai pas le droit de vous dicter votre conduite, mais convenez vous-même…" Ici, comme à son habitude, il laissa la phrase en suspens. Je lui répondis sèchement que je n'avais que très peu d'argent et que, par conséquent, je ne pouvais pas perdre d'une façon trop voyante, même si je me mettais à jouer. En remontant, j'eus le temps de rendre à Polina ce qu'elle avait gagné et je lui déclarai que je ne jouerais plus pour elle.

— Pourquoi donc ? me demanda-t-elle d'une voix inquiète.

— Parce que je veux jouer pour moi, lui répondis-je en la considérant avec surprise, et c'est une chose qui me gêne.

— Ainsi, vous êtes toujours persuadé que la roulette est votre seule planche de salut ? me demanda-t-elle avec une teinte d'ironie. Je lui répondis très sérieusement que oui ; quant à ma certitude de gagner à coup sûr, elle pouvait paraître risible, j'en convenais, "mais qu'on me laisse tranquille".

Polina Alexandrovna insistait coûte que coûte pour que je partage la moitié de ses gains, elle me donnait quatre-vingts frédérics d'or, et me proposait de continuer de jouer à ces conditions. Je refusai cette moitié d'une façon nette et définitive et déclarai que si je ne pouvais pas jouer pour les autres, ce n'était pas que je refusais mais parce que j'étais sûr de perdre.

— Pourtant, moi aussi, si bête que cela puisse paraître, mon seul espoir est la roulette, dit-elle d'un air pensif. C'est pourquoi vous devez absolument continuer de jouer pour moitié avec moi et je suis sûre que vous le ferez. Sur ce, elle me quitta, sans écouter les remarques que je voulais lui faire.

III

Et pourtant, toute la journée d'hier, elle ne m'a pas dit mot du jeu. En fait, hier, elle a évité de me parler. Cette manière qu'elle avait avec moi n'a pas changé. La même indifférence absolue quand nous nous rencontrons, avec, même, une teinte de mépris, de haine. Au fond, elle ne cherche pas à cacher le dégoût qu'elle éprouve pour moi ; je le vois bien. Malgré cela, elle ne me cache pas non plus qu'elle a besoin de moi pour quelque chose, et qu'elle a une bonne raison de me ménager. Ce sont des relations bizarres qui se sont établies entre nous, des relations dont une bonne partie m'est incompréhensible – vu cet orgueil, cette arrogance qu'elle montre avec tout le monde. Elle sait, par exemple, que je l'aime à la folie, elle me laisse même parler de ma passion – et c'est, bien sûr, la plus grande marque de mépris qu'elle m'ait donnée que de m'autoriser à lui parler sans cesse et sans retenue de mon amour. "Je méprise tellement ce que tu ressens, n'est-ce pas, que je me fiche complètement de ce que tu me diras, et de ce que tu peux ressentir." Ses affaires personnelles, elle m'en a toujours beaucoup parlé, sans être jamais tout à fait sincère. Bien plus : dans son indifférence à mon égard, il y avait, par exemple, ce genre de finesse : elle sait, supposons, que je connais telle ou telle circonstance de sa vie, ou quelque chose d'un sujet qui l'inquiète beaucoup ; elle peut me raconter elle-même une de ces circonstances si elle doit m'utiliser pour quelque chose dans ses projets, à la manière d'un esclave ou d'un garçon de courses ; mais elle me racontera juste ce que doit savoir un garçon de courses, et si la chaîne des événements m'échappe, si elle voit elle-même que je me torture et que je m'inquiète de ses propres tortures et de ses propres inquiétudes, jamais elle ne me jugera digne d'être apaisé par une sincérité amicale alors que, m'utilisant souvent pour des affaires non seulement difficiles mais dangereuses, elle devrait, à mon avis, être forcée d'être sincère avec moi. Et puis, à quoi bon s'inquiéter de ce que je pense, de ce que, moi aussi, je m'inquiète, de ce que, peut-être, moi aussi, je me fais du souci et je me torture trois fois plus qu'elle-même de ses inquiétudes et de ses échecs ?

Voilà trois semaines que je connaissais son intention de jouer à la roulette. Elle m'avait même prévenu que je devrais jouer à sa place, parce qu'il était indécent qu'elle joue elle-même. Au ton de sa voix, j'avais compris qu'il y avait là un souci grave et pas, tout simplement, le désir de gagner de l'argent. L'argent en tant que tel, qu'en avait-elle à faire ?! Il y avait là un but, je ne sais quelles circonstances que je peux soupçonner, mais que je ne connais toujours pas. Il va de soi que l'humiliation et l'esclavage dans lesquels elle me tient pouvaient me donner (peuvent donner souvent) la possibilité de poser des questions d'une manière grossière, directe. Comme je ne suis à ses yeux qu'un esclave, quelque chose de trop méprisable, elle n'aurait eu aucune raison de s'offenser de cette curiosité grossière. Mais le problème est que, me permettant de poser des questions, elle refuse d'y répondre. Parfois, elle ne les remarque même pas. Voilà ce que c'est chez nous !

Toute la journée d'hier, on a beaucoup parlé chez nous du télégramme envoyé à Petersbourg il y a quatre jours de cela, un télégramme toujours sans réponse. Le général s'inquiète visiblement, il est pensif. Il s'agit de la grand-mère, bien sûr. Le Français s'inquiète aussi. Hier, par exemple, après le repas, ils ont eu une conversation très longue et très sérieuse. Avec nous tous, le ton du Français est incroyablement hautain, indifférent. Vraiment, comme le proverbe : invite-le à ta table, il met les pieds dessus. Même avec Polina, il est indifférent jusqu'à la grossièreté ; encore qu'il participe avec plaisir aux promenades communes dans le parc ou bien aux cavalcades et aux parties de campagne. Je connais de longue date certaines des circonstances qui ont lié le Français et le général : en Russie, ils avaient fait ensemble le projet d'une usine ; je ne sais si le projet a capoté ou s'ils en parlent encore. De plus, j'ai appris par hasard une partie du secret de la famille : il est exact que, l'année dernière, le Français a sauvé le général et qu'il lui a donné trente mille roubles pour renflouer les caisses qu'il devait rendre au moment de quitter ses fonctions. Et il tient donc le général à sa merci, mais, en ce moment – je veux dire, là, maintenant, le rôle essentiel dans tout cela appartient quand même à *Mlle Blanche,* et je suis sûr que je ne me trompe pas ici non plus.

Qui donc est *Mlle Blanche* ? On dit ici qu'elle est une grande aristocrate française qui vit avec sa mère – et une fortune colossale. On sait aussi qu'elle est une parente de notre marquis, mais une parente très lointaine, quelque chose comme une cousine, au deuxième ou au troisième degré. On dit qu'avant mon voyage à

Paris, le Français et *Mlle Blanche* avaient des relations bien plus cérémonieuses, que ces relations étaient comme plus fines, plus délicates ; maintenant, leur proximité, leur amitié, leur parenté, tout cela apparaît d'une façon plus brutale, plus intime. Peut-être pensent-ils que nos affaires vont tellement mal qu'ils ne croient plus trop nécessaire de faire des manières, de se cacher. J'ai remarqué la façon dont, il y a deux jours de cela, Mr. Astley examinait *Mlle Blanche* et sa mère. J'ai eu l'impression qu'il les avait déjà vues. Il m'a même semblé que notre Français, lui aussi, avait déjà rencontré Mr. Astley. Mais Mr. Astley est tellement timide, tellement pudique et silencieux qu'on peut presque lui faire confiance : le linge sale il le gardera dans la famille. Du moins le Français le salue-t-il à peine et ne le regarde presque pas ; c'est donc, sans doute, qu'il n'a pas peur de lui. Cela, on peut le comprendre ; mais pourquoi *Mlle Blanche* ne le regarde-t-elle presque pas, elle non plus ? D'autant que le marquis s'est trahi, hier ; il a lâché, dans la conversation commune, je ne me souviens plus à quel propos, que Mr. Astley était colossalement riche, et que c'était une chose qu'il savait bien ; l'occasion ou jamais pour *Mlle Blanche* de regarder Mr. Astley ! En fait, le général est très inquiet. On comprend ce que pourrait signifier pour lui un télégramme sur la mort de sa tante !

Même si j'avais la sensation très nette que Polina évitait de me parler, et dans un but précis, c'est moi qui me suis affublé d'un masque d'indifférence et de froideur ; je pensais toujours que, même au dernier moment, elle finirait par venir vers moi. Par contre, hier et aujourd'hui, j'ai tourné toute mon attention surtout sur *Mlle Blanche*. Le pauvre général, il a vraiment signé son arrêt de mort ! Tomber amoureux à cinquante-cinq ans, avec une telle passion, cela, à l'évidence, c'est une catastrophe. Ajoutez son veuvage, ses enfants, son domaine complètement ruiné, ses dettes, et, enfin, la femme qu'il a trouvée pour tomber amoureux. *Mlle Blanche* est belle. Je ne sais si l'on comprendra bien ce que je vais dire : elle a un visage qui peut faire peur. Du moins ai-je toujours eu peur moi-même de ce genre de femmes. Elle doit avoir dans les vingt-cinq ans. Elle est grande, large d'épaules – des épaules carrées ; son cou et sa poitrine sont magnifiques ; la peau jaune mat, les cheveux noirs comme du jais – une masse de cheveux énorme – assez pour faire deux perruques. Des yeux noirs, le blanc des yeux légèrement jaune, le regard insolent, les dents immaculées, les lèvres toujours maquillées ; elle sent le musc. Elle s'habille – c'est chic, c'est riche, ça fait de l'effet, mais toujours avec goût. Des bras et des jambes étonnants. Sa voix – un contralto perçant. Parfois, elle éclate de rire – elle montre alors toutes ses dents ; mais d'habitude, elle reste à observer, silencieuse et insolente, du moins devant Polina et Maria Filippovna. (Une rumeur bizarre : Maria Filippovna rentre en Russie.) Je crois que *Mlle Blanche* n'a aucune instruction, elle manque même, peut-être, d'intelligence, pourtant, elle est méfiante, rusée. Je crois que sa vie n'a pas été sans aventures. Et s'il faut dire le fond de ma pensée, le marquis n'est peut-être pas du tout de sa famille, et sa mère pas du tout sa mère. Mais on dit qu'à Berlin, où nous les avons rencontrées, sa mère et elle possédaient quelques relations honorables. Quant au marquis lui-même, quoique je doute toujours qu'il soit vraiment marquis, son appartenance à la bonne société, chez nous, par exemple, à Moscou, et çà et là en Allemagne, je crois bien, ne peut être mise en doute. Je ne sais ce qu'il peut être en France. On dit qu'il possède un *château*. Je croyais que beaucoup de choses auraient le temps de changer durant ces deux semaines, mais je ne savais toujours pas avec certitude si quoi que ce soit de définitif avait été prononcé entre le général et *Mlle Blanche*. Au fond, tout dépend de notre situation actuelle, c'est-à-dire de savoir si le général peut mettre de l'argent sur la table. Si, par exemple, nous apprenions que la grand-mère n'était pas morte, je suis convaincu que *Mlle Blanche* disparaîtrait tout de suite. Cela m'étonne et me fait rire moi-même, ce que j'aime les ragots, maintenant !... Oh, comme je hais tout cela ! Avec quelle joie je les laisserais tous tomber ! Mais comment puis-je quitter Polina, comment puis-je ne pas espionner autour d'elle ? Evidemment, c'est méprisable d'espionner mais – qu'est-ce que j'en ai donc à faire ?

J'ai été très curieux également hier de voir Mr. Astley. Oui, je suis sûr qu'il est amoureux de Polina ! C'est curieux et c'est drôle, tout ce que peut exprimer parfois le regard d'un homme réservé et maladivement pudique qui est touché par la passion, et cela, au moment précis où cet homme ne voudrait plus qu'une chose – s'enfoncer sous terre plutôt que de se trahir, ou de s'exprimer, par une parole ou par un seul regard. Mr. Astley nous rencontre bien fréquemment durant nos promenades. Il ôte son chapeau et passe son chemin, mourant, cela va de soi, d'envie de se joindre à nous. Si on l'invite, il refuse tout de suite. Dans les lieux de repos, le parc, la musique ou devant la fontaine, il s'arrête toujours pas loin de notre banc, et cela, où que nous puissions être : dans le parc, en forêt ou sur le Schlangenberg – il suffit de regarder alentour et nous voyons à tous les coups, ici ou là, sur le sentier le plus proche ou derrière un buisson, un bout de Mr. Astley. J'ai l'impression que c'est surtout avec moi qu'il cherche l'occasion de parler. Nous nous sommes croisés ce matin et nous avons échangé deux trois mots. Il parle souvent d'une façon très confuse. Avant même de m'avoir dit bonjour, il commença par murmurer :

— Ah, *Mlle Blanche* !... J'ai connu beaucoup de femmes comme *Mlle Blanche* !

Il se tut et me regarda d'un air entendu. Que voulait-il dire par là, je n'en sais rien, parce que, à ma question de savoir ce que cela voulait dire, il fit un sourire malin et ajouta, hochant la tête :

— Comme ça, *Mlle Pauline* aime beaucoup les fleurs ?

— Je ne sais pas, je ne sais pas du tout, répondis-je.

— Comment ? Même cela vous ne le savez pas ? s'écria-t-il au comble de la stupéfaction.

— Je ne sais pas, je n'ai jamais remarqué, répétai-je en riant.

— Hum, cela me donne une idée. Là, il hocha la tête et reprit son chemin. Il avait l'air content, je crois. Nous parlons tous deux un français effroyable.

IV

Une journée comique, affreuse, ridicule. Il est onze heures du soir. Je suis dans mon cagibi et je récapitule. Tout a commencé par le fait que, ce matin, j'ai quand même été forcé d'aller à la roulette jouer pour Polina Alexandrovna. J'ai pris ses cent soixante-dix frédérics d'or, mais à deux conditions : la première, c'est que je refusais de jouer pour moitié, c'est-à-dire que si je gagnais, je refusais de prendre quoi que ce soit, et la seconde c'est que, le soir même, Polina m'expliquerait pourquoi elle avait tant besoin de gagner, et de gagner autant d'argent. Parce que, quand même, je ne peux pas supposer qu'elle veut tout simplement de l'argent. L'argent doit être indispensable, et le plus vite possible, mais il y a sans doute un but particulier. Elle m'a promis de s'expliquer, et je suis parti. Dans les salles de jeu, la foule était horrible. Comme ils sont insolents, tous, et comme ils sont avides ! Je me suis frayé un chemin vers le centre et je me suis placé tout à côté du croupier ; puis j'ai commencé à jouer timidement, misant deux ou trois pièces. Mais j'observais, je prenais des notes ; il m'a semblé que le calcul en lui-même ne signifiait pas grand-chose et qu'il était loin d'avoir cette importance que lui accordent nombre de joueurs. Ils restent là, ils notent des tableaux sur leurs papiers, ils remarquent des coups, ils comptent, calculent les pourcentages, dénombrent, puis ils finissent par miser – et ils perdent, comme nous tous, simples mortels, qui jouons sans calcul. Par contre, je suis arrivé à une conclusion qui, elle, me semble juste ; une chose est vraie : au cours des chances du hasard, il existe, je ne dirais pas un système, mais une espèce d'ordre, ce qui, bien sûr, est très étrange. Par exemple, il arrive que, après douze chiffres du milieu survienne une série des douze derniers ; disons que le coup tombe deux fois sur les douze derniers, après quoi il passe aux douze premiers. Il tombe sur les douze premiers, puis il repart sur les douze du milieu, y tombe trois ou quatre fois de suite et repart à nouveau sur les douze derniers où, de nouveau après deux fois, il repasse aux premiers, retombe une fois sur les premiers et passe encore pour trois coups au milieu et cela continue de cette façon pendant une heure et demie, deux heures. Un, trois et deux, un, trois et deux. C'est très amusant. Un autre jour, ou un autre matin, par exemple, il arrive que le rouge et le noir alternent sans presque aucun ordre, à chaque minute, de sorte qu'il n'arrive jamais que la bille tombe sur le rouge ou sur le noir plus de deux trois fois de suite. Pourtant, le lendemain, ou bien le soir suivant, il arrive que ce ne soit plus que le rouge qui sorte ; cela peut atteindre jusqu'à vingt-deux fois de suite, et cela se passe obligatoirement durant un certain laps de temps, par exemple, durant toute la journée. Mr. Astley m'a expliqué ici beaucoup de choses – mais lui, il a passé toute une matinée devant les tables de jeu, sans jamais rien miser. Pour moi, j'ai tout perdu, et très rapidement. J'ai misé d'emblée vingt frédérics sur le pair, et j'ai gagné, j'en ai misé cinq autres, et j'ai encore gagné et ainsi de suite deux ou trois autres fois. Je crois que je me suis retrouvé avec quelque chose comme quatre cents frédérics d'or entre les mains en quelque cinq minutes. Là, j'aurais dû me retirer mais j'ai éprouvé une sensation bizarre qui naissait en moi, quelque chose comme un défi au destin, une espèce de désir de lui faire la nique, de lui tirer la langue. J'ai misé la plus grosse somme autorisée, quatre mille gouldens, et j'ai perdu. Puis je me suis échauffé, j'ai sorti tout ce qui me restait, je l'ai mis à la même place, et j'ai perdu une fois encore, après quoi je me suis écarté de la table, complètement hébété. Je ne comprenais même pas ce qui m'arrivait et je n'ai pu annoncer ma débâcle à Polina Alexandrovna que juste avant le dîner. Jusque-là, j'avais erré dans le parc.

A table, je me suis retrouvé dans un grand état d'excitation, le même qu'il y a trois jours. Le Français et *Mlle Blanche* dînaient à nouveau avec nous. Il s'est avéré que *Mlle Blanche* s'était rendue le matin à la salle de jeu, et qu'elle avait vu mes exploits. Cette fois elle m'a parlé avec un peu plus d'attention. Le Français, lui, y est allé plus directement et m'a demandé si c'était vraiment mon propre argent que j'avais perdu. Je crois qu'il soupçonne Polina. Bref, il y a quelque chose là-dessous. J'ai menti sans hésiter, j'ai répondu que c'était le mien.

Le général était interloqué : d'où avais-je pu prendre tant d'argent ? J'ai répondu que j'avais commencé par dix frédérics d'or, que cinq ou six coups m'avaient donné tout de suite jusqu'à cinq ou six mille gouldens, et que j'avais tout reperdu en deux coups.

Ce qui, bien sûr, était très vraisemblable. En expliquant cela, j'ai regardé le visage de Polina, mais je n'ai rien pu lire sur ce visage. Pourtant, elle m'avait laissé mentir et ne m'avait pas repris. J'ai conclu de cela que, moi aussi, je devais mentir et cacher que je jouais pour elle. De toute façon, me disais-je, elle me doit une explication et m'a promis de me découvrir quelque chose tout à l'heure.

Je pensais que le général me ferait une remarque, mais il a gardé le silence ; par contre, j'ai noté de l'agitation, de l'inquiétude dans ses traits. Peut-être, dans les circonstances ardues qu'il traversait, lui était-il tout simplement pénible d'entendre qu'un monceau d'or si respectable était venu et reparti en un quart d'heure chez un imbécile aussi frivole que moi.

Je soupçonne qu'ils se sont bien volé dans les plumes, hier soir, avec le petit Français. Ils ont parlé longtemps et avec fougue, après s'être enfermés. Le Français est reparti, il avait l'air furieux de je ne sais quoi, et il est revenu voir le général tôt ce matin – sans doute pour poursuivre leur conversation de la veille.

Apprenant que j'avais tant perdu, le Français m'a fait une remarque méchante, et même haineuse – comme quoi j'aurais mieux fait d'être plus raisonnable. Et, je ne sais pas pourquoi, il a jugé bon d'ajouter que bien qu'il y ait beaucoup de Russes qui jouent, lui, il pensait que les Russes n'étaient capables de rien, même de jouer.

— Moi, il me semble que la roulette, ce n'est que pour les Russes qu'elle existe, lui dis-je et, quand le Français ricana d'un air méprisant à ce que je venais de dire, je lui fis remarquer que c'était moi qui avais raison, parce qu'en parlant des Russes comme de joueurs je mettais dans mes propos bien plus de critique que d'éloge, et qu'il pouvait donc me croire.

— Et sur quoi fondez-vous votre opinion ? demanda le Français.

— Sur le fait que le catéchisme des vertus et des valeurs de l'homme civilisé occidental contient historiquement, et comme un point déterminant, ou presque, son aptitude à amasser un capital. Le Russe, lui, non seulement est incapable d'amasser des capitaux, mais il les dilapide pour rien et d'une manière absurde. Malgré cela, nous autres Russes, nous aussi, nous avons besoin d'argent, ajoutai-je, et donc nous sommes très heureux, et très enclins à recourir à des moyens comme, par exemple, les roulettes, où l'ont peut s'enrichir tout à coup, en deux heures, sans se fatiguer. Cela nous attire énormément ; et comme, de plus, nous jouons aussi pour rien, sans nous fatiguer, nous perdons.

— C'est assez juste, remarqua le Français d'un air satisfait.

— Non, ce n'est pas juste, et vous devriez avoir honte de parler ainsi de votre patrie, remarqua le général d'un air sévère et insistant.

— Pardon, lui répondis-je, mais, c'est vrai, on ne sait pas ce qui est le plus répugnant : les scandales des Russes ou la méthode allemande pour amasser de l'argent par un travail honnête…

— Quelle idée scandaleuse ! s'exclama le général.

— Quelle idée bien russe ! s'exclama le Français.

Je riais, j'avais une envie terrible de les aiguillonner.

— Moi, je préférerais passer ma vie sous une tente kirghize, m'écriai-je, plutôt que de me prosterner devant l'idole allemande.

— Quelle idole ? s'écria le général qui commençait à s'énerver sérieusement.

— La méthode allemande pour amasser les richesses. Je suis ici depuis peu de temps, mais ce que j'ai remarqué, ce que j'ai compris, cela fait bouillir mon sang tatare. Vraiment, je n'en veux pas, de ces vertus ! Hier, j'ai déjà eu le temps de faire un tour d'une dizaine de verstes dans les environs. Eh bien, c'est la même chose que dans leurs petits livres de morale illustrés ; partout,

dans chaque maison, il y a un *vater* horriblement vertueux et incroyablement honnête. Tellement honnête
qu'on a même peur de l'approcher. Je ne les supporte
pas, les honnêtes gens qu'on a même peur d'approcher. Chacun de ces *vater* a sa petite famille, ils lisent
tous les soirs, à haute voix, des livres de morale. Et
puis les trembles, les châtaigniers qui bruissent autour
de la maison. Et le soleil couchant, et la cigogne sur
le toit et tout est incroyablement touchant et poé·
tique…

Non, ne vous fâchez pas, général, laissez-moi raconter ça d'une façon bien touchante. Je me souviens, moi,
mon père, paix à son âme, nous aussi, sous les tilleuls,
dans notre petit bout de jardin, il nous lisait des livres
de ce genre, à ma mère et à moi… Je sais de quoi je
parle. Et donc, n'importe quelle famille ici ne vit que
dans l'esclavage du *vater,* aux ordres. Ils travaillent
tous comme des bœufs, ils épargnent comme des juifs.
Supposons que le père a épargné un certain nombre de
gouldens : il compte sur son fils aîné, pour reprendre
son atelier, ou bien sa terre ; à cause de ça, la fille est
privée de dot, elle ne se marie pas. A cause de ça, on
vend le benjamin en esclavage, ou à l'armée, et l'argent
vient grossir le capital de la maison. Oui, c'est comme
ça que ça se passe ; je me suis renseigné. Et tout ça, ça
se fait par honnêteté, par honnêteté exacerbée, au point
que le benjamin qu'on vient de vendre est persuadé que
c'est par honnêteté qu'il est vendu – et c'est bien l'idéal,
quand la victime elle-même se réjouit d'être menée
au sacrifice. Quoi d'autre ? Ce qu'il y a d'autre, c'est
que l'aîné n'est pas soulagé pour autant : il a, disons,
une petite Amalchen pour laquelle il sent une grande
inclination – mais pas moyen de se marier, trop peu de
gouldens dans la cagnotte. Et eux aussi, moralement et

sincèrement, le sourire aux lèvres, ils vont au sacrifice. Cette fois, Amalchen a les joues creuses, elle se dessèche. A la fin, au bout de vingt ans, l'aisance est presque au rendez-vous ; les gouldens amassés, l'honnêteté, la vertu. Le *vater* bénit son aîné de quarante ans et Amalchen, qui en a bien trente-cinq, plus une poitrine sèche et un nez rouge... En plus, il pleure, il leur fait la morale, et il part *ad patres*. L'aîné devient lui-même un *vater* vertueux, et ça repart pour un tour. Et puis, dans cinquante ou dans soixante-dix ans, le petit-fils du premier *vater* finit vraiment par amasser un capital sérieux et il le transmet à son fils, et celui-là au sien, et, cinq ou six générations plus tard, cela vous donne un baron Rothschild en personne ou bien Hoppe et Cie, ou je ne sais quoi de ce genre-là. Et vous avez, n'est-ce pas, un spectacle grandiose : cent ans ou deux cents ans de travail quotidien, la patience, la raison, l'honnêteté, le caractère, la fermeté, le calcul, la cigogne sur le toit ! Que voulez-vous de plus, il n'y a rien de mieux que ça, et donc, quand ils y arrivent, ils se mettent à juger le monde, et, les coupables, c'est-à-dire tous ceux qui ne leur ressemblent pas, ils les liquident. Eh bien, voilà le hic : moi, je préfère me vautrer comme un Russe, ou m'enrichir à la roulette. Je ne veux pas, moi, devenir un Hoppe et Cie dans cinq générations. Moi, l'argent, je le veux pour moi-même, et je ne me considère pas comme une part indispensable et indivisible du capital. Je sais que j'ai dit beaucoup de bêtises, mais ce que j'ai dit, je l'ai dit. C'est ce que je pense.

— Je ne sais s'il y a beaucoup de vérité dans ce que vous venez de dire, remarqua pensivement le général, mais ce dont je suis sûr, c'est que vous commencez à faire le coq d'une façon insupportable dès qu'on vous laisse vous oublier une seconde...

Comme à son habitude, il n'a pas fini sa phrase. Quand notre général commençait à dire quelque chose d'un tant soit peu plus sérieux que les conversations habituelles, il ne terminait jamais ses phrases. Le Français écoutait d'un air indifférent, en faisant un petit peu les yeux ronds. Il n'avait presque rien compris de ce que j'avais dit. Polina me regardait avec je ne sais quel air d'indifférence hautaine. Il semblait que non seulement elle ne m'avait pas écouté, mais qu'elle n'avait rien entendu de ce qu'on venait de dire à table.

V

Elle était plongée dans une méditation extraordinaire ;
pourtant, dès que nous sommes sortis de table, elle m'a
demandé de l'accompagner en promenade. Nous avons
pris les enfants et sommes partis au parc, du côté de la
fontaine.

Comme j'étais moi-même très excité, j'ai mis les
pieds dans le plat avec une question grossière et imbécile : pourquoi notre marquis des Grieux, le petit Français,
non seulement ne l'accompagnait-il plus maintenant
quand elle avait à sortir, mais ne lui parlait-il plus durant
des jours entiers ?

— Parce que c'est une canaille, me répondit-elle
d'une façon bizarre. Je ne l'avais jamais entendu dire
une chose pareille de lui, et je me suis tu, craignant de
comprendre cet énervement.

— Et avez-vous remarqué qu'il est fâché avec le
général, aujourd'hui ?

— Vous voulez savoir ce qui se passe, répondit-elle
d'une voix sèche et énervée. Vous savez bien que le
général est tout entier entre ses mains, il lui a hypothéqué tout son domaine ; si la grand-mère ne meurt pas,
le Français entre immédiatement en possession de
l'hypothèque.

— Non, c'est donc vrai, que tout est hypothéqué ?

Je l'avais entendu dire, mais je ne savais pas que c'était vraiment tout.

— Bien sûr que si.

— D'autant que, avec ça, adieu *Mlle Blanche,* rajoutai-je. Elle ne sera pas générale ! Vous savez quoi ? J'ai l'impression que le général est tellement amoureux qu'il est capable de se brûler la cervelle si *Mlle Blanche* le laisse tomber. A son âge, c'est dangereux, de tomber amoureux.

— Moi aussi, j'ai l'impression qu'il lui arrivera quelque chose, fit pensivement Polina Alexandrovna.

— C'est magnifique, m'écriai-je, on ne peut pas montrer plus grossièrement qu'elle ne se marie que pour l'argent. On ne respectait même pas les bienséances, ça s'est fait sans la moindre cérémonie. C'est fou ! Et puis, pour la grand-mère, qu'y a-t-il de plus comique et de plus répugnant que d'envoyer télégramme sur télégramme en demandant : "Elle est morte ? elle est morte ?" Qu'en dites-vous, Polina Alexandrovna ?

— Vous racontez n'importe quoi, dit-elle avec dégoût, en me coupant. Moi, ce qui m'étonne au contraire, c'est de vous voir tellement en joie. Qu'est-ce qui vous réjouit ? Le fait que vous ayez perdu mon argent ?

— Pourquoi m'avoir laissé le perdre ? Je vous ai dit que je ne pouvais pas jouer pour les autres, à plus forte raison pour vous. Je vous obéirai, quoi que vous puissiez m'ordonner ; mais le résultat ne dépend pas de moi. Je vous avais prévenue qu'il n'y aurait rien à en attendre de bon. Dites-moi, ça vous fait beaucoup de mal d'avoir perdu autant d'argent ? Pourquoi vous en faut-il autant ?

— Et toutes ces questions, pourquoi ?

— C'est vous qui m'aviez promis de m'expliquer... Ecoutez : j'en ai la conviction, au moment où je commencerai à jouer pour moi (j'ai douze frédérics d'or pour cela), je gagnerai. A ce moment-là, prenez ce que vous voudrez chez moi.

Elle fit une mine méprisante.

— Ne vous fâchez pas contre moi, continuai-je, si je vous le propose. Je suis tellement pénétré de la conscience d'être un zéro devant vous, c'est-à-dire à vos yeux, que vous pouvez même accepter de l'argent venant de moi. Vous ne pouvez pas vous offenser si je vous offre quelque chose. D'autant plus que, le vôtre, je l'ai perdu.

Elle me lança un coup d'œil rapide, et remarquant que je parlais d'une voix agacée et sarcastique, elle coupa encore la conversation :

— Il n'y a rien qui puisse vous intéresser dans ce qui m'arrive. Si vous voulez le savoir, j'ai simplement des dettes. Cet argent, je l'avais emprunté, et je voulais le rendre. J'ai eu cette idée folle et saugrenue que je gagnerai à coup sûr, ici, à la table de jeu. Pourquoi cette idée m'est-elle venue, je n'en sais rien, mais j'y croyais. Qui sait, je l'ai peut-être cru parce que c'était le seul choix qui me restait.

— Ou bien, parce que vous aviez trop *besoin* de gagner. C'est comme un homme qui se noie, et qui se raccroche à un fétu. Reconnaissez que s'il n'était pas en train de se noyer, il ne prendrait pas ce brin de paille pour une grosse branche.

Polina resta surprise.

— Pourtant, demanda-t-elle, vous non plus, ce n'est pas autre chose que vous espérez. Il y a deux semaines, vous m'en avez parlé vous-même une fois, longuement, abondamment – vous étiez tout à fait persuadé de gagner ici, à la roulette, et vous vouliez me convaincre de ne pas croire que vous étiez fou ; ou vous étiez en train de plaisanter ? Mais je me souviens que vous parliez d'une façon si sérieuse qu'il était impossible de croire que c'était une plaisanterie.

— C'est vrai, répondis-je pensivement, je reste encore persuadé que je ne peux que gagner. Je vous avouerai que vous venez de me faire penser à une question : pourquoi, justement, la perte absurde, ridicule que je viens de subir n'a-t-elle entamé en rien cette certitude ? Parce que je reste persuadé que dès que je commencerai à jouer pour moi, je serai forcé de gagner.

— Pourquoi en êtes-vous si sûr ?

— Si vous voulez, je n'en sais rien. Je sais seulement que j'ai *besoin* de gagner, que, moi aussi, c'est ma seule issue. C'est peut-être pour cela que je suis sûr que je ne peux que gagner.

— Donc, vous aussi, vous avez trop *besoin*, si vous avez une croyance si fanatique ?

— Je parie que vous doutez que je sois capable d'éprouver un besoin sérieux !

— Ça m'est bien égal, répondit Polina d'une voix tranquille et indifférente. Si vous le voulez, oui, je doute que quelque chose puisse vous torturer sérieusement. Vous pouvez souffrir, bien sûr, mais pas sérieusement. Vous êtes quelqu'un d'instable, de désordonné. L'argent vous servirait à quoi ? Dans tous les raisonnements de l'autre fois, je n'ai rien trouvé de sérieux.

— A propos, l'interrompis-je, vous disiez que vous deviez rendre une dette. Une drôle de dette, donc ! Ce ne serait pas au Français ?

— Qu'est-ce que c'est que ces questions ? Vous êtes bien violent, aujourd'hui. Vous ne seriez pas ivre ?

— Vous savez que je me permets de dire tout ce que je pense, et que je pose parfois des questions très directes. Je vous le répète, je suis votre esclave, on n'a pas honte devant un esclave, un esclave est incapable d'offenser.

— En voilà des bêtises ! Je ne la supporte pas, votre théorie de "l'esclavage" !

— Remarquez bien que si je parle de mon esclavage, ce n'est pas que je désire être votre esclave – je parle simplement d'un fait qui ne dépend pas de moi.

— Dites-le-moi franchement, vous avez besoin d'argent pourquoi ?

— Pourquoi avez-vous besoin de le savoir ?

— Comme vous voulez, ajouta-t-elle en détournant la tête avec fierté.

— Vous ne supportez pas la théorie de l'esclavage, mais, l'esclavage, vous l'exigez toujours : "Répondez, sans réfléchir !" – Eh bien, soit. Vous demandez, pourquoi de l'argent ? Comment, pourquoi ? L'argent – c'est tout !

— Je comprends bien, mais on n'est pas obligé de tomber dans cette folie quand on en cherche ! Parce que, vous aussi, vous arrivez à la folie, au fatalisme. Il y a quelque chose là-dessous, il doit y avoir un but. Parlez franchement, je le veux.

Elle avait l'air de se mettre dans une vraie colère, cela me fit terriblement plaisir qu'elle veuille autant me questionner.

— Bien sûr qu'il y a un but, lui dis-je, mais je ne saurais pas vous expliquer lequel. Rien de plus, sinon qu'avec de l'argent, à vos yeux aussi, je serais un autre homme – pas un esclave.

— Mais comment ? Comment atteindrez-vous ce but ?

— Comment je l'atteindrai ? Mais vous ne pouvez même pas comprendre comment je pourrais faire pour que vous ne me regardiez plus comme un esclave. Eh bien, c'est justement de cela que je ne veux pas, de ces étonnements, de ces stupéfactions.

— Vous disiez que, pour vous, l'esclavage était une jouissance. C'est ce que je pensais moi-même.

— C'est ce que vous pensiez, m'écriai-je en proie à une espèce de jouissance bizarre. Ah, que cette naïveté est bonne, venant de vous ! Eh bien, oui, venant de vous, pour moi, l'esclavage, c'est une jouissance ! Oui, il existe une jouissance dans le dernier degré de l'humiliation, de l'anéantissement ! criai-je, poursuivant mon délire. Je n'en sais rien, peut-être, il y en a une aussi dans le fouet, quand il vous claque sur le dos, qu'il vous déchire les chairs… Mais il y a peut-être d'autres plaisirs que je voudrais connaître. Tout à l'heure, à table, le général me faisait la morale, devant vous, pour sept cents roubles l'an – et encore, je pourrais bien ne jamais les toucher. Le marquis des Grieux hausse les sourcils, me regarde et ne me voit même pas. Et si, peut-être, moi, votre marquis des Grieux, j'avais une envie folle de le tirer par le bout du nez, devant vous ?

— Discours de blanc-bec. On peut être digne dans toutes les situations. S'il y a une lutte, elle élève, elle n'humilie pas.

— La belle sentence ! Vous supposerez seulement, peut-être, que je ne sais pas garder ma dignité. C'est-à-dire que, peut-être, je suis un homme digne, mais je ne sais pas garder ma dignité. Vous comprenez que c'est possible ? Mais tous les Russes sont comme moi, et vous savez pourquoi : parce que les Russes ont des dons trop puissants, trop variés pour trouver une forme qui leur corresponde. Tout est question de forme. Nous autres Russes, pour la plupart, nous sommes tellement doués qu'il faut être des génies pour leur donner une forme décente, à tous ces dons. Et ce génie, le plus souvent, il manque, parce que le génie est une chose rare. Il n'y a que chez les Français, et sans doute chez quelques autres Européens, que s'est élaborée cette forme qui fait qu'on peut garder un air de dignité rigide tout en étant un homme indigne. C'est pour cela que, chez eux, la forme est tellement importante. Le Français supportera une offense, une offense réelle, au cœur, mais pour rien au monde il ne supportera une chiquenaude sous le nez, parce que cette chiquenaude est le déni d'une forme de bienséance établie, élaborée depuis des siècles. C'est pour cela que nos demoiselles sont si sensibles aux Français, parce qu'ils ont une belle forme. Moi, remarquez, je n'y vois aucune forme, je n'y vois rien qu'un coq, *le coq gaulois.* Mais je suis incapable de comprendre ça, je ne suis pas une femme. Ils sont peut-être très bien, les coqs. Mais voilà que je dis n'importe quoi, et vous, vous ne m'arrêtez pas. Arrêtez-moi plus souvent : quand je vous parle, j'ai envie de tout vous dire, tout, tout, tout. Je perds toutes les formes. Je vous accorderai même que non seulement je n'ai aucune forme, je n'ai aucune qualité. Voilà une chose que je vous déclare. Même, toutes les qualités, je m'en fiche. Maintenant, tout s'est figé en moi. Et vous savez pourquoi. Il ne me reste pas une pensée humaine dans la tête. Il y a longtemps que je ne sais plus ce qui se passe dans le monde, ni en Russie, ni là. Tenez, je suis passé par Dresde, je ne sais même pas ce que c'est, Dresde. Vous savez bien ce qui m'a englouti. Et comme je n'ai aucun espoir, et que je suis un zéro à vos yeux, je vous le dis en face : partout, je ne vois que vous, le reste m'est indifférent. Pourquoi et comment je vous aime – je n'en sais rien. Vous savez que, peut-être, vous n'êtes pas belle du tout ? Figurez-vous que je ne sais même pas si vous êtes belle, même de visage. Votre cœur, je parie, il ne doit pas être très beau ; votre esprit – pas très honnête ; oui, oui, c'est bien possible.

— C'est peut-être pour cela que vous voulez m'acheter avec de l'argent, dit-elle, parce que vous pensez que je suis malhonnête ?

— Quand est-ce que j'ai voulu vous acheter avec de l'argent ? m'écriai-je.

— Vous vous emballez et vous perdez le fil. Si ce n'est pas moi que vous espérez acheter avec de l'argent, c'est mon respect.

— Non, ce n'est pas tout à fait ça. Je vous ai dit que j'avais du mal à m'expliquer. Vous m'écrasez. Ne vous mettez pas en colère à cause de mon bavardage. Vous comprenez pourquoi vous ne pouvez pas m'en vouloir : je suis fou, tout simplement. Remarquez, ça m'est égal, mettez-vous en colère. Quand je remonte chez moi, dans mon cagibi, il me suffit de me souvenir, d'imaginer ne serait-ce que le bruit de votre robe, et je me mordrais les bras jusqu'au sang. Pourquoi m'en voulez-vous ? Parce que je dis que je suis votre esclave ? Profitez-en, de cet esclavage, profitez-en ! Vous savez que je vous tuerai, un jour ? Et je ne vous tuerai pas parce que je ne vous aimerai plus, ou que je serai jaloux — non, je vous tuerai comme ça, parce que, des fois, j'ai une envie terrible de vous manger. Vous riez...

— Je ne ris pas du tout, dit-elle avec colère. Je vous ordonne de vous taire.

Elle s'arrêta, la colère l'empêchait presque de respirer. C'est vrai, je ne savais pas si elle était belle, mais j'avais toujours aimé la regarder quand elle s'arrêtait devant moi, et j'aimais donc souvent susciter sa colère. Elle l'avait peut-être remarqué, d'ailleurs, et se mettait en colère tout exprès. Ce que je lui dis.

— Quelle saleté ! s'exclama-t-elle avec dégoût.

— Ça m'est égal, continuai-je. Et puis, vous savez quoi ? Il est dangereux pour nous de marcher l'un à

côté de l'autre ; j'ai senti plusieurs fois des envies irrépressibles de vous battre, de vous défigurer, de vous
tordre le cou. Vous pensez que je n'oserai pas ? Vous
finirez par me rendre vraiment malade. C'est du scandale, peut-être, que j'aurai peur ? Ou de votre colère ?
Mais qu'est-ce que j'en ai à faire, de votre colère ? Je
vous aime sans espoir, et je sais qu'après ça, je vous
aimerai encore mille fois plus. Si je vous tue un jour, il
faudra bien que je me tue moi-même ; eh bien, je resterai le plus longtemps possible sans me tuer, pour ressentir cette douleur monstrueuse d'être sans vous. Vous
savez le plus incroyable ? Chaque jour, je vous aime de
plus en plus, et c'est pourtant presque impossible.
Après cela, comment ne serais-je pas fataliste ? Vous
vous souvenez, il y a deux jours, sur le Schlangenberg,
je vous ai murmuré, quand vous m'avez défié : dites un
seul mot, et je saute dans le vide. Si vous l'aviez dit, ce
mot, j'aurais sauté tout de suite. Ou vous ne le croyez
pas, que j'aurais sauté ?

— Quel bavardage idiot ! s'écria-t-elle.

— Ça m'est égal, qu'il soit idiot ou non, m'écriai-
je. Je sais que devant vous, il faut que je parle, que je
parle, que je parle – et donc, je parle. Devant vous, je
perds tout mon amour-propre, tout m'est égal.

— Pourquoi diable vous ferais-je sauter du Schlangenberg ? dit-elle sèchement (et je sentis une humiliation toute spéciale dans cette sécheresse). Cela m'est
parfaitement inutile.

— Magnifique ! m'écriai-je, ce mot magnifique,
"inutile", vous l'avez choisi spécialement pour mieux
m'écraser. Je vous vois comme si je vous avais faite.
Inutile, dites-vous ? Mais le plaisir est toujours utile, et
le pouvoir frénétique, illimité – ne serait-ce que sur une
mouche – ça aussi, dans son genre, c'est une jouissance.

L'homme, par nature, est un despote, il aime être un bourreau. Vous aimez ça terriblement.

Je me souviens qu'elle me jeta un coup d'œil qui trahissait une attention soudain particulière. Sans doute mon visage exprimait-il à ce moment mes sensations incohérentes et absurdes. Je me souviens maintenant que notre conservation s'est vraiment déroulée telle que je la décris là, et presque mot pour mot. Mes yeux s'étaient injectés de sang. De l'écume apparaissait aux commissures de mes lèvres. Et pour le Schlangenberg, je le jure sur mon honneur, même aujourd'hui : si seulement elle m'avait donné cet ordre, de me jeter dans le vide, je l'aurais fait ! Si elle avait dit quoi que ce fût, ne fût-ce qu'en plaisantant, ou bien avec mépris, ou comme en me crachant dessus – j'aurais sauté tout de suite !

— Non, pourquoi ? Je vous crois, prononça-t-elle, mais comme il n'y a qu'elle, parfois, pour prononcer de telles choses, avec un tel mépris, un tel sarcasme, une telle arrogance, que, sérieusement, on pourrait bien la tuer dans ces moments-là. Elle risquait ça. Pour cela non plus, je ne lui avais pas menti.

— Vous n'êtes pas un lâche ? me demanda-t-elle soudain.

— Je ne sais pas ; peut-être que je suis aussi un lâche. Je ne sais pas… Ça fait longtemps que je ne me suis pas posé la question.

— Si je vous disais : tuez cet homme, vous le feriez ?

— Qui ça ?

— Qui je voudrais.

— Le Français ?

— Ne posez pas de questions, répondez. Celui que je vous dirais. Je veux savoir si vous venez de parler sérieusement. Elle attendait ma réponse avec un tel sérieux, une telle impatience que cela me fit un peu bizarre.

— Mais me direz-vous à la fin ce qui se passe ici ! m'écriai-je. De moi que vous avez peur, ou quoi ? Je vois bien tous les désordres qu'il y a. Vous êtes la filleule d'un homme ruiné et fou, malade de passion pour ce démon – *Blanche* ; et puis, il y a ce Français, avec cette influence étrange qu'il exerce sur vous – et vous, maintenant, qui êtes tellement sérieuse quand vous me posez... cette question. Au moins, que je puisse savoir, sinon, c'est moi qui deviendrai fou, ou je ferai quelque chose. Ou bien vous avez honte de m'honorer d'un peu de sincérité ? Est-ce que, vraiment, vous pouvez avoir honte devant moi ?

— Ce n'est pas de cela que je vous parle. Je vous ai posé une question et j'attends une réponse.

— Bien sûr que je le tuerais, m'écriai-je, celui que vous me direz... Mais vous, est-ce que vous êtes capable... de me donner cet ordre ?

— Vous pensez peut-être que je vous épargnerai ? Je vous donnerai l'ordre, et moi, je resterai en dehors. Cela, vous le supporterez ? Mais non, bien sûr que non ! Vous seriez très capable de tuer sur ordre, oui, seulement, après, vous viendriez me tuer moi-même, pour vous l'avoir demandé.

A ces mots, je sentis tout mon sang qui me montait à la tête. Bien sûr, même sur le moment, j'avais pensé que sa question était, pour une moitié, une plaisanterie, une provocation. Mais je restais quand même sidéré qu'elle se fût exprimée ainsi, qu'elle affirmât une telle possession sur ma personne, qu'elle fût d'accord pour exercer un tel pouvoir, et qu'elle me dît en face : "Marche à ta perte, moi, je reste en dehors." Il y avait dans ces mots quelque chose de tellement cynique, de tellement sincère, qu'il y en avait même trop, j'ai l'impression. Mais comment me voyait-elle après cela ? Cela dépassait même la limite de l'esclavage et de l'anéantissement. Après cela, le maître ne peut qu'élever l'esclave jusqu'à lui. Et, quelque absurde et incroyable qu'eût été notre conversation, je sentis mon cœur qui frissonnait.

Soudain, elle éclata de rire. Nous étions assis sur un banc, près des enfants qui jouaient, en face de l'endroit même où s'arrêtaient les équipages qui déposaient les gens devant l'allée menant au casino.

— Vous voyez cette grosse baronne ? s'écria-t-elle. C'est la baronne Wurmerhelm. Ça ne fait que trois jours qu'elle est là. Regardez son mari : un Prussien maigre et sec, une canne à la main. Vous vous souvenez comme il nous regardait, il y a trois jours ? Allez trouver la baronne, ôtez votre chapeau et dites-lui quelque chose en français.

— Pourquoi ?

— Vous m'avez juré que vous auriez sauté du haut du Schlangenberg ; vous jurez que vous êtes prêt à tuer, si je vous l'ordonne. A la place de ces assassinats et de ces tragédies, je veux juste m'amuser. Allez-y sans discuter. Je veux voir comment le baron vous donnera des coups de canne.

— Vous me provoquez ; vous pensez que je ne le ferai pas ?

— Oui, je vous provoque ; allez-y, c'est ce que je veux !

— Très bien, j'irai, même si c'est une lubie furieuse. Seulement voilà : si le général avait des ennuis, et vous par contrecoup ? Je vous le jure, ce n'est pas pour moi que je m'inquiète, mais pour vous – bon, et pour le général. Et qu'est-ce que c'est que cette lubie d'aller humilier une femme ?

— Non, je vois que vous n'êtes qu'un hâbleur, dit-elle avec mépris. Il n'y a que vos yeux qui se sont injectés de sang, tout à l'heure – mais c'est peut-être seulement que vous avez bu à table. Suis-je assez sotte pour ne pas comprendre que c'est idiot, et vulgaire, et que le général sera fâché ? Je veux juste m'amuser. Oui, c'est ce que je veux – c'est tout ! Et pourquoi iriez-vous humilier une femme ? Il vous rossera avant.

Je me tournai et je m'en fus, sans dire un mot, exécuter son ordre. Bien sûr, c'était idiot, et bien sûr, je ne fus pas capable de m'en sortir, mais, à mesure que j'approchais de la baronne, je m'en souviens, je sentis comme une excitation de gosse qui montait en moi – oui, une excitation de potache. Et puis, j'étais monstrueusement excédé, j'étais comme saoul.

VI

Il y a déjà deux jours que ce jour imbécile est passé. Et que de bruit, de cris, de quoi ? de qu'est-ce ?... Et tout ce remue-ménage, toute cette absurdité, cette bêtise, toute cette bassesse, j'en suis la cause. Remarquez, parfois, ça peut faire rire – moi, du moins. Je suis incapable de me rendre compte de ce qui m'est arrivé, si vraiment je me trouve dans un état second ou, simplement, si j'ai quitté l'ornière et que je bats la campagne avant qu'on me passe la camisole. Parfois, j'ai l'impression que je deviens fou. D'autres fois, il me semble que je suis encore tout proche de l'enfance, du banc de l'école, que je fais de grosses blagues de potache.

C'est Polina, tout ça, c'est Polina ! Il n'y aurait pas de potacheries, peut-être, sans elle. Qui sait, peut-être, c'est par désespoir, chez moi (mais c'est idiot, d'ailleurs, de réfléchir ainsi). Et je ne comprends pas, non, je ne comprends pas ce qu'elle peut avoir de beau ! N'empêche que si, elle est belle, si, elle est belle ; si, sans doute, elle est belle. Les autres aussi, elle les rend fous. Elle est grande, droite. Mais tellement mince. J'ai l'impression qu'on la fourrerait tout entière dans un sac, on la plierait en deux. La trace de son pied, elle est si longue, si fine – une torture. Oui, une torture. Les cheveux – avec des reflets roux. Les yeux – on dirait ceux d'un chat, mais comme elle sait s'en servir avec fierté, arrogance. Il y a quatre mois, alors que je venais de prendre ma place, un soir, je l'ai vue dans la salle, elle était dans une conversation interminable, orageuse avec des Grieux. Comme elle le regardait… Après quand je suis rentré me coucher, j'ai eu l'impression qu'elle lui avait donné une gifle, qu'elle venait de la lui donner, qu'elle était là, devant lui, et qu'elle le regardait… C'est depuis ce soir-là que je l'aime.

Mais revenons au fait.

J'ai suivi le sentier jusqu'à l'allée, je me suis placé au milieu et j'ai attendu la baronne et le baron. A cinq pas de distance, j'ai ôté mon chapeau et je me suis incliné.

Je me souviens que la baronne portait une robe d'une ampleur inabordable, gris clair, avec des volants, une crinoline et une traîne. Elle est toute petite et particulièrement replète, dotée d'un menton horriblement pesant, pour ne pas dire tombant, un menton qui lui annule le cou. Un visage pourpre. Des yeux petits, méchants, insolents. Elle marche, on dirait que c'est un honneur qu'elle vous fait. Le baron est sec, une vraie perche. La figure, comme toujours chez les Allemands, de biais, parcourue d'un millier de petites rides ; des lunettes ; quarante-cinq ans. Ses jambes, on croirait qu'elles commencent à la poitrine ; c'est la race, donc. Fier comme un paon. Pas bien dégourdi. Je ne sais quoi d'un bélier dans l'expression, un air original pour remplacer l'intelligence.

Tout ça, ça m'a jailli aux yeux en trois secondes.

Mon geste et mon chapeau, au début, n'avaient presque pas éveillé leur attention. Le baron avait juste légèrement froncé les sourcils. La baronne continuait de flotter face à moi.

— *Madame la baronne,* prononçai-je d'une voix claironnante, en faisant ressortir chaque syllabe, *j'ai l'honneur d'être votre esclave.*

Puis je fis un deuxième salut, je remis mon chapeau et je passai devant le baron, tournant poliment la tête de son côté avec un grand sourire.

Le chapeau, c'est elle qui m'avait donné l'ordre de l'enlever, mais les courbettes, les potacheries, elles venaient de moi seul. Quelle mouche avait bien pu me piquer ? J'étais lancé.

— *Gehen !* cria, ou, pour mieux dire, glapit le baron, se retournant vers moi avec une surprise pleine de colère.

Je me retournai et m'arrêtai dans une attente respectueuse, continuant de le regarder et de sourire. Il était visiblement stupéfait, il haussait les sourcils jusqu'au *nec plus ultra*. Sa face s'assombrissait à vue d'œil. La baronne, à son tour, tourna la tête vers moi et me regarda avec une stupéfaction rageuse. Quelques passants se mettaient à observer. D'autres, même, s'arrêtaient.

— *Gehen !* glapit encore le baron, doublant son glapissement et doublant sa colère.

— *Jawohl,* fis-je d'un ton traînant en le regardant toujours droit dans les yeux.

— *Sind Sie rasend ?* cria-t-il, levant sa canne et commençant, je crois bien, à prendre peur. C'est peut-être ma mise qui le troublait. J'étais vêtu non seulement avec décence, mais avec élégance, comme un homme qui appartient de plein droit au public le plus raffiné.

— *Jawo-o-ohl !* criai-je soudain de toutes mes forces, en allongeant le *o*, à la manière des Berlinois qui utilisent à tout bout de champ cette expression, *"jawohl"*, en allongeant plus ou moins le son *o* pour exprimer toutes sortes de nuances de pensée ou de sentiment.

Le baron et la baronne se retournèrent bien vite et s'enfuirent presque à toutes jambes devant moi. Des gens parlaient dans le public, d'autres me regardaient et ne comprenaient pas. Mais je ne me souviens plus très bien.

Je revins sur mes pas et, sans me presser, je voulus retrouver Polina Alexandrovna. J'étais à plus d'une centaine de pas de son banc quand je la vis qui se levait et rentrait à l'hôtel avec les enfants.

Je la rejoignis sur le perron.

— C'est fait… votre bêtise, lui dis-je en arrivant à sa hauteur.

— Et puis ? Débrouillez-vous maintenant, répondit-elle sans même me jeter un coup d'œil, et elle monta les marches.

J'ai passé toute la soirée à marcher dans le parc. En traversant le parc puis la forêt, je me suis même retrouvé dans une autre principauté. J'ai mangé une omelette et bu du vin dans un petit chalet : idylle qui m'a coûté rien moins qu'un thaler cinquante.

Je ne suis rentré à l'hôtel qu'à onze heures du soir. Le général m'a envoyé chercher sur-le-champ.

La famille occupe deux suites dans l'hôtel ; quatre pièces. La première, spacieuse, est un salon, avec un piano. A côté, une autre grande pièce, le cabinet du général. C'est là qu'il m'attendait, debout au milieu de son cabinet, dans une pose particulièrement majestueuse. Des Grieux, lui, restait affalé sur le divan.

— Mon cher monsieur, permettez-moi de vous demander ce que vous avez fait, commença le général en s'adressant à moi.

— Général, je voudrais que vous en veniez droit au but, lui dis-je. Vous voulez sans doute parler de ma rencontre avec un Allemand ?

— Avec un Allemand ? Cet Allemand, c'est le baron Wurmerhelm, et c'est une personnalité, monsieur ! Vous l'avez agressé, lui et la baronne.

— Absolument pas.

— Vous leur avez fait peur, monsieur ! cria le général.

— Mais pas du tout. Depuis Berlin, j'avais dans l'oreille ce mot, *"jawohl"*, qu'ils répètent tout le temps, et qu'ils allongent d'une façon tellement détestable. Quand je les ai rencontrés dans l'allée, je ne sais pas pourquoi, mais il y a ce *"jawohl"* qui m'est revenu à la mémoire, je ne sais pas, ça a agi sur moi, ça m'a mis dans tous mes états… En plus, la baronne, cela fait trois fois qu'elle me rencontre, et chaque fois, elle marche droit sur moi, comme si j'étais un ver de terre qu'on écraserait avec plaisir. Convenez que, moi aussi, j'ai le droit d'avoir de l'amour-propre. J'ai ôté mon chapeau et, poliment (je vous assure que je l'ai dit poliment), j'ai dit : *"Madame, j'ai l'honneur d'être votre esclave."* Quand le baron s'est retourné et qu'il m'a crié *"Gehen !"*, je ne sais pas ce qui m'a pris, tout à coup, j'ai crié : *"Jawohl !"* Et je l'ai crié deux fois : la première fois, tout à fait normalement, et, la deuxième, en allongeant de toutes mes forces. Voilà tout.

J'avoue que j'étais horriblement content de cette explication de potache. J'avais envie, à m'étonner moi-même, de raconter toute cette histoire de la façon la plus stupide possible.

Plus ça allait, plus j'entrais dans le rôle.

— Vous vous moquez de moi, ou quoi ? cria le général. Il se tourna vers le Français et lui expliqua, en français, que je cherchais vraiment à faire une histoire. Des Grieux ricana d'un air méprisant et haussa les épaules.

— Oh, mais ne pensez pas ça, pas du tout ! m'écriai-je, parlant au général. Bien sûr, mon acte est détestable, je le reconnais devant vous au plus haut point, sincère-ment. Cet acte, on peut même l'appeler une plaisanterie de potache, idiote, ou indécente, mais – rien de plus. Et, vous savez, général, c'est au plus haut point que je m'en repens. Mais il y a encore une circonstance qui, à mes yeux, me dispense presque du remords. Ces derniers temps, disons depuis deux ou trois semaines, je ne me sens pas très bien : je suis malade, nerveux, irascible, lunatique et il peut m'arriver de perdre le contrôle de moi-même. Par exemple, quelquefois, et même à plusieurs reprises, j'ai eu une envie terrible de m'adresser au marquis des Grieux et… Mais, bon, mieux vaut ne pas finir ma phrase ; il pourrait m'en vouloir. Bref, ce sont des symptômes de maladie. J'ignore si la baronne Wurmerhelm prendra en compte cette circonstance quand je lui ferai mes excuses (parce que j'ai l'intention de lui faire mes excuses). Je suppose que non, d'autant que, d'après ce que j'en sais, on a trop tendance à avoir recours à cette circonstance dans le monde juridique : les avocats, pour les procès de droit commun, se mettent un peu trop souvent à innocenter leurs clients criminels en prétendant qu'au moment de leur crime ils n'avaient pas leur pleine conscience, qu'ils étaient donc malades. "Il a cogné, n'est-ce pas, il ne se souvient de rien." Et figurez-vous, général, que la médecine leur donne raison : elle confirme qu'il existe une maladie qui s'appelle la folie passagère, quand on n'a plus de mémoire, ou une demi-mémoire, ou un quart de mémoire. Mais le baron et la baronne, ils sont de la vieille école, des junkers prussiens, qui plus est, de grands propriétaires. Je suppose qu'ils ne connaissent pas encore ce progrès du monde médico-légal, et qu'ils refuseront donc mes explications. Qu'est-ce que vous en pensez, général ?

— Assez, monsieur ! dit le général d'un ton tranchant et contenant sa colère, assez ! Je ferai en sorte de me protéger une fois pour toutes de vos potacheries.

Vos excuses à la baronne et au baron, vous ne les ferez pas. Tous les contacts qu'ils pourraient avoir avec vous, même s'ils ne concernent que votre demande d'excuses, seraient trop humiliants pour eux. Le baron, quand il a appris que vous apparteniez à ma maison, s'est expliqué avec moi dans le parc et je vous avouerai qu'il s'en est fallu de peu qu'il ne me demande réparation. Comprenez-vous, monsieur, à quoi vous m'avez exposé – oui, moi, mon cher monsieur ? C'est moi, moi qui ai été obligé de présenter mes excuses au baron et de lui donner ma parole qu'aujourd'hui même, là, sur-le-champ, vous n'appartiendriez plus à ma maison...

— Pardon, pardon, général, c'est lui qui vous a demandé explicitement que je n'appartienne plus à votre maison, comme vous daignez vous exprimer ?

— Non ; c'est moi qui me suis senti obligé de lui donner cette réparation et il va de soi que le baron est resté content. Nous nous quittons, monsieur. Il vous reste à recevoir de moi quatre frédérics d'or et trois florins pour vos gages d'ici. Voici l'argent, et un reçu ; vous pouvez vérifier. Adieu. Désormais, nous n'avons plus rien à nous dire. Hormis des tracas et des désagréments, je n'ai rien eu de vous. J'appelle le maître d'hôtel et je le préviens qu'à partir de demain je ne réponds plus de vos dépenses. J'ai l'honneur d'être votre valet.

Je pris l'argent, le papier sur lequel le décompte avait été inscrit au crayon, je saluai le général et lui dis avec le plus grand sérieux :

— Général, ça ne peut pas se terminer comme ça. Je regrette beaucoup que le baron vous ait fait des ennuis, mais – pardonnez-moi : c'est de votre faute. Comment avez-vous pu prendre sur vous de répondre de moi devant le baron ? Que signifie l'expression que j'appartiens à votre maison ? Je suis simplement précepteur dans votre maison, c'est tout. Je ne suis pas votre fils, je ne suis pas sous votre tutelle, vous n'avez pas le droit de répondre de mes actes. Je suis une personne juridiquement capable. J'ai vingt-cinq ans, je suis diplômé de l'université, je suis noble, je n'ai rien à voir avec vous. Il n'y a que le respect infini que j'éprouve pour vos mérites qui m'empêche de vous demander réparation à l'instant même ou des explications plus approfondies pour avoir pris sur vous le droit de répondre de moi.

Le général fut tellement stupéfait qu'il en resta les bras ballants, puis il se tourna vers le Français et lui apprit très vite que j'avais failli le provoquer en duel. Le Français partit d'un rire sonore.

— Mais pour le baron, je n'ai pas l'intention de laisser passer comme ça, poursuivis-je avec le plus grand sang-froid, pas le moins du monde troublé par le rire du sieur des Grieux, et, général, comme vous avez accepté d'écouter tout à l'heure les plaintes du baron et de prendre son parti, vous plaçant vous-même, pour ainsi dire, en position de participant actif dans cette affaire, j'ai l'honneur de vous informer que, pas plus tard que demain matin, je demanderai au baron, en mon nom propre, une explication formelle sur le fait qu'ayant eu affaire avec moi, il se soit adressé à une tierce personne, comme si j'avais été moi-même indigne de répondre de mes actes.

Il arriva ce que je prévoyais. Le général, entendant cette nouvelle sottise, fut définitivement pris de panique.

— Comment, mais vous avez vraiment l'intention de poursuivre cette maudite histoire ! s'écria-t-il, mais que faites-vous de moi, mon Dieu ! Je vous l'interdis, je vous l'interdis, monsieur, ou, je vous jure !... Ici aussi, il y a une autorité, et moi... moi... bref, vu mon rang… et le baron de même… bref, on vous fera mettre aux arrêts, on vous expulsera d'ici par la force publique, pour prévenir vos scandales ! Vous comprenez, monsieur ? et, même s'il s'étouffait de rage, il était saisi d'une panique terrible.

— Général, lui répondis-je avec un calme qui lui était insupportable, on ne peut pas arrêter quelqu'un pour scandale avant que ce scandale n'ait été commis. Je n'ai pas encore engagé mes explications avec le baron et vous n'avez pas encore la moindre idée de la forme et des bases sur lesquelles j'ai l'intention d'entreprendre ma démarche. Mon seul but est d'éclaircir une supposition qui serait offensante pour moi, celle de me trouver sous la tutelle d'un homme qui aurait un quelconque pouvoir sur ma liberté. Vous avez tort de vous faire du souci et de vous inquiéter.

— Au nom du ciel, au nom du ciel, Alexeï Ivanovitch, laissez-là cette idée absurde ! murmura le général, changeant soudain son ton furieux pour un ton suppliant, et allant même jusqu'à me prendre par le bras. Non, mais, imaginez ce qui en résulterait ! D'autres ennuis ! Accordez-moi vous-même que je dois faire particulièrement attention, et surtout en ce moment !… Surtout en ce moment !… Oh, vous ne connaissez pas, vous ne connaissez pas toutes mes circonstances !… Quand nous repartirons d'ici, je suis prêt à vous reprendre chez moi. Maintenant, c'est seulement comme ça, quoi, en un mot – mais vous comprenez bien pourquoi ! s'écria-t-il d'une voix désespérée, Alexeï Ivanovitch, Alexeï Ivanovitch !

En passant la porte, je demandai encore une fois avec insistance au général de ne pas s'inquiéter, je lui promis que tout se passerait bien et sans scandale, et je m'empressai de sortir.

Parfois, les Russes à l'étranger se montrent trop lâches, ils ont une peur horrible du qu'en-dira-t-on, de la façon dont on les jugera, si telle ou telle chose sera décente ou non – en un mot, ils se tiennent comme dans un corset, surtout ceux qui prétendent à quelque importance. La chose la plus futile, ils la prennent pour la forme la plus commune, la plus établie, et s'y soumettent comme des esclaves – dans les hôtels, les promenades, les réunions, les voyages… Mais le général s'était trahi – il m'avait dit, en plus, qu'il avait des "circonstances", et qu'il devait "particulièrement faire attention". C'est pour cela qu'il avait si lâchement, si peureusement changé de ton avec moi. Cela, je l'avais noté, je l'avais remarqué. Et, oui, il était bien capable, sur un coup de tête, de s'adresser à je ne sais quelle autorité, il fallait donc vraiment que je prenne garde.

Pourtant, ce n'était pas tellement le général que je voulais mettre en rage ; je voulais surtout faire bisquer Polina. Polina m'avait traité d'une façon si cruelle, elle m'avait mis dans un mauvais pas si stupide que je voulais l'amener à ce que ce soit elle qui me demande elle-même de m'arrêter. Ma potacherie pouvait, à la fin, la compromettre. De plus, d'autres désirs et d'autres impressions s'étaient formés en moi ; si, par exemple, je disparais dans le néant devant elle, de mon propre gré, cela ne veut pas dire que, devant les gens, je suis une poule mouillée et, bien sûr, ce n'est pas au baron "de me donner des coups de canne". J'avais eu envie de me moquer de tout le monde, et de jouer au héros. Qu'ils voient un peu… Je parie qu'elle aura peur du scandale et qu'elle me rappellera. Si elle ne me rappelle pas, elle verra quand même que je ne suis pas une poule mouillée…

(Une nouvelle étonnante : je viens juste d'apprendre par la nourrice que j'ai croisée dans l'escalier que Maria Filippovna est partie aujourd'hui, toute seule, pour Karlsbad, par le train du soir, chez sa cousine. Qu'est-ce que c'est que cette nouvelle ? La nourrice dit que c'était prévu depuis longtemps ; mais comment se fait-il que personne n'ait été au courant ? Encore qu'il n'y a peut-être que moi qui n'en savais rien. La nourrice s'est trahie en me disant qu'il y a deux jours, Maria Filippovna et le général avaient eu une grosse discussion. Nous y voilà. Sans doute *Mlle Blanche.* C'est sûr, il se prépare chez nous quelque chose de décisif.)

VII

Le lendemain matin, j'ai appelé le maître d'hôtel et je lui ai demandé de me faire un compte à part. Ma chambre n'était pas chère au point de m'affoler vraiment et de m'obliger à déménager d'une façon définitive. J'avais seize frédérics d'or et puis... et puis, peut-être, la richesse ! C'est étonnant, je n'ai pas encore gagné, mais j'agis, je sens et je pense comme un homme riche, et je ne peux pas m'imaginer d'une autre façon.

J'avais l'intention, malgré l'heure matinale, de me rendre de suite chez Mr. Astley à l'*Hôtel d'Angleterre*, tout près de chez nous, quand je vis soudain des Grieux qui entrait dans ma chambre. Cela n'était encore jamais arrivé, d'autant que, ces derniers temps, nos relations, à ce monsieur et à moi, étaient assez distantes, et pour le moins tendues. Il ne cherchait pas à cacher le mépris qu'il ressentait pour moi, il s'efforçait même de ne pas le cacher ; et moi, moi, j'avais mes propres raisons de ne pas trop l'apprécier. Bref, je le haïssais. Sa visite me surprit beaucoup. Je compris tout de suite qu'il y avait là quelque chose de spécial.

Il entra très aimablement et me fit compliment de ma chambre. Voyant que j'avais mon chapeau à la main, il me demanda si j'avais l'intention de me promener si tôt. Quand il entendit que je me rendais chez Mr. Astley pour affaire, il réfléchit, comprit et je lus sur son visage une préoccupation extrême.

Des Grieux était comme tous les Français, c'est-à-dire aimable et gai, quand il le fallait et que cela lui servait à quelque chose, et incroyablement ennuyeux quand il n'y avait plus besoin d'être aimable et gai. Il est rare qu'un Français soit aimable de nature ; il est toujours aimable comme sur ordre, par calcul. Si, par exemple, il estime nécessaire d'être lunatique, original, ou l'homme le plus fantastique, sa fantaisie, la plus stupide et la moins naturelle, prend des formes toutes faites, et vieillies depuis longtemps. Le Français naturel est l'être à la positivité la plus bourgeoise, la plus mesquine, la plus quotidienne, bref, la créature la plus ennuyeuse du monde. Je crois qu'il n'y a que les blancs-becs, et surtout les demoiselles, qui puissent se laisser charmer par les Français. Toute créature honnête voit de suite la banalité foncière des formes toutes faites de l'amabilité mondaine, de cette aisance, de cette gaieté, et cela lui devient très vite insupportable.

— Je viens vous voir pour une chose sérieuse, commença-t-il avec un détachement extrême, quoique avec politesse, et je ne vous cacherai pas que je viens comme ambassadeur, ou, pour mieux dire, comme médiateur, de la part du général. Je ne connais le russe que très mal, et je n'ai presque rien compris hier ; mais le général m'a expliqué tous les détails, et, je l'avoue...

— Ecoutez, monsieur des Grieux, répliquai-je, lui coupant la parole, c'est donc dans cette affaire aussi que vous avez pris sur vous d'être médiateur. Je ne suis, bien sûr, qu'un *outchitel,* et je n'ai jamais prétendu à l'honneur d'être un ami proche de la maison, ou à je ne sais quelles relations particulièrement intimes, je ne connais donc pas toutes les circonstances ; mais, vous-même, expliquez-moi, êtes-vous donc devenu un membre à part entière de la famille ? Parce que, n'est-ce pas, vous prenez tout tellement à cœur, vous êtes tout de suite un médiateur si empressé…

Cette question lui déplut. Elle était trop transparente à ses yeux, mais il ne voulait pas en dire trop long.

— Je suis lié au général un peu par des affaires, un peu par quelques circonstances particulières, répondit-il sèchement. Le général m'envoie vous demander d'abandonner vos intentions d'hier. Tout ce que vous avez imaginé est très spirituel, bien sûr, mais il m'a justement demandé de vous transmettre que cela ne pouvait pas réussir ; plus encore, le baron ne vous recevrait pas, et puis, enfin, il a tous les moyens pour se garder à l'avenir de tous les ennuis qui pourraient venir de vous. Accordez cela vous-même. Pourquoi donc continuer, dites-le-moi ? Le général, quant à lui, vous promet de vous reprendre chez lui, aux premières circonstances favorables, et, d'ici là, de vous conserver *vos appointements*. Tout cela est assez avantageux, n'est-ce pas ?

Je lui répliquai très tranquillement qu'il faisait quelque peu fausse route ; qu'il était bien possible que le baron ne me chasse pas, qu'au contraire, il veuille bien m'écouter, et je lui demandai de m'avouer qu'il était venu, très vraisemblablement, pour voir ce que j'avais vraiment l'intention d'entreprendre dans cette histoire.

— Oh mon Dieu, puisque cela intéresse tant le général, il sera heureux d'apprendre ce que vous ferez, et comment vous le ferez. C'est tellement naturel !

Je me mis à lui expliquer, et lui, il commença à écouter, affalé, la tête légèrement inclinée, une teinte d'ironie sur le visage – une teinte évidente, qu'il ne cherchait nullement à cacher. En fait, il se tenait avec une arrogance extrême. J'essayais de toutes mes forces de faire semblant de considérer cette histoire du point de vue le plus sérieux. Je lui expliquais que, puisque le baron s'était plaint de moi au général, comme si j'étais un serviteur du général, il m'avait ainsi, premièrement, fait perdre ma place, et, deuxièmement, il m'avait traité comme un homme incapable de répondre de lui-même et avec lequel il serait inutile de parler. A l'évidence, je me sens offensé à juste titre ; pourtant, vu la différence d'âge, la position dans la société, etc., etc. (c'est là que je faillis éclater de rire), je ne veux pas prendre sur moi une frivolité nouvelle, c'est-à-dire demander directement au baron qu'il me donne raison, ou même le lui proposer. Mais je m'estime parfaitement en droit de lui présenter, et surtout à la baronne, mes excuses, d'autant qu'il est absolument vrai que, ces derniers temps, je me sens malade, déprimé et, pour ainsi dire, lunatique, etc., etc. Pourtant, c'est le baron lui-même qui, par sa plainte, blessante pour moi, au général et par la demande qu'il lui a faite de me jeter dehors, m'a mis dans une position où je ne suis plus en état de lui présenter mes excuses, à lui et à la baronne, et tout le monde croira sans doute que je suis venu présenter mes excuses par peur, pour retrouver ma place. De tout cela, il découle que je me trouve à présent dans l'obligation de demander au baron que ce soit lui qui s'excuse devant moi, ne fût-ce que dans les termes les plus mesurés – qu'il dise, par exemple, qu'il ne voulait pas m'offenser. Une fois que le baron aura dit cela, j'aurai les mains libres pour lui apporter les miennes, d'excuses, les plus honnêtes et les plus sincères. Bref, dis-je pour conclure, je ne demande qu'une chose : que le baron me délie les mains.

— Fi, que vous êtes susceptible, quelles chinoiseries ! Pourquoi devriez-vous vous excuser ? Enfin, concédez-moi, *monsieur... monsieur...* que vous faites tout cela exprès, pour faire du mal au général... ou peut-être avez-vous d'autres buts bien à vous... *mon cher monsieur, pardon, j'ai oublié votre nom, monsieur Alexis ?... n'est-ce pas ?*

— Mais, permettez-moi, *mon cher marquis,* en quoi cela vous regarde-t-il ?

— *Mais le général...*

— Et avec le général, qu'est-ce qu'il y a ? Hier, il disait je ne sais quoi, qu'il devait se tenir d'une façon particulière... il était très inquiet... mais je n'ai rien compris.

— Il y a là, il existe là une circonstance particulière, répliqua des Grieux d'un ton suppliant qui trahissait de plus en plus sa déception. Vous connaissez *Mlle de Cominges ?*

— Vous voulez dire *Mlle Blanche ?*

— Mais oui, *Mlle Blanche de Cominges... et madame sa mère...* Avouez vous-même, le général... Enfin, le général est amoureux, et même... même, peut-être, leur mariage se fera-t-il ici. Et vous imaginez avec cela toutes sortes de scandales, des histoires...

— Je ne vois là ni scandales ni histoires qui toucheraient au mariage.

— *Oh le baron est si irascible, un caractère prussien, vous savez, enfin, il fera une querelle d'Allemand.*

— Oui, mais à moi, pas à vous, parce que je n'appartiens plus à cette maison... (J'essayais vraiment d'être le plus stupide que je pouvais.) Mais, permettez-moi, c'est donc acquis, *Mlle Blanche* épouse le général ? Qu'attendent-ils donc ? Je veux dire, pourquoi le cacher, du moins de nous, des gens de son entourage ?

— Je ne peux pas vous... et puis, ce n'est pas tout à fait... pourtant, vous savez, on attend des nouvelles de Russie ; le général doit arranger ses affaires...

— *Ah ah, la baboulinka !*

Des Grieux me lança un regard haineux.

— Bref, me coupa-t-il, j'ai pleine confiance en votre bon cœur naturel, en votre esprit, en votre tact... Je suis sûr que vous ferez cela pour cette maison où l'on vous a reçu comme un parent, où vous avez été aimé, respecté...

— Je vous demande pardon, ils m'ont jeté dehors ! Ce que vous dites là, vous ne le dites que pour la forme ; mais, concédez-moi cela, si je vous dis, moi : "Bien sûr, je ne veux pas te tirer les oreilles, mais laisse-toi tirer les oreilles pour la forme." C'est presque la même chose, non ?

— S'il en est ainsi, si aucune requête n'a plus d'effet sur vous, commença-t-il d'un ton sévère et pincé, permettez-moi de vous assurer que des mesures seront prises. Il existe une autorité, vous serez expulsé aujourd'hui même – *que diable ! un blanc-bec comme vous* veut provoquer en duel un homme comme le baron ! Et vous pensez qu'on vous laissera faire ? Croyez-le bien, personne n'a peur de vous, ici ! Si je suis venu, c'est plutôt de moi-même, parce que vous étiez un souci pour le général. Et vraiment, vous pensez vraiment que le baron ne vous fera pas jeter dehors par son laquais ?

— Mais je n'irai pas moi-même, lui répondis-je avec un calme extrême, vous faites erreur, *monsieur des Grieux,* tout cela se fera avec bien plus de bienséance que vous ne pensez. J'ai l'intention de me rendre maintenant chez Mr. Astley et de lui demander d'être mon intermédiaire, bref, d'être mon *second.* Il ira trouver le baron, et le baron le recevra. Si je ne suis moi-même qu'un *outchitel,* et si je peux donc passer pour un *subalterne,* un homme, finalement, sans défense, Mr. Astley est le cousin d'un lord, d'un lord tout ce

qu'il y a de plus lord, tout le monde le sait, lord Pee-
brocke, et ce lord est ici. Croyez-moi, le baron sera
poli avec Mr. Astley, il l'écoutera. S'il ne l'écoute pas,
Mr. Astley prendra cela comme une offense personnelle
(vous savez que les Anglais savent ce qu'ils veulent) et
enverra un de ses amis trouver le baron – il a de bons
amis. Comprenez maintenant que les choses se passe-
ront peut-être autrement que vous ne le pensiez.

Le Français se mit à paniquer très fort ; cela avait
effectivement un air de vraisemblance ; il en découlait
donc que j'avais vraiment l'intention, et le pouvoir, de
faire une histoire.

— Mais, je vous le demande, fit-il d'une voix tout à
fait suppliante, laissez tout cela ! On croirait que cela
vous réjouit, de faire une histoire ! Ce n'est pas d'une
réparation que vous avez besoin, c'est d'une histoire !
Je dirais que tout cela sera très amusant et même spirituel, et c'est peut-être ce que vous cherchez, mais, en
un mot, conclut-il, voyant que je me levais et que je
prenais mon chapeau, je suis venu vous transmettre
deux mots d'une certaine personne : lisez ; on m'a demandé d'attendre la réponse.

Disant cela, il sortit de sa poche et me tendit un petit
billet plié et cacheté.

La main de Polina y avait inscrit :

*Il me semble que vous avez l'intention de pour-
suivre cette histoire. Vous avez pris la mouche et
vous mettez à faire des gamineries. Or il y a là des
circonstances particulières, que je vous explique-
rai un jour, peut-être ; vous, s'il vous plaît, cessez
et calmez-vous. Voilà bien des bêtises ! J'ai besoin
de vous et vous m'avez vous-même promis de
m'obéir. Souvenez-vous du Schlangenberg. Je vous*

demande de vous montrer obéissant, et, s'il le faut, je vous l'ordonne. Votre P.

P.-S. Si vous êtes fâché contre moi pour hier, excusez-moi.

Tout chavira devant mes yeux quand je lus ces lignes. Mes lèvres avaient pâli, je me mis à trembler. Ce maudit Français gardait un air de réserve souligné, en détournant les yeux, comme pour ne pas voir mon trouble. Il aurait mieux fait d'éclater de rire en face.

— Très bien, lui répondis-je, dites-lui que *mademoiselle* peut être tranquille. Pourtant, permettez-moi de vous demander, ajoutai-je d'un ton tranchant, pourquoi avez-vous tant tardé à me transmettre ce billet ? Plutôt que de raconter n'importe quoi, je crois que c'est par cela que vous deviez commencer... S'il est vraiment vrai que vous êtes venu pour me le transmettre.

— Oh, je voulais... en fait, tout cela est tellement bizarre que vous excuserez mon impatience naturelle. Je voulais apprendre le plus vite possible, et par vous-même, ce que vous aviez l'intention d'entreprendre. Mais je ne sais pas ce que contient ce billet, et je pensais que j'aurais toujours le temps de vous le donner.

— Je comprends ; on vous avait demandé de ne donner ce billet qu'en dernière instance et, si vous arriviez à tout arranger par des mots, de ne pas me le donner du tout. C'est cela ? Soyez sincère, *monsieur* des Grieux !

— *Peut-être,* dit-il, prenant un air particulier de distance, et me lançant un regard bien particulier.

Je pris mon chapeau ; il me fit un signe de tête et sortit. Je crus lire sur ses lèvres un sourire moqueur. C'est le contraire qui m'aurait étonné !

— On se retrouvera, mon petit Français, rira bien qui rira le dernier ! murmurai-je en descendant les escaliers.

Je ne pouvais encore rien comprendre, comme si j'avais reçu un coup de massue. L'air frais me fit un peu de bien.

Deux trois minutes plus tard, dès que je pus me faire une idée plus claire, je fus assailli par deux pensées : la première c'était de quelles bêtises – de quelles gamineries, des menaces incroyables d'un gamin, proférées dans la rage hier au soir – s'était levé un tumulte tellement universel ! et, la deuxième : quelle était donc l'influence que ce Français exerçait sur Polina ? Il suffisait qu'il dise un mot – elle faisait tout ce qu'il voulait, elle m'écrivait un billet, et même, elle me le *demandait*. Bien sûr, leurs relations avaient toujours été un mystère à mes yeux, depuis le début, depuis que j'avais commencé à les connaître ; pourtant, ces derniers jours, j'avais remarqué chez elle un dégoût affirmé, un vrai mépris, et lui, il ne la regardait pas, il se montrait même impoli. Cela, je l'avais remarqué. Polina m'avait parlé elle-même de ce dégoût ; elle avait déjà lâché des aveux d'une importance décisive... C'est qu'elle était à lui, ni plus ni moins, qu'il la tenait dans je ne sais quelles chaînes...

VIII

J'ai rencontré mon Anglais à la "promenade", comme on l'appelle ici, c'est-à-dire dans l'allée de châtaigniers.

— Oh, oh ! fit-il quand il m'aperçut, je viens chez vous, et vous chez moi. Ainsi, vous avez donc quitté les vôtres ?

— Dites-moi, d'abord, comment se fait-il que vous le sachiez, lui demandai-je, assez surpris, tout le monde est déjà au courant ?

— Oh non, pas tout le monde ; et ce n'est pas la peine qu'on le soit. Personne n'en parle.

— Alors, comment le savez-vous ?

— Je le sais, je veux dire que j'ai eu l'occasion de le savoir. Mais vous, maintenant, où voulez-vous aller ? Je vous aime bien, c'est pourquoi je viens vous voir.

— Vous êtes un brave homme, mister Astley, dis-je (j'étais quand même sidéré : d'où pouvait-il savoir ?), écoutez-moi : je n'ai pas encore pris mon café, et vous, vous l'avez sans doute mal pris ; allons prendre une tasse, vers le casino, nous pourrons nous asseoir, fumer un peu, et je vous raconterai tout, et... vous aussi, vous me raconterez.

Le café se trouvait à cent pas. On nous a servi deux tasses. Nous nous sommes installés, j'ai allumé une cigarette, Mr. Astley n'a rien allumé du tout et, en me fixant, il s'est apprêté à m'écouter.

— Je ne vais nulle part, je reste ici, commençai-je.

— Moi aussi, j'étais sûr que vous resteriez, prononça Mr. Astley avec approbation.

En allant chez Mr. Astley, je n'avais pas la moindre intention, et même j'avais pensé exprès que ce serait mal, de raconter quoi que ce soit de mon amour pour Polina. De toutes ces journées, je ne lui avais presque pas dit un mot de cela. D'autant qu'il était très timide. J'avais remarqué dès la première fois que Polina avait produit sur lui une impression profonde, mais il ne prononçait jamais son nom. Or, d'une façon bizarre, c'est brusquement, maintenant, à peine s'était-il assis et m'avait-il fixé de son regard de plomb, que j'avais senti naître en moi, je ne sais pas pourquoi, une envie de tout lui raconter, c'est-à-dire tout mon amour, avec toutes les nuances. Je lui ai fait un récit d'une bonne demi-heure, Dieu sait si ça me faisait plaisir – la première fois que je le racontais ! J'avais noté qu'il se troublait à certains passages, les plus brûlants, et je faisais exprès d'en renforcer la flamme. Je ne regrette qu'une chose : je crois que j'ai dû trop en dire sur le Français…

Mr. Astley écoutait, assis en face de moi, immobile, sans prononcer un mot, un son, me regardant droit dans les yeux ; mais quand j'ai tout de même voulu lui parler du Français, il m'a stoppé net et m'a demandé avec rudesse : avais-je le droit de parler de cette circonstance extérieure ? Mr. Astley posait toujours ses questions d'une façon bizarre.

— Vous avez raison : je crains bien que non, répondis-je.

— Sur ce marquis et miss Polina, vous ne pouvez rien dire d'assuré sinon des suppositions ?

Je m'étonnais une fois encore d'une question si catégorique, venant d'un homme aussi timide que Mr. Astley.

— Non, rien de sûr, répondis-je, rien, ça va de soi.

— S'il en est ainsi, vous avez mal agi, non seulement quand vous m'en avez parlé, mais même quand vous l'avez pensé.

— Fort bien ! Fort bien ! Je l'avoue ; mais il ne s'agit pas de ça maintenant, le coupai-je, toujours plus étonné. Et je lui ai raconté toute l'histoire d'hier, dans tous les détails, la lubie de Polina, mon aventure avec le baron, ma démission, l'incroyable lâcheté du général et, pour finir, j'ai exposé la visite de des Grieux, et en détail ; en conclusion, je lui ai montré le billet.

— Qu'est-ce que vous concluez de cela ? lui demandai-je. Je suis venu savoir ce que vous en pensiez. Pour moi, je crois que j'aurais tué ce sale Français, et c'est peut-être ce que je ferai.

— Moi aussi, dit Mr. Astley. Pour ce qui concerne miss Polina... vous savez, nous entrons en relation avec des gens que nous haïssons, si nous y sommes obligés. Il peut y avoir ici des relations que vous ne connaissez pas, qui sont liées à des circonstances extérieures. Je crois que vous pouvez vous rassurer – pas tout à fait, évidemment. Pour son action d'hier, elle est étrange, bien sûr, non parce qu'elle a voulu se débarrasser de vous et qu'elle vous a envoyé sous la canne du baron (une canne qu'il n'a pas utilisée, je me demande bien pourquoi, s'il l'avait dans la main) mais parce que cette lubie... pour une miss aussi exceptionnelle... est indécente. Evidemment, elle ne pouvait pas supposer que vous prendriez à la lettre cette envie de se moquer...

— Vous savez quoi ? m'écriai-je soudain, fixant attentivement Mr. Astley, j'ai l'impression que vous

étiez déjà au courant de tout ça, et vous savez par qui ?
– par miss Polina elle-même !

Mr. Astley me considéra avec surprise.

— Vous avez les yeux qui brillent, et j'y lis du soupçon, murmura-t-il, reprenant son flegme coutumier, mais vous n'avez pas le moindre droit de me découvrir vos soupçons. Je ne peux vous accorder ce droit, et je refuse tout à fait de répondre à votre question.

— Eh bien, d'accord ! c'est inutile ! m'écriai-je, bizarrement troublé, et sans comprendre comment cette pensée avait bien pu surgir en moi. Et quand, où, de quelle manière Polina avait-elle pu choisir Mr. Astley pour confident ? Ces derniers temps, pourtant, j'avais un peu perdu de vue Mr. Astley, et Polina était toujours restée une énigme pour moi – une énigme au point que, par exemple, maintenant, lancé que j'étais dans le récit de mes amours à Mr. Astley, j'avais été sidéré soudain, en plein milieu de mon récit, par le fait que je ne pouvais presque rien dire de nos relations qui fût précis, établi. Au contraire, tout semblait fantastique, bizarre, arbitraire et, même, ça ne ressemblait à rien.

— Bon, fort bien, fort bien, vous me sapez sur mes bases, et il y a beaucoup de choses que je ne comprends plus, lui répondis-je, comme hors d'haleine. Mais vous êtes un brave homme. Maintenant, c'est autre chose, je ne vous demande pas un conseil, je vous demande un avis.

Je fis une courte pause, puis je me lançai :

— Qu'en pensez-vous, pourquoi le général a-t-il eu tellement peur ? Pourquoi ont-ils fait toute cette histoire pour une gaminerie tellement idiote ? Une histoire si énorme que même des Grieux a cru indispensable de s'en mêler (et il ne se mêle que des choses très graves), de venir me voir (vous vous rendez compte ?...), il m'a présenté une requête, il m'a même supplié – lui, des Grieux, qui me suppliait, moi ! Et notez qu'il est venu à neuf heures, avant, même – et il avait déjà le billet de miss Polina. D'où cette autre question : ce billet, quand donc a-t-il été écrit ? Est-ce qu'ils l'ont prise au saut du lit pour qu'elle l'écrive ? En plus, ce qui en découle pour moi, c'est que miss Polina est son esclave (parce qu'elle me présente même ses excuses !) ; plus encore, que fait-elle dans tout ça, elle-même ? Pourquoi se sent-elle si concernée ? Pourquoi ont-ils eu tellement peur de je ne sais quel baron ? Et puis, que le général se marie avec *Mlle Blanche de Cominges*, et alors ? Ils disent que c'est pour ça qu'ils doivent se tenir d'une façon "particulière" – mais c'est bien ça qui est trop particulier, avouez-le vous-même ! Qu'est-ce que vous en pensez ? A la façon dont vous me regardez, je suis sûr que, même sur ça, vous en savez plus que moi !

Mr. Astley eut un petit rire et hocha la tête.

— Oui, je crois que j'en sais beaucoup plus que vous, dit-il. Ici, tout ne concerne que *Mlle Blanche,* et je suis sûr que c'est la pleine vérité.

— Eh bien quoi, *Mlle Blanche* ? m'écriai-je avec impatience (j'avais soudain l'espoir d'apprendre quelque chose sur *Mlle* Polina).

— Il me semble que *Mlle Blanche* a en ce moment toutes les raisons d'éviter une rencontre avec le baron et la baronne – à plus forte raison une rencontre déplaisante, et, pire encore, un scandale.

— Dites ! Dites !

— Il y a deux ans de cela, *Mlle Blanche* était déjà venue à Roulettenbourg pour la saison. Je m'y trouvais aussi. *Mlle Blanche,* à l'époque, ne s'appelait pas *Mlle de Cominges,* de même que sa mère, *Mme veuve*

Cominges, n'existait pas encore. Du moins personne ne parlait d'elle. Des Grieux – des Grieux non plus n'était pas là. J'ai la profonde conviction que non seulement ils ne sont pas parents mais qu'ils ne se connaissent même que depuis très peu de temps. C'est aussi tout récemment que des Grieux est devenu marquis – une circonstance m'en a persuadé. On peut même supposer que c'est tout récemment qu'il a pris le nom de des Grieux. Je connais ici quelqu'un qui l'a rencontré sous un autre nom.

— Mais c'est vrai qu'il a un cercle imposant de relations ?

— Oh, c'est très possible. Cela, même *Mlle Blanche* peut l'avoir. Seulement, il y a deux ans, *Mlle Blanche,* sur plainte de la baronne dont nous parlons, a été invitée par la police locale à quitter la ville, ce qu'elle a fait.

— Comment ça ?

— A l'époque, elle est d'abord apparue ici avec un Italien, un prince, je crois, mais un nom historique, quelque chose comme Barberini, ou un nom de ce genre-là. Un homme couvert de bagues et de diamants, et même – de vrais diamants. Ils se promenaient dans un équipage étonnant. *Mlle Blanche* jouait au *trente et quarante,* d'abord avec succès, puis la chance s'est mise à la trahir ; si je me souviens bien. Je me souviens qu'un soir elle a perdu une somme considérable. Mais voilà le pire : *un beau matin,* son prince a disparu sans laisser de traces ; tout avait disparu, les chevaux, l'équipage – tout. Une dette d'hôtel faramineuse. *Mlle* Zelma (avec Barberini, elle était brusquement devenue *Mlle* Zelma) était au dernier degré du désespoir. Elle hurlait, elle piaillait à travers tout l'hôtel et, de furie, elle déchirait la robe qu'elle portait. Il y avait là un comte polonais (tous les Polonais qui voyagent sont des comtes) et devant *Mlle* Zelma qui déchirait sa robe et se griffait le visage comme une chatte, avec ses doigts splendides lavés dans le parfum, il n'a pas pu rester indifférent. Ils ont parlé, et, pour le dîner, elle était consolée. Le soir, on l'a vue à son bras au casino. *Mlle* Zelma riait, comme à son habitude, très fort, ses manières ont paru plus déliées. Elle est entrée dans cette catégorie de dames qui jouent à la roulette et qui, quand elles approchent de la table, poussent les autres joueurs d'un large coup d'épaule, pour se faire de la place. C'est le chic de ces dames. Vous les avez remarquées, n'est-ce pas ?

— Oh, ça va de soi.

— Eh bien, elles n'en valent pas la peine. Hélas, pour le public bien éduqué, on en voit toujours, du moins celles qui changent chaque jour des billets de mille francs à la table de jeu. Pourtant, sitôt qu'elles cessent de changer leurs billets, on leur demande de s'éloigner. *Mlle* Zelma continuait encore de changer des billets, mais son jeu devenait de plus en plus malheureux. Avez-vous remarqué que ces dames ont très souvent de la chance ; elles ont une maîtrise étonnante. Mais mon histoire est finie. Un jour, exactement comme le prince, le comte a disparu. *Mlle* Zelma est apparue toute seule dans la salle de jeu ; cette fois, personne ne s'est présenté pour lui donner la main. En deux jours, elle était définitivement ruinée. Après avoir misé son dernier louis d'or, et l'avoir perdu, elle a regardé autour d'elle et elle a vu, tout près, le baron Wurmerhelm qui la considérait avec une grande attention et une indignation profonde. Mais, cette indignation, *Mlle* Zelma ne l'a pas comprise et, s'adressant au baron avec le sourire que vous connaissez, elle lui a demandé de mettre pour elle dix louis d'or sur le rouge. A la suite de quoi, le soir même, sur plainte de la baronne, elle a été invitée à quitter le casino. Si vous êtes surpris que je connaisse ces détails mesquins et parfaitement indécents, c'est que je les tiens, d'une manière certaine, de Mr. Feeder, un de mes parents, dans l'équipage duquel Mlle Zelma s'est rendue, le soir même, de Roulettenbourg jusqu'à Spa. Maintenant, vous devez le comprendre : *Mlle Blanche* veut être générale, sans doute pour ne plus jamais recevoir des invitations du genre de celle de la police du casino. Aujourd'hui, elle ne joue plus : mais tous les signes concordent pour dire qu'elle a un capital qu'elle prête aux joueurs de la ville, avec les intérêts. C'est bien mieux calculé. Je soupçonne même qu'elle a prêté de l'argent au pauvre général. Peut-être même à des Grieux. Peut-être des Grieux est-il son complice. Concédez-moi que, du moins jusqu'au mariage, elle n'a aucune raison de vouloir attirer sur elle l'attention de la baronne et du baron. En un mot, dans sa position, un scandale serait la pire des choses. Vous, vous êtes lié à leur maison, vos actes pourraient susciter un scandale, d'autant que vous paraissez tous les jours en public avec le général ou miss Polina. Vous comprenez maintenant ?

— Non, je ne comprends pas ! m'écriai-je, cognant du poing contre la table, de toutes mes forces, si bruyamment que le *garçon* accourut effrayé. Dites-moi, mister Astley, repris-je dans un état second, si vous connaissiez toute l'histoire, et donc si vous savez parfaitement ce que c'est que *Mlle Blanche de Cominges,* comment se fait-il que vous ne m'ayez pas prévenu, moi, ou le général, ou, surtout, miss Polina qui est apparue ici, en public, au bras de *Mlle Blanche* ? Comment est-ce possible ?

— Je n'avais aucune raison de vous prévenir, vous, répondit tranquillement Mr. Astley, parce que vous n'y pouviez rien. Et puis, de quoi fallait-il que je vous prévienne ? Le général peut en savoir sur *Mlle Blanche* beaucoup plus que moi, ce qui ne l'empêche pas d'apparaître avec elle et miss Polina. Le général est un homme malheureux. J'ai vu hier *Mlle Blanche,* montée sur un cheval splendide, avec M. des Grieux et ce petit prince russe, et le général galopait derrière eux sur un cheval roux. Le matin, il avait dit qu'il avait mal aux jambes, mais il se tenait très bien. Voyez-vous, c'est à cet instant précis que je me suis dit, dans un éclair, qu'il n'y avait plus aucun espoir pour lui. De plus, tout cela ne me concerne pas, et je n'ai eu l'honneur de connaître miss Polina que tout récemment. Encore que, se reprit brusquement Mr. Astley, comme je vous l'ai déjà dit, je ne puis vous accorder le droit à certaines questions, malgré l'affection réelle que je vous porte…

— Assez, dis-je, me levant, maintenant, c'est clair comme de l'eau de roche : miss Polina sait parfaitement, elle aussi, ce que c'est que *Mlle Blanche,* mais elle ne peut pas se séparer de son Français, ce qui fait qu'elle se résigne à paraître avec *Mlle Blanche.* Croyez-moi, aucune autre influence n'aurait pu l'obliger à se promener avec *Mlle Blanche* ni lui faire écrire un billet me suppliant de ne pas m'en prendre au baron. Il doit y avoir là une influence qui domine tout le reste ! Et, quand même, c'est elle qui m'a poussé vers le baron ! Nom d'un chien, c'est à n'y rien comprendre !

— Vous oubliez d'abord que cette *Mlle de Cominges* est fiancée au général et, ensuite, que miss Polina, la belle-fille du général, a un petit frère et une petite sœur, les propres enfants du général, que ce fou a complètement abandonnés, qu'il laisse sur la paille, sauf erreur de ma part.

— Oui ! Oui ! C'est bien cela ! Quitter les enfants, c'est les abandonner complètement, rester, c'est défendre leurs intérêts, et, peut-être, sauver des bribes du domaine. Oui, oui, vous avez bien raison ! Mais, quand même ! Quand même ! Oh, je comprends pourquoi ils s'intéressent tous tellement à la baboulinka !

— A qui ? demanda Mr. Astley.

— A cette vieille sorcière de Moscou, qui ne meurt toujours pas – ils attendent toujours un télégramme comme quoi elle est bien morte.

— Oui, cela va de soi, tout l'intérêt s'est concentré sur elle. Tout tient dans l'héritage ! Que l'héritage arrive, le général se marie ; miss Polina sera libre à son tour, et des Grieux…

— Oui, quoi, des Grieux ?…

— Des Grieux recevra son argent ; c'est tout ce qu'il attend ici.

— C'est vraiment tout ? Vous pensez qu'il n'attend que ça ?

— Je n'en sais pas plus, fit Mr. Astley, se murant dans un silence obstiné.

— Mais moi, je sais ! je sais ! répétai-je, furieux – lui aussi, il attend l'héritage, parce que Polina recevra sa dot et qu'une fois qu'elle aura reçu son argent, elle se jettera à son cou. Toutes les femmes sont comme ça ! Et ce sont les plus fières qui deviennent les esclaves les plus viles ! Polina n'est capable que d'aimer à la folie, c'est tout ! Voilà ce que je pense d'elle ! Regardez-la, surtout quand elle est seule et qu'elle réfléchit – il y a là quelque chose de prédestiné, de condamné, quelque chose de maudit ! Elle est capable de toutes les folies de la vie et des passions… elle… elle… mais qui est-ce donc qui m'appelle ? m'écriai-je soudain. Qui est-ce qui crie ? J'entends des cris en russe : "Alexeï Ivanovitch !" Une voix de femme – vous entendez ? vous entendez ?

Nous approchions alors de notre hôtel. Il y avait longtemps que, sans même nous en rendre compte, nous avions quitté le café.

— C'est une femme qui crie, mais je ne sais pas qui elle appelle ; elle crie en russe ; maintenant, je vois d'où viennent ces cris, dit Mr. Astley en me l'indiquant, c'est cette femme dans son grand fauteuil, qu'une telle foule de laquais vient de hisser sur le perron. On porte des valises derrière elle – le train vient juste d'arriver.

— Mais pourquoi est-ce qu'elle m'appelle, moi ? Elle recommence à crier ; regardez, elle nous fait de grands gestes.

— Oui, je le vois bien, dit Mr. Astley.

— Alexeï Ivanovitch ! Alexeï Ivanovitch ! Mon Dieu, mais quel butor ! criait cette femme sur le perron avec des accents désespérés.

Nous avons presque couru jusqu'à l'entrée. Je suis monté sur le perron et... les bras m'en sont tombés de stupeur, j'ai senti mes semelles qui se collaient à la pierre.

IX

Sur le palier supérieur du large perron de l'hôtel, portée de marche en marche dans un fauteuil, entourée de serviteurs, de servantes et de la multiple et obséquieuse domesticité de l'hôtel, en présence du maître d'hôtel soimême, lequel était sorti souhaiter la bienvenue à cette noble visiteuse qui survenait avec tant de bruit et de fracas, flanquée de ses propres serviteurs et d'une masse de sacs et de valises, trônait – *la grand-mère.* Oui, la grand-mère, c'était bien elle, cette femme terrible et richissime, Antonida Vassilievna Tarassevitcheva, propriétaire terrienne et haute dame de Moscou, cette *baboulinka,* à propos de laquelle on envoyait et recevait des télégrammes, qui devait être mourante et qui n'était pas morte et qui, soudain, elle-même, en sa propre personne, nous tombait dessus – un coup de tonnerre dans le ciel bleu. Elle était apparue, quoique invalide, portée, comme toujours, depuis ces cinq dernières années, dans un fauteuil, et néanmoins, comme à son habitude, pleine d'allant, d'entrain, contente d'elle-même, assise bien droit, criant d'une voix tonitruante, autoritaire, injuriant tout le monde – bref, exactement celle que j'avais eu l'honneur de voir deux ou trois fois depuis le moment où j'avais pris cette place de précepteur dans la maison du général. Naturellement, moi je restais devant elle comme une statue. Elle, son œil de lynx m'avait déjà aperçu à cent pas pendant qu'on la montait dans son fauteuil, elle m'avait reconnu et m'avait appelé par mon prénom et par mon patronyme, que, là aussi, comme à son habitude, elle avait retenus du premier coup. "Et c'est celle-là qu'ils attendaient de voir en bière et enterrée pour toucher l'héritage, me dis-je, dans un éclair, c'est elle qui nous enterrera tous, et tout l'hôtel avec ! Mais, mon Dieu, que se passera-t-il maintenant pour toute la famille, que se passera-t-il maintenant pour le général ! Maintenant, c'est tout l'hôtel qu'elle va mettre sens dessus dessous.

— Eh bien, mon petit monsieur, pourquoi tu restes planté à me faire les yeux ronds ! criait la grand-mère en s'adressant à moi, on ne sait plus dire bonjour, comme tout le monde ? Ou tu es monté en grade, ça te ferait peine ? Ou tu ne m'as pas reconnue, peut-être ? Tu entends, Potapytch, fit-elle au petit vieux chenu, frac, cravate blanche, poupine calvitie, son valet de chambre qui l'accompagnait dans cette expédition, tu entends ça, il ne m'a pas reconnue ! Ils m'avaient enterrée ! On en a eu, des télégrammes : elle est morte, ça y est, non, pas tout à fait ? Je suis au courant de tout ! Et moi, tu vois, fraîche comme la rose.

— Voyons, Antonida Vassilievna, comment pourrais-je, moi, vous vouloir du mal ? répondis-je d'un ton joyeux quand je revins à moi, c'est la surprise, rien d'autre… On serait surpris à moins, quand même, c'est tellement inattendu…

— Qu'est-ce qu'il y a de surprenant ? J'ai pris le train, me voilà. C'est tranquille dans le wagon, pas de secousses. Tu étais sorti te promener ?

— Oui, je suis allé jusqu'au casino.

— On est bien, ici, dit la grand-mère en regardant autour d'elle, il fait bon, il y a de beaux arbres. Ça me plaît bien ! Ils sont là, tous ? Et le général ?

— Oh, à cette heure-ci, je crois qu'ils sont tous là.

— Ah, parce qu'ils ont des heures, ici, et tout le tremblement… Ils jouent les princes. Ils ont un équipage, il paraît, *les seigneurs russes* ! On se retrouve sur la paille, on file à l'étranger ! Et Prascovia, elle est là, elle aussi ?

— Oui, Polina Alexandrovna est là également.

— Et le Français ? Mais je les verrai tous moi-même. Alexeï Ivanovitch, ouvre la marche, on va le voir tout de suite. Et toi, tu te sens bien, ici ?

— On fait aller, Antonida Vassilievna.

— Toi, Potapytch, va dire à ce butor, au maître d'hôtel, qu'il me donne une suite confortable, quelque chose de bien, pas haut, et portes-y les bagages. Mais qu'est-ce qu'ils ont tous à vouloir me soulever ? Qu'est-ce qu'ils me veulent ? Bande de larbins ! Et celui-là, qui t'accompagne, qui c'est ? me demanda-t-elle, en se tournant vers moi une fois de plus.

— C'est Mr. Astley, répondis-je.

— Qui c'est, ça, Mr. Astley ?

— Un voyageur, un de mes amis ; il connaît aussi le général.

— Un Anglais. C'est pour ça qu'il me regarde comme ça sans desserrer les dents. Mais, bon, je les aime bien, les Anglais. Allez, montez-moi jusqu'à chez eux ; où est-ce qu'ils habitent ?

On transporta la grand-mère ; je marchais devant, dans le grand escalier de l'hôtel. Notre défilé ne manquait pas d'effet. Les gens que nous croisions s'arrêtaient tous, ils ouvraient de grands yeux. Notre hôtel était considéré comme le meilleur, le plus cher et le plus huppé des villes thermales. On y croise toujours dans les couloirs ou dans les escaliers des dames du plus grand chic ou de graves Anglais. Nombre d'entre eux descendaient se renseigner chez le maître d'hôtel, lequel, lui-même, était profondément impressionné. Il répondait bien sûr à ceux qui demandaient que c'était là une étrangère d'importance, *une Russe, une comtesse, une grande dame* et qu'elle occuperait les apparte-ments qu'avait occupés *la grande-duchesse de N.* la semaine précédente. La grand-mère, montée dans son fauteuil, avec son air dominateur et impérial, était la cause principale de l'effet. Quand elle croisait quel-qu'un, elle le toisait aussitôt d'un regard curieux, et elle m'interrogeait à haute voix sur tout le monde. La grand-mère était de bonne race et, quoiqu'elle restât clouée dans son fauteuil, on sentait bien à la regarder qu'elle était d'une taille plus que respectable. Elle gardait le dos droit comme une planche et ne s'appuyait pas au dossier. Sa grosse tête aux cheveux blancs, aux traits rudes et massifs, restait toujours levée. On pouvait même lire de l'arrogance, une sorte de défi, dans son regard ; et l'on comprenait bien que ce regard et ces gestes étaient parfaitement naturels. Malgré ses soixante-quinze ans, son visage gardait de la fraîcheur et même ses dents n'avaient pas entièrement souffert. Elle portait une robe de soie noire et un bonnet blanc.

— Elle m'intéresse au plus haut point, me chuchota Mr. Astley tandis que nous montions les marches.

"Elle est au courant pour les télégrammes, me dis-je, elle connaît aussi des Grieux, mais il semble qu'elle ne connaît pas encore très bien *Mlle Blanche*." Je confiai cela sur-le-champ à Mr. Astley.

Que Dieu me pardonne ! Sitôt passée ma première stupeur, je fus terriblement heureux du coup de ton-nerre que nous allions provoquer chez le général. Je me sentais comme aiguillonné, et j'étais pleinement ravi d'ouvrir la marche.

Ils occupaient une suite du deuxième ; sans annoncer quoi que ce soit, sans même frapper, je me contentai d'ouvrir la porte toute grande, et la grand-mère fut portée en triomphe. Ils se trouvaient tous réunis, comme par un fait exprès, dans le bureau du général. Il devait être midi et je crois qu'ils projetaient une excursion – soit en voiture, soit à cheval, mais tous ensemble ; de plus, ils avaient invité certains de leurs amis. Sans compter le général, Polina, les enfants et leur bonne, je découvris des Grieux, *Mlle Blanche,* une fois encore en amazone, sa mère, *Mme veuve Cominges,* le petit prince et un autre savant voyageur, un Allemand, que j'avais déjà vu chez eux la première fois. Le fauteuil avec la grand-mère fut déposé en plein milieu de ce bureau, à trois pas du général. Mon Dieu ! Jamais je n'oublierai cette sensation ! Avant notre arrivée, le général était en train de raconter je ne sais quoi et des Grieux le reprenait. Il faut noter que *Mlle Blanche* et des Grieux, depuis déjà deux trois jours, pour je ne sais quelle raison, faisaient la cour au petit prince – *à la barbe du pauvre général,* et que la compagnie, artificiellement peut-être, était d'humeur tout à fait joyeuse, très cordialement familiale. A la vue de la grand-mère, le général, soudain pétrifié, garda la bouche ouverte et n'acheva pas sa phrase. Il la regardait, les yeux écarquillés, comme s'il venait d'être envoûté par les yeux d'un vampire. La grand-mère, elle aussi, le regardait sans rien dire, immobile – mais qu'on sentait de triomphe, de défi, de moquerie dans ce regard ! Ils se regardèrent ainsi l'un l'autre pendant dix bonnes secondes, dans un silence de mort. Des Grieux fut d'abord pris d'un saisissement, une inquiétude inouïe courut soudain sur son visage. *Mlle Blanche* fronça les sourcils, ouvrit la bouche, examinant la grand-mère, la folie dans le regard. Le prince et le savant, au comble de la stupéfaction, contemplaient ce tableau. Le regard de Polina exprimait une surprise extrême, de la stupeur, elle pâlit soudain, comme un linge ; une minute plus tard, le sang lui rejaillit au front, lui irradia les joues. Oui, pour eux tous, c'était la catastrophe ! Moi, tout ce que je faisais, c'était de promener mes yeux de la grand-mère à ceux qui l'entouraient. Mr. Astley se tenait à l'écart, comme à son habitude, très digne, très calme.

— Me voilà ! Je remplace le télégramme ! fit enfin la grand-mère, coupant le silence. Alors, on ne m'attendait pas ?

— Antonida Vassilievna... ma bonne tante... mais comment donc ?... murmura le malheureux général. La grand-mère gardait le silence quelques secondes de plus, il avait une attaque.

— Comment ça, comment donc ? J'ai pris le train, je suis venue. Faut bien qu'il serve à quelque chose, le chemin de fer. Vous vous disiez tous : ça y est, elle part les pieds devant, à nous l'héritage ? Je suis au courant, va, pour les télégrammes. L'argent que ça t'a coûté, je parie. Ce n'est pas donné, d'ici. Moi, ni une ni deux, je suis là. C'est le Français, lui ? *Monsieur* des Grieux, je présume ?

— *Oui, madame,* reprit des Grieux, *et croyez, je suis si enchanté... votre santé... c'est un miracle... vous voir ici, une surprise charmante...*

— *Charmante,* mon œil ! Je te connais bien, voleur, va, si tu penses que je te crois même de ça – et elle lui montra son petit doigt. Et ça, qui c'est, dit-elle en se tournant, indiquant *Mlle Blanche.* La belle Française, en amazone, sa cravache à la main, l'avait visiblement impressionnée. Une Allemande ?

— *Mlle Blanche de Cominges,* et madame sa mère, *Mme de Cominges* ; elles se sont arrêtées dans cet hôtel, lui dis-je.

— Elle est mariée, la fille ? demanda la grand-mère sans cérémonies.

— *Mlle de Cominges* est encore demoiselle, répondis-je le plus respectueusement possible, et à mi-voix, exprès.

— Joyeuse ?

Je faillis ne pas comprendre la question.

— On ne s'ennuie pas avec elle ? Elle comprend le russe ? Des Grieux, à Moscou, il a eu le temps d'apprendre, il baragouine, juste ce qu'il faut.

Je lui expliquai que *Mlle de Cominges* n'était encore jamais allée en Russie.

— *Bonjour* ! dit la grand-mère, s'adressant soudain brutalement à *Mlle Blanche.*

— *Bonjour, madame,* fit, avec une révérence cérémonieuse et pleine d'élégance, *Mlle Blanche* laquelle s'était hâtée, sous le couvert d'une modestie et d'une politesse inouïes, de montrer par toute l'expression de son visage et de son corps son extrême étonnement à cette question étrange, et cette façon de s'adresser à elle.

— Oh oh, elle baisse les yeux, elle minaude, elle vous fait des chichis ; je vois ce que c'est ; ça doit être une actrice. Je me suis arrêtée en bas, dans le même hôtel, dit-elle soudain au général, je serai ta voisine. Ça te fait plaisir, oui ou non ?

— Oh, ma tante ! Croyez en mes sincères… tout le plaisir, murmura aussitôt le général. Il avait eu le temps de se remettre un peu et comme, dans les grandes occasions, il savait parler avec succès, d'une manière grave et sentencieuse, mais qui faisait de l'effet, il se lança donc dans les grandes phrases. Nous étions tous tellement inquiets, tellement abattus par la nouvelle de votre maladie… Nous recevions des télégrammes qui nous donnaient si peu d'espoir, et, tout à coup…

— Taratata ! le coupa la grand-mère.

— Mais comment se fait-il, coupa tout aussi vite le général, haussant la voix et s'efforçant de ne pas noter ce "taratata", comment se fait-il que vous vous soyez décidée, malgré tout, pour un tel voyage ? Avouez vous-même qu'à votre âge, et avec votre santé… tout cela est au moins si étonnant, et cela explique bien notre surprise. Mais je suis heureux… et nous tous (il esquissa un sourire ému et ravi) nous ferons tout pour que votre séjour ici durant cette saison soit le plus agréable…

— Ça va, ça va ; cause toujours ; toujours à jaboter ; je saurai bien séjourner toute seule. Remarque, je n'ai rien contre vous ; je ne suis pas rancunière. Comment se fait-il, tu me demandes. Qu'est-ce qu'il y a de surprenant ? Le plus simplement du monde. Qu'est-ce qui peut les surprendre, tous ? Bonjour, Prascovia. Et toi, qu'est-ce que tu fais ici ?

— Bonjour, grand-mère, dit Polina venant vers elle, votre route a été longue ?

— Enfin quelqu'un qui pose les bonnes questions, sinon, vous – ah, oh, hi ! Vois-tu, je restais là, dans mon lit, avec tous leurs médicaments, alors, j'ai mis les médecins dehors, j'ai appelé le sacristain de Saint-Nicolas. Il avait déjà guéri une paysanne de la même chose, avec de la poussière de foin. C'est lui qui m'a sortie de là ; le troisième jour, j'ai sué de tout le corps, et je me suis remise. Et là-dessus mes Allemands qui reviennent à la charge, ils chaussent leurs lunettes, les voilà qui me disent : "Si vous partiez maintenant, qu'ils me disent, à l'étranger, faire une cure aux eaux, toutes vos cavernes pourraient bien disparaître." Et pourquoi pas, je me dis. Les Dour-Zajiguine ont poussé les hauts cris : "Vous serez morte avant d'y être arrivée." La preuve : en ùn jour, j'ai fait toutes mes valises, et, le vendredi de la semaine dernière, j'ai pris une fille, et Potapytch, et le laquais Fiodor, mais ce Fiodor, à Berlin, je l'ai renvoyé, je voyais qu'il ne me servirait à rien, j'aurais même pu y arriver toute seule… Je prends un wagon particulier, des porteurs, j'en trouve à toutes les gares – pour dix kopecks ils te portent où tu veux. Dis donc, cette suite que vous avez ! conclut-elle en regardant tout autour. Et avec quel argent, mon petit bonhomme ? Tu n'as que des hypothèques. Rien qu'au Français, tu dois déjà tellement. Je sais tout, va, je sais tout !

— Euh… ma tante… commença le général, tout confus, je m'étonne, ma tante… je crois, je peux… sans le contrôle de quiconque… d'autant que mes dépenses ne dépassent pas mes moyens, et nous…

— Chez toi, elles ne dépassent pas ? Elle est bonne ! Il a pillé le dernier sou de ses enfants, je parie – et ça se dit un tuteur !

— Après cela, après des mots… commença le général furieux, je ne sais même plus…

— Non, non, tu ne sais même plus ! Pas moyen de te décoller de la roulette, sans doute ? Il t'en reste, à flamber ?

Le général était tellement interloqué que le flux bouillonnant de ses sentiments indignés faillit lui couper le souffle.

— La roulette ! Moi ?… Avec mon rang… Moi ? Voyons, ma tante, vous devez être encore un peu malade…

— Taratata, taratata ; je maintiens ce que je dis ; tu me racontes des histoires ; moi, cette roulette, dès aujourd'hui, je vais voir ce que c'est. Toi, Prascovia, raconte-moi ce qu'on visite ici, Alexeï Ivanovitch va me faire la visite, et toi, Potapytch, note bien tous les endroits. Alors, qu'est-ce qu'on regarde ? fit-elle en s'adressant brusquement à Polina.

— Il y a tout près les ruines d'un château fort, puis le Schlangenberg.

— C'est quoi, ça, le Schlangenberg ? Une forêt, ou quoi ?

— Non, ce n'est pas une forêt, c'est une montagne ; il y a une *pointe*.

— C'est quoi, une *pointe* ?

— C'est le point le plus haut de la montagne, on a mis une rambarde. Il y a une vue incomparable.

— Et mon fauteuil, on le traîne, sur ta montagne ? C'est possible, ça, oui ou non ?

— Les porteurs, cela se trouve toujours, lui répondis-je.

Pendant ce temps, la bonne, Fedossia, vint saluer la grand-mère – elle amenait les enfants du général.

— Allez, je déteste les effusions ; je n'aime pas embrasser les enfants ; tous les enfants sont morveux. Et toi, Fedossia, comment tu te sens ici ?

— Ici, c'est bien et même c'est très très bien, ma bonne Antonida Vassilievna, répondit Fedossia. Et vous, comment ça allait donc ? On s'en est fait, du mauvais sang, pour vous !

— Je sais, toi, tu es un cœur simple. Et tous les autres, qui c'est ? Vos invités ? fit-elle, s'adressant de nouveau à Polina. Et le gringalet, là, le binoclard ?

— Le prince Nilski, grand-mère, chuchota Polina.

— Ah, il est russe ? Je pensais qu'il ne comprendrait pas. Bah, il n'a rien entendu ! Mr. Astley, je l'ai déjà vu. Mais le revoilà, dit la grand-mère, l'apercevant ; bonjour, dit-elle se tournant vers lui.

Mr. Astley la salua sans rien dire.

— Alors, qu'est-ce que vous me direz de bien ? Dites-moi quelque chose ! Traduis, Polina.

Polina traduisit.

— Que je vous vois avec un grand plaisir et que je suis heureux de votre bonne santé, répondit Mr. Astley avec le plus grand sérieux, et sans attendre. Cela fut traduit à la grand-mère, et l'on vit bien que cela lui plut.

— Comme ils répondent bien, les Anglais, remarqua-t-elle. Je ne sais pas pourquoi, j'ai toujours aimé les Anglais, pas de comparaison avec ces sales Français ! Passez me voir, dit-elle, s'adressant de nouveau à Mr. Astley. J'essaierai de ne pas vous déranger. Traduis-lui ça, et dis-lui que j'habite ici, en bas, en bas, vous comprenez, en bas, en bas, répétait-elle à Mr. Astley, son doigt tendu vers le plancher.

Mr. Astley fut extrêmement satisfait de cette invitation.

La grand-mère toisa Polina des pieds jusqu'à la tête d'un regard attentif et satisfait.

— Je t'aime bien, Prascovia, dit-elle brusquement, tu es une brave fille, il n'y en pas qui te vaille, ici, mais tu as ton petit caractère – houlà ! et moi aussi, j'ai le mien, de caractère ; tourne-toi un peu ; c'est une perruque que tu as dans les cheveux ?

— Non, c'est mes cheveux, grand-mère.

— Bah, je n'aime pas la mode imbécile d'aujourd'hui. N'empêche, tu es loin d'être laide. Moi, je tomberais amoureuse de toi, si j'étais un jeune homme. Pourquoi tu ne te maries pas ? Mais, bon, il faut que j'y aille. J'ai envie de prendre l'air, parce que sinon, le train, le train… Bon, et toi alors, tu m'en veux toujours ? demanda-t-elle au général.

— Voyons, ma bonne tante, comment ? fit le général, tout heureux de se reprendre, je comprends bien, à votre âge…

— *Cette vieille est tombée en enfance,* me chuchota des Grieux.

— Je veux voir tout ce qu'on peut voir ici. Tu me laisseras Alexeï Ivanovitch, n'est-ce pas ? disait pendant ce temps la grand-mère au général.

— Oh, mais tant que vous voudrez, et, moi-même… et Polina, et *monsieur* des Grieux… nous tous, ce sera un plaisir de vous accompagner…

— *Mais, madame, cela sera un plaisir,* s'écria des Grieux avec un sourire enjôleur.

— Ben voyons, *un plaisir.* Tu me fais rire, mon bonhomme. Mais que je te donne des sous, c'est non, ajouta-t-elle soudain au général. Bon, maintenant, amenez-moi dans ma chambre : il faut que je la voie, et puis, on se lance dans toutes les excursions. Allez, relevez-moi.

On a levé la grand-mère et nous sommes tous partis en foule, derrière son fauteuil, dans l'escalier. Le général marchait comme s'il venait de recevoir un coup de gourdin sur la tête. Des Grieux méditait je ne sais quoi. *Mlle Blanche* avait d'abord voulu rester, puis elle s'était dit qu'il valait mieux suivre le mouvement. Le prince, sans attendre, était parti à sa suite, de sorte qu'en haut, dans l'appartement du général, ne restaient plus que l'Allemand et *Mme veuve Cominges.*

X

Dans les villes d'eaux – et, semble-t-il, de toute l'Europe – les directeurs et les maîtres d'hôtel se basent pour attribuer les appartements à leurs visiteurs moins sur les exigences et les désirs qu'ils expriment que sur leurs propres opinions sur eux ; et, il faut le noter, ils ne se trompent pas souvent. Mais la grand-mère, Dieu sait pourquoi, se vit donner un appartement si luxueux que c'en était même un peu abusif : quatre pièces somptueusement meublées, avec une salle de bains, des chambres pour les domestiques, une pièce à part pour la femme de chambre, etc., etc. C'était un fait que ces pièces avaient été occupées la semaine précédente par une certaine *grande-duchesse,* ce qui, évidemment, était aussitôt annoncé aux nouveaux visiteurs, pour conférer encore plus de prix à cet appartement. La grand-mère fut portée, ou, pour mieux dire, roulée à travers toutes les pièces, elle en fit une inspection attentive et sévère. Le maître d'hôtel, homme déjà d'un certain âge, chauve, l'accompagnait avec déférence pour cette première visite.

Je ne sais pour qui il pouvait prendre la grand-mère, mais sans doute pour une dame d'une extrême importance, et, surtout, richissime. On inscrivit tout de suite dans le livre : *"Mme la générale, princesse de Tarassevitcheva"*, même si la grand-mère n'avait jamais été princesse. Ses domestiques personnels, le compartiment privé dans le wagon, la masse de sacs, de valises et même de malles inutiles qui étaient arrivés en même temps que la grand-mère avaient sans doute servi à faire naître son prestige ; après, le fauteuil, le ton coupant et la voix de la grand-mère, ses questions excentriques posées de la manière la plus directe et ne souffrant aucune contradiction, bref, toute son apparence – droite, dure, autoritaire – complétèrent le respect absolu qui flottait autour d'elle. Pendant la visite, la grand-mère ordonnait parfois soudain d'arrêter son fauteuil, désignant tel ou tel objet et lançait des questions surprenantes à un maître d'hôtel qui lui souriait avec respect mais commençait à paniquer sérieusement. La grand-mère posait ses questions en français, une langue qu'au demeurant elle maîtrisait fort mal, de sorte que j'étais généralement obligé de traduire. Les réponses du maître d'hôtel lui déplaisaient le plus souvent la laissaient insatisfaite. Mais les questions qu'elle posait, elles aussi, elles étaient bizarres, et portaient sur Dieu sait quoi. Soudain, par exemple, elle s'arrêtait devant un tableau – assez pâle copie de je ne sais quel célèbre original à sujet mythologique.

— C'est le portrait de qui ?

Le maître d'hôtel déclara que ce devait être celui d'une comtesse – il ne savait pas qui.

— Comment ça se fait, que tu ne sais pas ? Tu habites là et tu ne sais rien. Pourquoi est-il accroché là ? Pourquoi elle louche ?

Le maître d'hôtel fut incapable de répondre à ce flot de questions, il prit même un air éperdu.

— En voilà un crétin ! s'exclama la grand-mère en russe.

On la transporta plus loin. La même histoire recommença avec une statuette de Saxe, que la grand-mère examina longuement puis que, allez savoir pourquoi, elle demanda d'enlever. Ensuite, elle assaillit le maître d'hôtel : combien coûtaient les tapis dans sa chambre à coucher, où les tissait-on ? Le maître d'hôtel promit de se renseigner.

— Quelle bande d'ânes ! grognait la grand-mère, après quoi elle reporta toute son attention sur le lit.

— Il est bien riche, ce baldaquin ! Ouvrez-le.

Le lit fut ouvert.

— Encore, encore, ouvrez plus. Otez les oreillers, les taies, soulevez le matelas.

Tout fut mis sens dessus dessous. La grand-mère fit passer une revue de détail.

— C'est bien, il n'y a pas de poux. Enlevez-moi tout ce linge ! Mettez le mien, avec mes oreillers ! Mais c'est trop riche, tout ça, tout cet appartement, pour une vieille femme comme moi : je m'ennuierai, toute seule. Alexeï Ivanovitch, viens donc me voir plus souvent, quand tu auras fini tes cours avec les gamins.

— Je ne travaille plus chez le général depuis hier, répondis-je, je reste dans cet hôtel, mais absolument à part.

— Et en quel honneur ?

— Il y a un grand baron, avec son épouse, une baronne, qui viennent d'arriver de Berlin. Hier, à la promenade, j'ai lié avec eux une conversation en allemand, mais sans m'en tenir à l'accent berlinois

— Et alors ?

— Il a cru que j'en prenais à mon aise et il s'est plaint au général, et le général, hier, m'a mis à la porte.

— Mais toi, tu l'as engueulé, ou quoi, ce baron ? Et quand bien même tu l'aurais engueulé ?

— Oh non, au contraire. C'est le baron qui m'a menacé avec sa canne.

— Et toi, petit morveux, tu laisses les gens se conduire comme ça avec ton précepteur, dit-elle brusquement au général, et tu le mets à la porte, encore ! Vous êtes des larves, rien que des larves, je vois ça.

— Ne vous inquiétez pas, ma tante, répondit le général avec je ne sais quelle nuance familière et hautaine dans la voix, je sais mener mes affaires tout seul. D'autant qu'Alexeï Ivanovitch ne vous a pas fait un rapport très exact.

— Et toi, comment tu as supporté ça ? me demanda-t-elle.

— Je voulais provoquer le baron en duel, répondis-je aussi modestement et calmement que possible, mais le général m'en a empêché.

— Et pourquoi tu l'as empêché ? redemanda la grand-mère au général. (Toi, mon ami, dehors ; tu reviendras quand on te sonnera, dit-elle également au maître d'hôtel, qu'est-ce que tu as à bayer aux corneilles ? Elles sont à vomir, vos tronches de Nuremberg !) Celui-ci salua et sortit, sans comprendre, bien sûr, le compliment de la grand-mère.

— Voyons, ma tante, peut-on se battre en duel ? répondit le général, avec une teinte d'ironie.

— Et pourquoi pas ? Tous les hommes sont des coqs, ils ne pensent qu'à se battre. Vous n'êtes rien que des larves, je vois ça, pas même capables de porter le prestige de votre pays. Bon, allons-y ! Potapytch, arrange-toi, qu'il y ait toujours deux porteurs aux ordres, embauche-les, débrouille-toi. Deux, ça suffira bien. Pour porter, c'est seulement les escaliers, quand c'est plat, dans la rue, il n'y a qu'à faire rouler, dis-leur bien ça ; et paie d'avance, ils seront plus déférents. Pour toi, reste toujours avec moi, et toi, Alexeï Ivanovitch, ce baron, tu me le montreras à la promenade : je veux le voir, de quoi il a l'air, ce seigneur von baron. Bon, elle est où, cette roulette ?

Je lui expliquai que les roulettes se trouvent au casino, dans des salles. Suivirent des questions : il y en a beaucoup ? On joue beaucoup ? On joue toute la journée ? Quel est le principe ? Je finis par répondre que le mieux serait de les voir par soi-même, qu'il était assez dur de les décrire dans l'abstrait.

— Eh bien, allons-y, alors ! Ouvre la marche, Alexeï Ivanovitch !

— Comment, ma tante, vous ne voulez même pas vous reposer de votre route ? demanda le général avec sollicitude. Son agitation semblait croître, on sentait une hésitation chez tous les autres, ils se regardaient en coin. Cela devait leur paraître un peu délicat, et même honteux, de suivre la grand-mère directement au casino, où, à l'évidence, elle pouvait faire toutes sortes d'excentricités, et en public, cette fois ; or, ils avaient demandé eux-mêmes à l'accompagner.

— Pourquoi je me reposerais ? Je ne suis pas fatiguée ; cinq jours que je suis assise. Après, on visitera les sources et toutes les eaux, où elles sont. Et après, comment elle s'appelle, Prascovia, la *pointe,* tu dis ?

— Oui, *la pointe,* grand-mère.

— Va pour *la pointe,* alors. Qu'est-ce qu'il y a d'autre, dans le coin ?

— Il y a beaucoup de visites à faire, grand-mère, répondit Polina, assez embarrassée.

— Bah, tu ne sais pas toi-même ! Marfa, toi aussi tu m'accompagnes, dit-elle à sa femme de chambre.

— Mais elle, pourquoi donc, ma tante ? s'exclama soudain le général, et puis, c'est impossible ; et

Potapytch aussi, ça m'étonnerait qu'on le laisse entrer au casino.

— En voilà des bêtises ! C'est ma servante, alors, je devrais la jeter ? Ça reste un être humain, non ? Il y a une semaine qu'on est sur les routes, elle aussi, elle a envie de voir du pays. Avec qui elle pourrait, sans moi ? Toute seule, elle n'osera pas mettre le nez dehors.

— Mais, grand-mère…

— Et toi, t'as honte, ou quoi, de te montrer avec ta tante ? Reste ici, je ne te demande pas de venir. Un général, voyez-vous ça ; moi aussi, je suis générale. C'est vrai, ça, qu'est-ce que c'est que cette procession qui veut me coller aux basques ? Je peux tout visiter avec Alexeï Ivanovitch…

Mais des Grieux insista pour que tout le monde la suive, et se lança dans les discours les plus aimables, comme quoi ce serait un plaisir de l'accompagner, etc. Tout le monde se mit en route.

— *Elle est tombée en enfance,* répétait des Grieux au général, *seule, elle fera des bêtises…* Je n'entendis pas la suite, mais, à l'évidence, il avait une idée derrière la tête et peut-être sentait-il le retour de quelques espérances.

Il y avait une demi-verste jusqu'au casino. Nous passions dans une allée de châtaigniers, jusqu'au square, qu'il fallait contourner pour arriver tout droit au casino. Le général avait eu le temps de se calmer un peu, parce que, même si notre marche avait un air passablement excentrique, elle n'en paraissait pas moins décente et digne. Et puis, il n'y avait rien d'étonnant au fait de voir prendre les eaux une personne malade et affaiblie, privée de l'usage de ses jambes. Mais le général devait craindre le casino ; pourquoi une personne malade, privée de l'usage de ses jambes, une petite vieille, qui plus est, voulait-elle se rendre à la roulette ? Polina et *Mlle Blanche* marchaient des deux côtés, près du fauteuil roulant. *Mlle Blanche* riait, se montrait modestement joyeuse et plaisantait même parfois non sans une exquise amabilité avec la grand-mère, de sorte que celle-ci finit par lui sortir un compliment. Polina, quant à elle, devait répondre à tout instant aux incessantes et interminables questions de la grand-mère, comme, par exemple : qui c'est qui vient de passer ? Et celle-là, dans son équipage ? Elle est grande, la ville ? Et le parc, il est grand ? Et c'est quoi, ces arbres ? Et ces montagnes, qu'est-ce que c'est ? Il y a des aigles dans la région ? Qu'est-ce que ce drôle de toit ? Mr. Astley marchait à côté de moi et me souffla à l'oreille qu'il attendait beaucoup de cette matinée. Potapytch et Marfa fermaient la marche, tout de suite derrière le fauteuil – Potapytch en frac, cravate blanche mais casquette, et Marfa, une femme de quarante ans, demoiselle rougeaude et déjà grisonnante, avec sa coiffe, sa robe d'indienne et des souliers de chevreau qui grinçaient. La grand-mère ne cessait de se retourner vers eux et de leur parler. Des Grieux et le général avaient pris un peu de retard et parlaient de je ne sais quoi avec la fougue la plus grande. Le général semblait très maussade ; des Grieux parlait d'un air résolu ; peut-être essayait-il de ragaillardir le général ; sans doute lui donnait-il des conseils. Mais la grand-mère venait déjà de prononcer la phrase fatale : "Que je te donne des sous, c'est non." Peut-être des Grieux pouvait-il encore ne pas croire cette nouvelle, mais le général, lui, connaissait sa bonne tante. J'avais remarqué que des Grieux et *Mlle Blanche* n'avaient pas cessé de s'envoyer des clins d'œil. J'eus le temps d'entrevoir le prince et le voyageur allemand tout au fond de l'allée, ils nous avaient laissés partir et nous quittaient pour je ne sais où.

C'est en triomphe que nous entrâmes au casino. Le suisse et les laquais furent aussi respectueux que le personnel de l'hôtel. Mais ils nous regardaient sans cacher leur curiosité. La grand-mère exigea d'abord qu'on la transporte à travers toutes les salles ; elle approuva certaines choses, resta absolument indifférente à la plupart ; posa des questions sur toutes. Nous arrivâmes enfin jusqu'aux salles de jeu. Le laquais qui faisait la sentinelle devant les portes closes, comme pétrifié, les ouvrit soudain toutes grandes.

L'apparition de la grand-mère à la roulette produisit une impression profonde sur le public. C'étaient peut-être cent cinquante ou deux cents joueurs qui s'amassaient, sur plusieurs rangs, aux tables de roulette et, à l'autre bout de la salle, à la table où se trouvait le *trente et quarante.* Ceux qui réussissaient à se faufiler jusqu'à la table même, d'habitude, s'y cramponnaient et ne cédaient leur place qu'au moment où ils avaient perdu ; parce qu'il est interdit de rester comme ça, en simple spectateur, et d'occuper pour rien une place de joueur. Même si quelques chaises sont placées tout autour de la table, elles ne servent qu'à très peu de joueurs, surtout en cas de grande affluence, parce qu'on peut s'entasser plus quand on est debout, et que c'est plus facile pour se placer et plus commode pour miser. Le deuxième et le troisième rang se massaient derrière les premiers, observant et attendant leur tour ; mais, dans l'impatience, de temps en temps, on voyait se tendre des bras qui traversaient le premier rang pour poser une mise. Parfois, c'était même du troisième rang que des gens s'ingéniaient à miser de cette façon ; cela fait qu'il ne se passait pas dix, ni même cinq minutes sans que, à tel ou tel bout de la table, ne commence une "histoire" pour des mises douteuses. La police du casino, pourtant, est assez bien faite. Il est impossible, évidemment, d'éviter la cohue ; au contraire, on est heureux de l'afflux du public, c'est autant de bénéfice ; mais si les huit croupiers assis autour de la table surveillent les mises autant qu'ils peuvent, ce sont aussi eux qui paient, et eux qui règlent les disputes qui naissent. Dans les cas extrêmes, ils appellent la police et l'affaire est réglée en une minute. Les policiers se trouvent dans la même salle, en civil, il est donc impossible de les reconnaître. Ils surveillent surtout les petits voleurs et les revendeurs, qui sont particulièrement nombreux autour des roulettes, car leur métier y est incroyablement facile. C'est vrai, partout ailleurs ils doivent voler soit dans les poches soit dans les coffres, ce qui, en cas d'échec, est source de tracas. Ici, rien de plus simple, il suffit de venir à la roulette, de se mettre à jouer, et puis, d'un coup sec, à la vue et au su de chacun, de ramasser ce qu'un autre vient de gagner, pour se le fourrer dans la poche ; si discussion s'ensuit, l'escroc persiste et jure ses grands dieux que la mise est bien à lui. Si l'affaire est bien ficelée et que les témoins hésitent, le voleur a très souvent le moyen de s'approprier l'argent, s'il ne s'agit pas d'une grande somme, bien sûr. Auquel cas elle a évidemment été repérée par les croupiers ou d'autres joueurs avant qu'ils ne la repèrent eux-mêmes. Mais si la somme n'est pas trop importante, le véritable propriétaire en vient parfois à arrêter la discussion, par crainte du scandale, et c'est lui qui s'éloigne. Mais si l'on parvient à démasquer le voleur, c'est avec pertes et fracas qu'il se fait jeter dehors.

Tout cela, la grand-mère l'observait de loin, avec une curiosité frénétique. Elle apprécia tout à fait qu'on mît dehors les petits voleurs. Le *trente et quarante* n'éveilla que très peu sa curiosité, elle préféra de beaucoup la roulette, à cause de la petite bille qui roule. Elle voulut enfin regarder le jeu de plus près. Je ne comprends pas comment cela fut possible, mais les laquais et tous les autres agents qui s'agitaient (essentiellement des Polaks décavés, qui imposaient leurs services aux joueurs chanceux et à tous les étrangers) trouvèrent tout de suite une place qu'ils nettoyèrent pour la grand-mère, malgré la bousculade, au beau milieu de la table, près du croupier en chef, où ils poussèrent son fauteuil. Une foule de visiteurs, qui ne jouait pas mais regardait le jeu de loin (surtout des Anglais avec leurs familles) afflua tout de suite pour regarder la grand-mère derrière les joueurs. Une foule de lorgnons se dirigea vers elle. Des espoirs naquirent chez les croupiers : un joueur à ce point excentrique semblait vraiment promettre quelque chose d'inouï. Une femme de soixante-dix ans, invalide, et qui veut jouer, ça ne se voit pas tous les jours, bien sûr. Je me faufilai à mon tour devant la table et me plaçai aux côtés de la grand-mère. Potapytch et Marfa restèrent loin derrière, perdus au milieu de la foule. Le général, Polina, des Grieux et *Mlle Blanche* se placèrent eux aussi de côté, parmi les spectateurs.

Au début, la grand-mère observa les joueurs. Elle me posait des questions brusques, brutales, en chuchotant à mi-voix : celui-là, qui c'est ? Et celle-là ? Elle éprouva surtout de la sympathie pour un jeune homme, à l'autre bout de la table, qui jouait très gros jeu, qui misait des milliers et qui avait déjà gagné, comme on le chuchotait autour de nous, jusqu'à quarante mille francs, lesquels francs se trouvaient amassés devant lui – un grand tas, en or et en billets de banque. Il était blême ; ses yeux brillaient, ses mains tremblaient ; il misait maintenant sans aucune réflexion, là où sa main le poussait, et il gagnait toujours, il gagnait, et il raflait, continuait de rafler. Les laquais s'agitaient autour de lui, lui proposaient des sièges, lui nettoyaient la place pour qu'il se sente plus à l'aise, pour qu'on ne le pousse plus – tout cela dans l'attente d'une généreuse reconnaissance. Certains joueurs qui viennent de gagner donnent parfois sans compter, comme ça, de joie, ce que leur main ramasse dans leur poche. Un petit Polak avait déjà eu le temps de s'installer près du jeune homme, il s'agitait de toutes ses forces, et, avec une déférence inexorable, lui chuchotait à l'oreille, lui montrant quoi miser, sans doute, le conseillant et dirigeant son jeu – lui aussi, bien sûr, dans l'attente d'un pourboire. Mais c'est tout juste si le joueur le regardait, il misait n'importe quoi et continuait de rafler. Il devenait fou, visiblement.

La grand-mère l'observa pendant quelques minutes.

— Dis-lui, s'inquiéta brusquement la grand-mère en me donnant des coups de coude, qu'il arrête tout, qu'il ramasse son argent et qu'il s'en aille. Il va tout perdre, il va finir par tout reperdre ! dit-elle, affolée, presque hors d'haleine tant elle était inquiète. Où est Potapytch ! Envoyez-lui Potapytch ! Mais dis-lui, mais dis-lui donc, criait-elle en me poussant, mais c'est vrai, ça, il est où, Potapytch ! *Sortez ! Sortez !* voulut-elle crier au jeune homme. Je me penchai vers elle et lui chuchotai d'une voix ferme qu'il était interdit de crier dans ce lieu, qu'il était même interdit de parler un peu fort, parce que cela gênait le décompte, et qu'on pouvait nous mettre dehors.

— Ah, la chiennerie ! Il est perdu, mais c'est qu'il cherche, alors… je ne peux même pas le regarder, ça me retourne. Quel âne ! et la grand-mère porta ses yeux de l'autre côté.

Là, à gauche, à l'autre bout de la table, parmi les joueurs, on pouvait voir une jeune dame avec auprès d'elle un nain. Qui était-il, ce nain, je n'en sais rien : un de ses parents, ou bien ne le prenait-elle que pour l'effet ? Cette jeune femme, je l'avais déjà remarquée auparavant ; elle venait à la table tous les jours, à une heure de l'après-midi, et repartait à deux heures tapantes ; elle jouait donc une heure chaque jour. Elle sortait un peu d'or de sa poche, quelques billets de mille francs, et se mettait à miser calmement, avec sang-froid, avec calcul, notant les chiffres au crayon sur une feuille de papier et s'efforçant de trouver le système qui regroupait, à ce moment, les chances. Ses mises étaient toujours considérables. Chaque jour, elle gagnait mille, deux mille, trois mille francs (c'était beaucoup) – pas plus, et, dès qu'elle avait gagné, elle partait de suite. La grand-mère l'examina longuement.

— Oh, celle-là, ce n'est pas le genre à perdre ! oh non, ce n'est pas le genre à perdre ! D'où elle vient ? Tu ne sais pas ? Qui c'est ?

— Une Française, sans doute, une de ce genre-là…, lui chuchotai-je.

— Oui, on reconnaît l'oiseau à son vol. Elle a des griffes, celle-là. Explique-moi, maintenant, ça veut dire quoi, chaque tour de roue, on mise comment ?

J'expliquai, dans la mesure de mes forces, à la grand-mère ce que signifient toutes les nombreuses combinaisons des mises, *rouge et noir, pair et impair, manque et passe,* et, enfin, les différentes nuances dans le système des chiffres. La grand-mère écoutait attentivement, elle enregistrait, redemandait plusieurs fois et assimilait tout. On pouvait tout de suite montrer des exemples de chaque système de mise, de sorte qu'elle assimilait et se souvenait d'une façon très simple, très rapide. Elle demeura très satisfaite.

— Et qu'est-ce que c'est, *zéro* ? Ce croupier-là, le frisé, le chef, il vient de crier *zéro*. Et pourquoi il rafle tout ce qu'il y a sur la table ? Un tas comme ça, il se prend tout pour lui. Qu'est-ce que ça veut dire ?

— *Zéro,* grand-mère, c'est la banque qui gagne. Si la bille tombe sur le zéro, toutes les mises qui se trouvent sur la table appartiennent à la banque, sans distinction. C'est vrai qu'on joue encore un tour pour être quitte, mais la banque ne paie rien.

— Voyez-vous ça ! Et moi, je ne reçois rien ?

— Mais si vous avez misé sur le *zéro,* juste avant, et que c'est le *zéro* qui sort, vous touchez trente-cinq fois votre mise.

— Comment ça, trente-cinq fois ? Et il sort souvent ? Pourquoi ils ne misent pas, ces imbéciles ?

— Trente-six chances contre une, grand-mère.

— Mais quelles bêtises ! Potapytch ! Potapytch ! Attends, j'ai de l'argent sur moi, tiens ! Elle chercha dans sa poche un porte-monnaie plein à craquer et en tira un frédéric d'or. Vas-y, mets-le sur le *zéro*.

— Grand-mère, le *zéro* vient de sortir, lui dis-je, il ne devrait pas ressortir avant longtemps. Vous allez perdre beaucoup, comme ça ; attendez au moins un petit peu.

— Allez, ne dis pas de bêtises, mise-le !

— Si vous voulez, mais il est bien capable ne pas ressortir avant le soir, et vous pourrez en perdre mille, ça s'est déjà vu.

— N'importe quoi ! n'importe quoi ! Qui ne risque rien n'a rien. Alors ? Perdu. Mise encore !

On perdit encore le deuxième frédéric ; on misa le troisième. La grand-mère avait du mal à tenir en place, ses yeux brûlants s'étaient comme agrippés à cette bille qui sautillait sur les cases de la roue qui tournait. On en perdit un troisième. La grand-mère n'en pouvait plus, elle n'arrivait plus à rester assise, elle cogna même du poing sur la table quand le croupier annonça "trente-six" à la place du *zéro* espéré.

— Non mais des fois, se fâchait la grand-mère, il se dépêche de sortir, ce petit *zéro* de malheur ? Je veux crever sur place, mais j'attendrai qu'il sorte ! C'est ce foutu croupier, le frisé, qui l'empêche ! Alexeï Ivanovitch mise deux pièces d'or à chaque fois ! Tu mises tellement, ton *zéro,* le jour où il sortira, tu gagneras des clopinettes.

— Grand-mère !

— Mise ! Mise, je te dis ! C'est pas les tiens.

Je misai deux frédérics. La bille roula interminablement le long de la roue puis elle se mit à sautiller de case en case. La grand-mère se figea et me serra la main, quand, soudain – toc !

— *Zéro,* annonça le croupier.

— Tu vois, tu vois ! se tourna-t-elle vers moi, heureuse et toute resplendissante. Je t'avais bien dit, je t'avais dit ! Mais c'est le bon Dieu qui m'a soufflé de miser deux frédérics. Bon, alors, combien je touche maintenant ? Pourquoi ils ne veulent pas me payer ? Potapytch, Marfa, où ils sont ? Où ils sont tous partis, les nôtres ? Potapytch ! Potapytch !

— Grand-mère, attendez un peu, lui chuchotai-je, Potapytch est à la porte, on ne le laissera pas entrer. Regardez, grand-mère, on vous donne votre argent, prenez-le ! La grand-mère se vit décerner un lourd rouleau de cinquante frédérics d'or enveloppés sous papier bleu, et vingt autres frédérics pas encore mis sous enveloppe. Tout cela, je le poussai vers elle à l'aide du rateau.

— *Faites le jeu, messieurs ! Faites le jeu, messieurs ! Rien ne va plus !* s'exclamait le croupier, invitant à miser et s'apprêtant à lancer la roulette.

— Mon Dieu, on l'a raté ! Il va le lancer ! Mise, mise donc ! s'agita la grand-mère, mais ne réfléchis pas, vite, soufflait-elle, perdant patience et me poussant de toutes ses forces.

— Mais où voulez-vous que je mise, grand-mère ?

— Sur le *zéro* ! le *zéro* ! encore sur le *zéro* ! Mise autant que tu peux ! Combien on a en tout ? Soixante-dix frédérics d'or ? On ne va pas chipoter, mise vingt frédérics d'or à chaque fois !

— Mais, voyons, grand-mère ! Il ne peut pas sortir deux cents fois de suite ! Je vous jure, vous allez perdre votre fortune avec ces mises.

— Taratata ! Taratata ! Mise, on te dit ! Toujours besoin de discuter ! Je sais ce que je fais, et la grand-mère se mit même à trembler, comme secouée de transes.

— On n'a pas le droit de miser plus de douze frédérics d'or sur le *zéro,* grand-mère, c'est ce que j'ai misé.

— Comment, on n'a pas le droit ? Tu me dis pas des bêtises ? Moussié ! Moussié ! fit-elle, se mettant à pousser le croupier qui se trouvait juste à sa gauche et s'apprêtait à relancer la roue, *combien zéro ? douze ? douze ?*

Je m'empressai d'expliquer cette question en français.

— *Oui madame,* confirma poliment le croupier, et chaque mise ne doit pas dépasser quatre mille florins, c'est la règle, ajouta-t-il, pédagogue.

— Bon, rien à faire, mises-en douze.

— *Le jeu est fait !* cria le croupier. La roue tourna, c'est le treize qui sortit. Perdu !

— Encore ! Encore ! Encore ! Mise encore ! criait la grand-mère. Je ne répliquai plus ; un haussement d'épaule et je misai à nouveau douze frédérics d'or. La roue tourna longtemps. La grand-mère tremblait littéralement à suivre la roue des yeux. "Alors, elle pense vraiment gagner encore sur le *zéro* ?" me demandais-je, et je ne cessais pas de m'étonner. Une conviction profonde qu'elle ne pouvait que gagner illuminait ses traits – l'attente inébranlable d'un cri, *"Zéro !"*, qui ne pourrait que retentir. La bille sauta dans la case.

— *Zéro !* cria le croupier.

— Comment ?!! fit la grand-mère qui se tourna vers moi dans un triomphe frénétique.

Moi aussi, j'étais un joueur ; c'est ce que je sentis à cette minute précise. Tous mes membres tremblaient, j'avais la tête en feu. Bien sûr, c'était exceptionnel qu'en quelque dix coups le *zéro* tombât trois fois ; mais il n'y avait rien de bien étonnant à cela. J'avais pu voir moi-même, deux jours auparavant, le *zéro* tomber trois fois *de suite* et l'un des joueurs qui notait avec zèle chaque coup remarqua à voix haute que, pas plus tard que la veille, ce même *zéro* n'était tombé qu'une fois de toute la journée.

La grand-mère, comme elle venait de faire le plus gros gain, reçut son argent avec une attention et une déférence particulières. Elle devait recevoir exactement quatre cent vingt frédérics d'or, c'est-à-dire quatre mille florins et vingt frédérics d'or. Les vingt frédérics, elle les reçut en pièces d'or, les quatre mille – en billets de banque.

Cette fois, la grand-mère n'appelait plus Potapytch ; elle avait d'autres soucis. Elle ne me poussait même plus, elle semblait même ne plus trembler. C'est intérieurement, si l'on peut dire, qu'elle tremblait. Elle était toute concentrée sur je ne sais quoi, comme tendue vers un but :

— Alexeï Ivanovitch ! Il a dit qu'on peut miser quatre mille florins d'un coup ? Tiens, prends-les, et mise-les sur le rouge, décida la grand-mère.

Il semblait inutile de discuter. La roue tourna.

— *Rouge !* annonça le croupier.

Encore quatre mille florins de gagnés – ça faisait donc huit.

— Les quatre premiers, tu me les donnes ; les autres, mise-les sur le rouge, commanda la grand-mère.

Je misai à nouveau quatre mille florins.

— *Rouge !* annonça une fois encore le croupier.

— Et de douze ! Donne-les-moi ! L'or, tu le verses là, dans le porte-monnaie – les billets, tu les caches. Suffit ! On rentre ! Repoussez-moi le fauteuil !

XI

On roula le fauteuil vers les portes, à l'autre bout de la salle. La grand-mère rayonnait. Toute la famille faisait cercle autour d'elle et la congratulait. La conduite de la grand-mère avait beau être excentrique, son triomphe couvrait bien des choses et le général ne craignait plus de se compromettre en public par ses relations de famille avec une femme aussi étrange. C'est avec condescendance et un sourire plein d'une bienveillante gaieté, comme s'il amusait un enfant, qu'il félicitait la grand-mère. Mais il semblait quand même stupéfait, comme la plupart des spectateurs. Partout, on parlait d'elle, on se la montrait. Bien des gens passaient devant elle pour la voir de plus près. Mr. Astley parlait d'elle à l'écart avec deux Anglais de ses amis. Quelques majestueuses spectatrices, des dames, la considéraient avec une stupéfaction majestueuse, comme une merveille. Des Grieux n'en finissait pas de sourire et de se répandre en compliments.

— *Quelle victoire !* disait-il.

— *Mais, madame, c'était du feu !* ajouta *Mlle Blanche* avec un sourire enjôleur.

— Eh oui ! Je suis venue, j'ai gagné douze mille florins ! Et quoi, douze mille… Mais l'or ! Avec l'or, ça en fera presque treize. Ça fait combien, en roubles ? Dans les six mille, je crois, hein ?

Je lui appris que ça en faisait plus de sept, et, avec le cours actuel, ça pouvait même en faire huit.

— Une paille, huit mille roubles ! Et vous, vous restez là, têtes d'ânes, à vous tourner les pouces ! Potapytch Marfa, vous avez vu ?

— Ma bonne Madame, comment vous avez fait ? Huit mille roubles ! s'exclamait Marfa, toute prête à s'aplatir.

— Tenez, voilà cinq frédérics que je vous donne, voilà !

Potapytch et Marfa se précipitèrent pour lui baiser les mains.

— Et donne un frédéric à chaque porteur. Donne-leur une pièce d'or, Alexeï Ivanovitch. Pourquoi il me fait des courbettes, ce laquais, et celui-là ? Ils me félicitent ? Donne-leur aussi un frédéric.

— *Madame la princesse... un pauvre expatrié.. malheur continuel... les princes russes sont si géné-reux,* quémandait près du fauteuil un type en redingote râpée, gilet de couleur, moustachu, casquette à la main et sourire servile...

— Donne-lui aussi un frédéric d'or. Non, donne-lui-z'en deux ; bon, ça suffit, on n'en aura jamais fini avec ceux-là. Levez-moi ! Roulez ! Prascovia, dit-elle, se tournant vers Polina Alexandrovna, demain, je t'achète une robe, et à *mademoiselle* aussi, j'en achète une, comment elle s'appelle, déjà, *Mlle Blanche,* c'est ça ? A elle aussi, je lui achète une robe. Traduis, Prascovia.

— *Merci, madame,* fit humblement *Mlle Blanche* avec une révérence, la bouche tordue par un sourire moqueur qu'elle adressait au général et à des Grieux. Le général était partagé entre la gêne et une joie formidable quand nous arrivâmes à l'allée.

— C'est Fedossia, hein, c'est Fedossia qui va être surprise, disait la grand-mère, pensant soudain à la bonne du général qu'elle connaissait. Elle aussi, il faut lui offrir une robe. Oh, Alexeï Ivanovitch ! Alexeï Ivanovitch, donne-lui quelque chose, à ce mendiant !

Un loqueteux passait dans l'allée, le dos plié, et il nous regardait.

— Ce n'est peut-être pas un mendiant, grand-mère, c'est peut-être un coquin.

— Donne ! Donne ! Donne-lui un goulden !

Je vins vers lui et je lui donnai. Il me regarda d'un air complètement ahuri, mais il prit le goulden sans rien dire. Il puait le vin.

— Et toi, Alexeï Ivanovitch, tu n'as pas encore tenté ta chance ?

— Non, grand-mère.

— Mais tu avais les yeux qui te sortaient de leurs trous, je voyais ça.

— Je la tenterai, grand-mère, j'en suis sûr, mais plus tard.

— Et mise tout de suite sur le zéro ! Tu verras ! Combien tu as de capital ?

— Je n'ai que vingt frédérics d'or, grand-mère.

— Ça ne va pas loin. Je peux te prêter cinquante frédérics d'or, si tu veux. Tiens, ce rouleau, là, prends-le, quant à toi, mon petit vieux, pas la peine d'espérer – pas un sou ! dit-elle soudain au général en se tournant vers lui.

Il en fut comme retourné, mais il se tut. Des Grieux fronça les sourcils.

— *Que diable, c'est une terrible vieille !* murmura-t-il entre ses dents au général.

— Un mendiant, un mendiant, encore un mendiant ! s'écria la grand-mère. Alexeï Ivanovitch, donne-lui un goulden, à celui-là aussi.

Cette fois, c'était un vieillard chenu qui venait à notre rencontre, avec une jambe de bois, vêtu d'une espèce de vieille capote bleu foncé, une longue canne entre les mains. Il avait l'air d'un vieux soldat. Mais quand je lui tendis un goulden, il fit un pas en arrière et me lança un regard terrible.

— *Was ist's der Teufel !* cria-t-il, ajoutant à cela une dizaine d'autres jurons.

— Quel idiot ! cria la grand-mère, avec un geste. Ramenez-moi vite ! J'ai une faim de loup ! Je déjeune, je me prélasse un petit peu, et j'y retourne.

— Vous voulez vous remettre à jouer, grand-mère ? m'écriai-je.

— Qu'est-ce que tu croyais ? Vous restez là à rancir, vous croyez que je vais passer mon temps à vous regarder braire ?

— *Mais, madame,* s'approcha des Grieux, *les chances peuvent tourner, une seule mauvaise chance et vous perdrez tout... surtout avec votre jeu... c'était terrible !*

— *Vous perdrez absolument,* piaillait *Mlle Blanche.*

— En quoi ça vous regarde, vous ? C'est pas le vôtre, que je perdrai, c'est le mien ! Et où il est, ce Mr. Astley ? me demanda-t-elle.

— Il est resté au casino, grand-mère.

— Dommage ; lui, c'est quelqu'un de bien.

Rentrée chez elle, la grand-mère, croisant dans l'escalier le maître d'hôtel, le fit venir et se vanta de ce qu'elle venait de gagner ; puis elle appela Fedossia, lui offrit trois frédérics d'or, et commanda son repas. Fedossia et Marfa n'en finissaient pas de se répandre en louanges pendant tout le repas.

— Je vous regarde, ma bonne Madame, jacassait Marfa, et je dis à Potapytch, qu'est-ce qu'elle veut faire là, notre bonne Madame ? Et sur la table – tellement d'argent, tellement d'argent, Seigneur mon Dieu ! De toute ma vie j'avais pas vu autant d'argent, et puis, autour, rien que des messieurs, des messieurs. D'où ils viennent, que je dis à Potapytch, tous ces messieurs qu'on voit ? Je me dis, Sainte Mère de Dieu, prends-la sous ta sainte garde. Et je prie pour vous, ma bonne Madame, mon cœur, comme ça, qui bouge plus, comme ça, qui bouge plus, et moi, je reste à trembler, je tremble comme une feuille. Accorde-lui, que je pense, Seigneur mon Dieu, et Il vous a accordé, le bon Dieu. Jusqu'à maintenant, ma bonne Madame, je tremble, comme une feuille, je tremble.

— Alexeï Ivanovitch, après manger, disons, sur les quatre heures, prépare-toi, on y retourne. Pour l'instant, adieu, et n'oublie pas de me faire envoyer un de leurs docteurs, il faut que je prenne les eaux, quand même. Tu es capable d'oublier, je parie.

Je suis sorti de chez la grand-mère, j'étais comme sonné. J'essayais de m'imaginer ce qu'il en serait maintenant de tous les nôtres, et quelle tournure prendraient les événements. Je voyais clairement que, tous autant qu'ils étaient (et surtout le général), ils n'avaient pas eu le temps de reprendre leurs esprits, ni même de se remettre de leur première impression. L'apparition de la grand-mère au lieu du télégramme attendu d'heure en heure qui annonçait sa mort (et, par là même, l'héritage) avait tellement anéanti tout le système de leurs intentions et des décisions prises qu'ils n'avaient pu regarder les exploits de la grand-mère à la roulette que dans une stupeur générale, comme à travers un voile d'hébétude qui leur était tombé dessus. Pourtant, ce deuxième fait semblait plus important, ou presque, que le premier, car, même si la grand-mère avait redit au général, et par deux fois, qu'elle ne lui donnerait pas d'argent, on ne savait jamais – il ne fallait quand même pas perdre espoir. Il en allait de même pour des Grieux, mêlé à toutes les affaires du général. Je suis sûr que même *Mlle Blanche,* elle aussi, mêlée bien largement (pour cause : générale, et un grand héritage !) n'aurait pas perdu espoir et aurait usé de tous les charmes de sa coquetterie sur la grand-mère – à l'inverse de l'orgueilleuse Polina, inabordable et incapable de flagornerie. Mais à présent, à présent que la grand-mère venait d'accomplir de tels exploits à la roulette, à présent que sa personnalité s'était montrée devant eux d'une façon si claire et si typique (une vieille femme excentrique, tyrannique et *tombée en enfance*), à présent, sans doute, tout était perdu ; elle était réjouie, comme une gosse, de s'être échappée de sa cage, et, comme toujours dans ces cas-là, elle allait se faire plumer. Mon Dieu ! me disais-je (et, j'en suis bien désolé, mais avec le rire le plus méchant), mon Dieu, mais chaque frédéric d'or que la grand-mère vient de miser, c'était un coup au cœur du général, il faisait enrager des Grieux et plongeait *Mlle de Cominges* dans les transes, elle à qui on passait la cuiller sous le nez. Et puis, un autre fait : même après sa victoire, alors qu'elle était toute à sa joie, que la grand-mère donnait de l'argent à tout le monde et qu'elle prenait chaque passant pour un mendiant, même à ce moment-là, elle avait eu ce cri du cœur à l'intention du général : "Toi, pas un sou, de toute façon !" Cela signifiait bien qu'elle ne vivait que dans cette idée, qu'elle s'obstinait – à croire qu'elle s'était fait une devise : danger ! danger !

Toutes ces réflexions roulaient dans mon cerveau tandis que je remontais de chez la grand-mère par l'escalier d'apparat jusqu'à l'étage le plus élevé, celui de mon cagibi. Tout cela m'obnubilait ; même si, bien sûr, je pouvais, dès le début, tirer les fils essentiels, les plus voyants, qui liaient devant moi les acteurs, malgré cela, je ne connaissais toujours pas entièrement les moyens et les mystères de leur jeu. Polina n'avait jamais été pleinement confiante à mon égard. Bien qu'il lui arrivât, c'est vrai, de m'ouvrir son cœur, de loin en loin, comme par inadvertance, j'avais remarqué que, souvent, pour ne pas dire toujours, après ses confessions, soit elle transformait en plaisanterie ce qu'elle venait de dire, soit elle l'embrouillait en faisant exprès de lui donner une apparence de mensonge. Oh ! Elle me cachait tant de choses ! Toujours est-il, je le pressentais, que c'était le finale de toute cette situation mystérieuse et tendue qui approchait. Encore un choc, et tout serait fini, tout serait découvert. Mon propre sort, à moi qui étais mêlé à tout cela, je ne m'en souciais presque pas. Je suis d'une humeur bizarre ; je n'ai en poche que vingt frédérics d'or ; je suis loin, à l'étranger, sans travail, sans moyens d'existence, sans espoir et sans plans et – je m'en fiche ! Si ce n'était Polina, je ne ferais qu'une chose – me plonger corps et âme dans le seul intérêt comique du dénouement à venir, et je rirais à gorge déployée. Mais Polina me trouble ; son sort se joue là ; cela, je le sens bien, mais, hélas, ce n'est pas son sort qui me préoccupe. Ce que je veux, c'est pénétrer dans ses secrets ; je veux qu'elle vienne me voir et qu'elle me dise : "Mais si, je t'aime…" – sinon, si cette folie reste aussi impensable, alors… oui, qu'est-ce que je peux vouloir ? Est-ce que je sais ce que je veux ? Je suis là comme un perdu ; tout ce que je voudrais, c'est rester auprès d'elle, dans son auréole, dans sa lumière, pour toute l'éternité, toujours, toute la vie. Que ça, c'est tout ce que je sais ! Et, la quitter, comment je pourrais ?

Au deuxième, dans leur couloir, je sentis comme une secousse. Je me tournai, et, à vingt pas ou plus, je vis Polina qui sortait de sa chambre. Elle paraissait m'avoir guetté, elle me surveillait, elle me fit tout de suite entrer chez elle.

— Polina Alexandrovna. .

— Chut ! fit-elle, pour me prévenir.

— Figurez-vous, lui chuchotai-je, c'est comme si quelqu'un venait de me donner un coup dans le côté ; je me retourne – vous ! On dirait que vous êtes une source d'électricité !

— Prenez cette lettre, prononça Polina d'un air à la fois grave et rembruni (elle n'avait sans doute pas entendu ce que je venais de lui dire) – et portez-la personnellement à Mr. Astley, sans attendre. Vite, je vous en prie. Pas besoin de réponse. Lui-même, il…

Elle ne termina pas sa phrase.

— A Mr. Astley ? lui redemandai-je, sidéré.

Mais Polina venait déjà de refermer sa porte.

Ah donc, ils sont en correspondance ! – bien entendu, je courus retrouver Mr. Astley, d'abord à son hôtel, où il était absent, puis au casino, où j'arpentai toutes les salles, et enfin, déçu, désespéré, presque, tandis que je rentrais, je le croisai par hasard, dans une cavalcade, avec d'autres Anglais, des hommes et des femmes, à cheval. Je lui fis signe, l'arrêtai et lui transmis la lettre. Nous n'eûmes même pas le temps d'échanger un regard. Mais je soupçonne que Mr. Astley fit exprès d'éperonner son cheval.

Etais-je torturé par la jalousie ? J'étais complètement abattu. Je n'avais même pas eu envie de savoir ce qu'ils pouvaient s'écrire. Il était donc son confident.

"Un ami, je veux bien, me disais-je, cela, c'est clair (et quand avait-il donc eu le temps ?), mais y a-t-il de l'amour ?" – "Bien sûr que non", me soufflait la raison. Mais la raison ne suffit pas dans ces cas-là. Toujours est-il que, cela aussi, je devais l'éclaircir. L'affaire se compliquait désagréablement.

Je n'avais pas eu le temps de rentrer que le portier et le maître d'hôtel, qui venait de sortir de son bureau, m'apprirent qu'on me demandait, qu'on me cherchait, que cela faisait trois fois qu'on demandait des nouvelles : où étais-je donc ? et qu'on me priait de me rendre au plus vite chez le général. J'étais de l'humeur la plus maussade. Dans le bureau du général je retrouvai, en plus du général lui-même, des Grieux et *Mlle Blanche,* toute seule, sans sa mère. La mère, décidément, ne faisait que de la figuration, elle ne servait que pour la parade ; dès lors qu'on en venait vraiment à des affaires, *Mlle Blanche* agissait seule. Et je doute que cette mère eût été au courant de quoi que ce fût sur sa soi-disant fille.

Ils devaient tenir conseil, tous les trois, violemment – la porte du bureau était même fermée, ce qui n'était encore jamais arrivé. En m'approchant, j'entendis des voix sonores – le débit brutal et insolent de des Grieux, les cris vulgaires, méprisants et frénétiques de *Blanche* et la pitoyable voix du général, lequel, visiblement, se justifiait de je ne sais quoi. Quand j'apparus, ils semblèrent se contenir, se reprendre en mains. Des Grieux arrangea sa coiffure et affubla d'un sourire son visage haineux – ce sourire détestable, bienséant et très digne, ce sourire français que je déteste tellement. Ecrasé, anéanti, le général se redressa, mais comme machinalement. *Mlle Blanche* fut la seule à ne presque pas modifier son expression de colère foudroyante, elle se contenta de se taire, et de me fixer, pleine d'une attente nerveuse. Je remarquai qu'elle m'avait toujours traité avec une indifférence invraisemblable, ne répondant même pas à mes saluts – elle ne me voyait pas, tout simplement.

— Alexeï Ivanovitch, commença le général d'un ton de doux reproche, permettez-moi de vous déclarer qu'il est étrange, qu'il est étrange au plus haut point... en un mot, vos actes vis-à-vis de ma famille et de moi-même... en un mot, il est étrange au plus haut point...

— *Eh ! ce n'est pas ça,* le coupa des Grieux avec rage et mépris. (Décidément, c'est lui qui dirigeait tout !) *Mon cher monsieur, notre cher général se trompe* quand il prend ce ton-là (je continue ses paroles en russe), mais il voulait vous dire... c'est-à-dire vous prévenir, ou, pour mieux dire, vous demander, en insistant, de ne pas causer sa perte – oui, oui, sa perte ! C'est bien ce mot que j'emploie...

— Mais pourquoi donc, comment ?... fis-je, l'interrompant.

— Voyons, vous prenez sur vous d'être le directeur (ou comment dire cela) de cette vieille femme, *cette pauvre terrible vieille,* bafouillait des Grieux, mais elle va tout perdre à la roulette ; elle se fera plumer ! Vous avez vu vous-même, vous étiez témoin, comme elle joue ! Si elle commence à perdre, elle ne pourra plus se décoller de la table, de rage, d'entêtement, elle continuera à jouer, elle jouera toujours – dans ces cas-là, on n'arrive jamais à se refaire, et à ce moment-là... à ce moment-là...

— A ce moment-là, reprit le général, vous ferez la perte de toute ma famille ! Ma famille et moi-même, nous sommes ses héritiers, elle n'a pas de parents plus proches. La main sur le cœur, je vous le dis : mes affaires vont mal, elles sont au plus mal. Vous le savez un peu vous-même… Si elle perd une somme considérable, ou même (mon Dieu !…) toute sa fortune, qu'en sera-t-il avec eux, avec mes enfants ! (Le général lança un regard sur des Grieux) Avec moi ! (Il regarda *Mlle Blanche,* qui se détournait de lui avec mépris.) Alexeï Ivanovitch, sauvez-nous, sauvez-nous !…

— Mais, général, dites-moi comment je pourrais faire… Qu'est-ce que je suis, là-dedans ?

— Refusez, refusez, laissez-la tomber !…

— Elle trouvera quelqu'un d'autre ! m'écriai-je.

— *Ce n'est pas ça, ce n'est pas ça,* le coupa encore une fois des Grieux, *que diable !* Non, ne l'abandonnez pas, au moins, tâchez de la raisonner, détournez-la, occupez-la… Ne la laissez pas trop perdre, trouvez un moyen de l'occuper.

— Et comment ? Et si vous essayiez vous-même, monsieur des Grieux, ajoutai-je du ton le plus naïf que je pus.

C'est là que je remarquai le regard rapide, brûlant et scrutateur que *Mlle Blanche* lança sur des Grieux. Et dans son expression à lui, je vis filer quelque chose de bizarre, quelque chose de sincère – cela lui avait comme échappé.

— C'est bien ça, le problème, elle ne voudra plus de moi, maintenant ! s'écria-t-il, avec un geste de la main. Ah si, plus tard…

Des Grieux lança un regard rapide et pressant sur *Mlle Blanche.*

— *O mon cher monsieur Alexis, soyez si bon,* fit *Mlle Blanche* en personne, avançant vers moi avec un sourire enjôleur, elle me saisit les deux mains et me les serra fermement. Nom d'un chien ! ce visage diabolique savait changer en une seconde. Elle me montra alors une mine si suppliante, si gentille, avec un sourire d'enfant et même un air coquin ; a la fin de sa phrase, elle me fit un clin d'œil, sans que les autres le remarquent . que cherchait-elle ? A me scier sur place ? Elle y réussit presque, mais tout cela était vraiment grossier, vraiment horrible.

Le général aussi bondit derrière elle – c'est le mot juste, il bondit :

— Alexeï Ivanovitch, excusez-moi si je vous ai dit ces choses tout à l'heure, ce n'est pas du tout ce que je voulais dire… Je vous le demande, je vous en supplie, je m'incline devant vous jusqu'à terre, à la russe, vous êtes le seul qui puissiez nous sauver ! *Mlle de Cominges* et moi, nous vous en supplions, vous comprenez, n'est-ce pas, vous comprenez ? m'implorait-il en me montrant des yeux *Mlle Blanche*. Il avait l'air réellement pitoyable.

Nous entendîmes à cet instant trois coups dans la porte, respectueux et feutrés ; on ouvrit – c'était le garçon d'étage, suivi, à quelques pas derrière, par Potapytch. Ces ambassadeurs venaient de chez la grand-mère. L'ordre était de me trouver, et de me ramener séance tenante. "Madame est irritée", m'annonça Potapytch.

— Mais il n'est que trois heures et demie !

— Madame a pas pu fermer l'œil, elle ne faisait rien que se tourner, puis Madame s'est levée d'un seul coup, elle a demandé le fauteuil et qu'on vous recherche. Madame vous attend sur le perron, monsieur…

— *Quelle mégère !* cria des Grieux.

Oui, la grand-mère m'attendait sur le perron, furieuse que je ne fusse toujours pas là. Elle n'avait pas tenu jusqu'à quatre heures.

— Allez, levez-moi ! cria-t-elle – et nous repartîmes à la roulette

XII

La grand-mère était d'humeur impatiente, irritable ; on voyait que la roulette l'obsédait. Elle ne prêtait aucune attention à tout le reste et se montrait en général extrêmement distraite. Ainsi, par exemple, ne me posa-t-elle aucune question en chemin, comme le matin. Apercevant une calèche de grand luxe qui fit tourbillonner la poussière devant nous, elle leva la main et me demanda : "Qu'est-ce que c'est ? Qui est-ce ?" mais je crois qu'elle n'entendit pas ma réponse ; ses réflexions étaient sans cesse interrompues par des mouvements impatients et brusques ou des exclamations. Quand je lui montrai de loin, en approchant déjà du casino, le baron et la baronne Wurmerhelm, elle les regarda d'un air distrait, répondit d'une voix totalement indifférente : "Ah !" et, se retournant très vite vers Potapytch et Marfa qui marchaient derrière nous, elle leur lâcha :

— Et vous, qu'est-ce que vous fichez là ? Je ne vais pas vous prendre à chaque fois ! Rentrez à la maison ! Tu me suffiras bien, ajouta-t-elle pour moi quand ils l'eurent saluée bien vite et rebroussé chemin.

Au casino, on attendait déjà la grand-mère. On lui libéra tout de suite la même place, à côté du croupier. J'ai l'impression que ces croupiers, qui sont toujours aussi respectueux et ont l'air de véritables fonctionnaires que les gains ou les pertes de la banque laissent totalement froids, sont, en fait, tout sauf indifférents aux pertes de la banque et, bien entendu, doivent avoir reçu des instructions pour attirer les joueurs tout en veillant aux intérêts de l'établissement, en échange de quoi ils touchent des primes et des récompenses. Du moins virent-ils en la grand-mère la petite victime rêvée. Ensuite, il arriva ce que nous avions prévu.

Voici comment.

La grand-mère se jeta tout de suite sur le *zéro*, et me commanda immédiatement de miser jusqu'à douze frédérics d'or. Une mise, deux mises, trois – le *zéro* ne sortait pas. "Mise ! Mise toujours !" disait la grand-mère, me poussant avec impatience. J'obéissais.

— Combien de fois on a déjà perdu ? demanda enfin la grand-mère, grinçant des dents d'impatience.

— Ça fait la douzième fois, grand-mère. On a perdu cent quarante-quatre frédérics d'or. Quand je vous dis, grand-mère que, jusqu'au soir, peut-être…

— Tais-toi ! me coupa-t-elle. Mise encore sur le *zéro*, et mets encore mille gouldens sur le rouge. Tiens, prends le billet.

Le rouge sortit, mais toujours pas le *zéro* ; on nous rendit mille gouldens.

— Tu vois, tu vois, chuchota la grand-mère, on a presque regagné ce qu'on a perdu. Mise encore sur *zéro*. Une dizaine de coups, et on arrête.

Pourtant, au cinquième coup, la grand-mère commença réellement à se morfondre.

— Envoie-le au diable, ce petit *zéro* de malheur. Tiens, mets les quatre mille gouldens sur le rouge, m'ordonna-t-elle.

— Grand-mère, ça fera trop ; et si ce n'est pas le rouge qui sort ? la suppliai-je, mais la grand-mère faillit me cogner. (Pourtant, elle me poussait si fort qu'on peut presque dire qu'elle me battait.) Il n'y avait rien à faire, je misai les quatre mille gouldens que nous avions gagnés le matin. La roue tourna. La grand-mère restait calme, le dos droit, elle était sûre de gagner.

— *Zéro,* annonça le croupier.

Au début, la grand-mère eut du mal à comprendre, mais quand elle vit que le croupier ratissait ses quatre mille gouldens avec tout ce qui se trouvait sur la table, et qu'elle sut que ce *zéro,* qui n'était pas sorti pendant tellement de temps et nous avait fait perdre presque deux cents frédérics d'or, que ce *zéro,* donc, venait juste de tomber, comme par un fait exprès, à peine l'avait-elle injurié et envoyé au diable, elle poussa un grand "ah !…" et leva les bras au ciel, sous les yeux de toute la salle. Quelques rires fusèrent.

— Seigneur ! Et c'est là qu'il ressort, ce maudit *zéro* ! piaillait la grand-mère, ah le démon, ah le suppôt de Satan ! C'est toi ! C'est ta faute ! me cria-t-elle, furieuse, en me donnant des coups de coude. C'est toi qui m'as dit de ne pas le faire !

— Grand-mère, c'était vrai, ce que je vous disais, comment je peux répondre de toutes les chances ?

— Va donc, avec tes chances ! me chuchotait-elle d'une voix menaçante, fiche-moi le camp !

— Adieu, grand-mère ! je me tournai, m'apprêtant à partir.

— Alexeï Ivanovitch, Alexeï Ivanovitch, reste là ! Où tu vas ? Allons, allons, qu'est-ce qu'il y a ? Il me fait une colère ! Qu'il est bête ! Allez, reste encore un petit peu, reste, ne te fâche pas, mais c'est moi qui suis bête ! Alors, dis-moi, qu'est-ce que je fais, maintenant ?

128

— Grand-mère, je ne veux pas vous donner de conseils, c'est moi que vous iriez accuser ; jouez toute seule, je ferai ce que vous me direz.

— Bon, bon, alors mets-moi encore quatre mille gouldens sur le rouge ! Tiens le portefeuille, prends. Elle sortit son portefeuille de sa poche et me le tendit. Tiens, prends vite, il y a vingt mille roubles d'argent comptant.

— Grand-mère, murmurai-je, des sommes pareilles...

— Je crèverai sur place, mais je finirai par me refaire ! Mise donc. Nous avons misé – perdu.

— Mise ! Mise encore ! Huit mille !

— Grand-mère, on n'a pas le droit ! La plus grande mise, c'est quatre mille !...

— Alors, mise quatre mille !

Cette fois, nous avions gagné. La grand-mère se ragaillardit.

— Tu vois, tu vois fit-elle, me poussant de nouveau, mise encore quatre mille.

On misa, on perdit ; puis on perdit encore, et encore.

— Grand-mère, les douze mille gouldens sont partis, appris-je à la grand-mère.

— Je le vois bien, qu'ils sont partis, murmura-t-elle, en proie à une espèce, si je puis dire, de calme de la furie, je vois bien, mon bon ami, je vois bien, murmurait-elle, le regard immobile, comme plongée dans une méditation. Bah, je veux crever sur place, mais mise encore quatre mille gouldens !

— Mais on n'a plus d'argent, grand-mère ; il n'y a que des cinq pour cent, dans le portefeuille, et quelques traites, mais plus du tout de liquide.

— Et dans le porte-monnaie ?

— De la ferraille, grand-mère.

— Il y a des agents de change ici ? Il paraît qu'ils peuvent changer tous nos papiers, demanda-t-elle d'une voix ferme.

— Oh, tant que vous voulez ! Mais ce que vous allez perdre au change, c'est... même un juif aurait peur !

— Sottises ! Il faut que je me refasse ! Emmène-moi. Appelle-moi ces crétins !

J'ai roulé le fauteuil, les porteurs sont arrivés, nous sommes sortis du casino.

— Plus vite, plus vite, plus vite ! commandait la grand-mère. Montre la route, Alexeï Ivanovitch, et prends le plus près... C'est loin ?

— A deux pas, grand-mère.

Or, en sortant du square pour tourner dans l'allée, nous sommes retombés sur toute la compagnie : le général, des Grieux, et *Mlle Blanche* avec Mme mère. Polina Alexandrovna n'était pas avec eux, ni Mr. Astley.

— Allez, allez, allez, on ne s'arrête pas ! criait la grand-mère, quoi, qu'est-ce qu'il y a ? Pas de temps à perdre avec vous !

Je marchais derrière ; des Grieux se précipita vers moi.

— Elle a perdu ses douze mille gouldens, et puis douze mille des siens. On va changer les cinq pour cent, lui chuchotai-je à la hâte.

Des Grieux tapa du pied et courut annoncer la nouvelle au général. Nous poussions toujours la grand-mère.

— Arrêtez ! Arrêtez ! me chuchota le général au bord des transes.

— Je voudrais vous y voir, vous, l'arrêter, lui chuchotai-je.

— Ma tante ! s'approcha le général, ma tante... nous voulions... nous voulions... Sa voix tremblait, tombait, nous louons des chevaux et nous partons à la campagne... Une vue grandiose... la *pointe*... nous voulions vous inviter.

— Mais va te faire voir, avec ta *pointe* ! lui cria la grand-mère.

— Dans un village... nous boirons le thé... poursuivait le général déjà plongé dans le désespoir.

— *Nous boirons du lait, sur l'herbe fraîche,* ajouta des Grieux, pris d'une rage fauve.

Du lait, de l'herbe fraîche – voilà le *nec plus ultra* de l'idéal et de l'idylle du bourgeois de Paris ; c'est là, comme nous savons, sa conception de *"la nature et de la vérité"* !

— Mais va où je pense, avec ton lait ! Lappe-le toi-même, ton lait, moi, ça me flanque la colique. Et qu'est-ce que vous avez à m'embêter ?! s'écria la grand-mère, je vous dis que je n'ai pas le temps !

— On y est, grand-mère, m'écriai-je. C'est là !

Nous étions arrivés à l'immeuble où se trouvait un comptoir de banque. Je partis faire le change ; la grand-mère m'attendait à l'entrée. Des Grieux, le général et *Blanche* se tenaient à l'écart, ne sachant que faire. La grand-mère leur lança un regard enragé – ils repartirent vers le casino.

On me proposa un taux si terrifiant que je me dis qu'il valait mieux retourner voir la grand-mère et lui demander des instructions.

— Ah, les bandits ! s'écria-t-elle, levant les bras au ciel. Bon ! Tant pis ! Change ! cria-t-elle d'une voix ferme, attends, appelle-moi le banquier !

— Peut-être juste un employé, grand-mère ?

— Bon, un employé, je m'en fiche. Ah, les bandits !

L'employé accepta de sortir quand il apprit qu'il était demandé par une vieille comtesse malade qui ne pouvait pas marcher. La grand-mère l'accusa longuement,

131

rageusement et à haute voix d'être un escroc et marchanda dans un mélange de russe, de français et d'allemand, tandis que j'aidais à la traduction. Le digne employé nous regardait l'un après l'autre du coin de l'œil, hochant la tête. Il examinait même la grand-mère avec une curiosité trop nette, ça devenait malpoli ; puis il se mit à sourire.

— Allez, fiche-moi le camp ! cria la grand-mère. Qu'il te reste dans la glotte, mon argent ! Changelui, Alexeï Ivanovitch, pas le temps d'en voir un autre, sinon…

L'employé dit que les autres lui donneraient encore moins.

Je ne me souviens pas exactement du taux, mais c'était terrifiant. J'ai changé jusqu'à douze mille florins en or et en billets, j'ai pris le reçu et j'ai donné le tout à la grand-mère.

— Allez ! Allez ! Allez ! Pas le temps de compter, cria-t-elle en agitant les bras, plus vite ! plus vite ! plus vite ! Jamais je ne miserai sur ce maudit *zéro*, ni sur le rouge, murmura-t-elle en approchant du casino.

Cette fois, j'essayais à toutes forces de lui faire comprendre qu'il fallait miser le moins possible, pour la convaincre que, si la chance tournait, il serait toujours temps de miser plus gros. Mais elle était d'une telle impatience que, même si, au début, elle m'écoutait, il n'y avait pas moyen de la retenir au cours de la partie. Sitôt qu'elle se mettait à gagner sur des mises de dix ou de vingt frédérics d'or – "Ça y est, ça y est ! commençait-elle à me pousser, ça y est, on a gagné, on aurait mis quatre mille au lieu de dix, on aurait gagné sur quatre mille, et maintenant ? C'est ta faute ! Rien que ta faute !"

Et malgré le dépit qui me prenait quand je voyais son jeu, je finis par me décider à me taire et à ne rien lui conseiller du tout.

Soudain, surgit des Grieux. Ils étaient tous les trois près de lui ; je vis que *Mlle Blanche* se tenait à l'écart avec sa maman, et qu'elle minaudait avec le prince. Le général était en pleine disgrâce, pour ne pas dire rejeté. *Blanche* ne le gratifiait plus d'un seul regard, même s'il se démenait autour d'elle comme un beau diable. Le pauvre général ! Il pâlissait, rougissait, frissonnait, il avait même cessé de suivre le jeu de la grand-mère. *Blanche* et le prince finirent par sortir, le général se précipita à leur poursuite.

— *Madame, madame,* susurrait des Grieux à la grand-mère d'une voix mielleuse qui lui serpentait jusqu'à l'oreille. *Madame,* comme ça... ce mise mauvais... non, non... non le droit... baragouinait-il en russe, non !

— Et comment, alors ? Allez, apprends-moi ! se tourna vers lui la grand-mère.

Des Grieux se mit soudain à jaboter en français, il commença à conseiller, à s'agiter, disait qu'il fallait attendre sa chance, voulait calculer je ne sais quels chiffres... la grand-mère ne comprenait rien. Il ne cessait de s'adresser à moi, pour que je traduise ; il pointait son index sur la table, il démontrait ; il saisit un crayon et voulut faire des calculs sur une feuille. La grand-mère perdit vraiment patience.

— Allez, suffit, suffit ! Tu me racontes des sottises ! *"Madame, madame"*, et tu ne comprends rien toi-même ; suffit !

— Mais, *madame,* pépia des Grieux, et il recommença à s'agiter et à montrer je ne sais quoi. Ça le rendait tout simplement malade.

— Bah, mise une fois comme il dit, m'ordonna la grand-mère, on verra bien : ça peut marcher, sait-on jamais.

Des Grieux voulait seulement lui éviter de faire des mises trop importantes : il proposait de miser sur des chiffres, à l'unité et en groupe. J'ai misé, sur son indication, un frédéric d'or sur la série des chiffres impairs de un à onze et cinq frédérics d'or sur celle de douze à dix-huit et de vingt à vingt-quatre ; nous avions misé en tout seize frédérics d'or.

La roue tourna. *"Zéro"*, cria le croupier. Nous avions tout perdu.

— Quel crétin ! cria la grand-mère en s'adressant à des Grieux. Espèce de sale petit Français ! Ils sont beaux, ses conseils, canaille, va ! Dehors, dehors ! Il ne comprend rien et il se met dedans quand même.

Des Grieux, mortellement offensé, haussa les épaules, jeta un regard méprisant sur la grand-mère et s'écarta. Il avait honte lui-même maintenant de s'être mêlé à cela ; ç'avait été plus fort que lui.

En une heure, malgré nos efforts, nous avions tout perdu.

— A la maison ! cria la grand-mère.

Elle ne dit pas un mot jusqu'à l'allée. Là, quand nous arrivions déjà vers l'hôtel, des exclamations jaillirent de sa bouche :

— Quelle gourde ! Non mais quelle gourde ! Espèce de vieille gourde !

Nous venions juste de rentrer chez elle :

— Du thé ! s'écria la grand-mère, et les valises, tout de suite ! On repart !

— Où donc Madame elle veut repartir ? risqua Marfa.

— Ça te regarde, toi ? Reste à ta place ! Potapytch, ramasse tout, tous les bagages. On rentre, à Moscou ! Quinze mille roubles que j'ai jetés par les fenêtres !

— Quinze mille roubles, madame ! Seigneur Jésus ! criait Potapytch, levant les bras au ciel et pleurnichant. Il voulait se faire bien voir, sans doute.

— Ça va, ça va, crétin ! Il chiale, encore ! Tais-toi ! Les valises ! Le compte, vite, plus vite !

— Le prochain train part à neuf heures et demie, grand-mère, lui annonçai-je pour arrêter sa rage.

— Quelle heure il est, maintenant ?

— Sept heures et demie.

— La poisse ! Enfin, c'est pareil ! Alexeï Ivano-vitch, je n'ai pas un sou en poche. Tiens, prends encore ces deux billets, change-les-moi aussi. Avec quoi je partirais, sinon ?

J'y suis allé. Rentré à l'hôtel une demi-heure plus tard, j'ai retrouvé toute la famille chez la grand-mère. Apprenant que la grand-mère rentrait définitivement à Moscou, ils en étaient, je crois, plus stupéfaits que par ce qu'elle venait de perdre. Bien sûr, son départ préservait sa fortune, mais qu'en serait-il maintenant du général ? Qui allait payer des Grieux ? *Mlle Blanche,* à l'évidence, n'attendrait pas que la grand-mère s'en aille *ad patres*, elle filerait avec le prince, ou avec quelqu'un d'autre. Ils étaient là, devant elle, la consolaient, ils essayaient de la dissuader. Polina était absente, une fois de plus. La grand-mère les injuriait d'une voix tonitruante.

— La paix, bande de démons ! En quoi ça vous regarde ? Et cette barbe à bouc qui me tombe dessus, criait-elle à des Grieux, et qu'est-ce qu'elle a, la san-sonnette, qu'est-ce qu'elle me veut ? ajouta-t-elle, se tournant vers *Mlle Blanche*. Pourquoi tu gesticules, comme ça ?

— *Diantre,* murmura *Mlle Blanche,* un éclair de furie dans le regard ; soudain, elle éclata de rire et elle sortit.

135

— *Elle vivra cent ans !* cria-t-elle, au général en sortant de la pièce.

— Ah, parce que t'attends que je crève ? hurla la grand-mère au général, fiche-moi le camp ! Fiche-les dehors, Alexeï Ivanovitch ! En quoi ça vous regarde ? C'est le mien, d'argent, que j'ai perdu, pas le vôtre !

Le général haussa les épaules, baissa la tête et sortit. Des Grieux l'imita.

— Qu'on m'appelle Prascovia, commanda la grand-mère à Marfa.

Cinq minutes plus tard, Marfa revenait avec Polina. Pendant tout ce temps, Polina était restée dans sa chambre, avec les enfants, je crois qu'elle avait décidé exprès de ne pas sortir de la journée. Son visage était grave, triste et soucieux.

— Prascovia, commença la grand-mère, c'est vrai, ce que j'ai appris, que ce crétin, là, ton beau-père, il veut se marier avec cette greluche de Française ? – une actrice, ou quoi ? ou encore pire. Dis-moi, c'est vrai ?

— Je ne sais rien de sûr, grand-mère, répondit Polina, mais, à ce que dit *Mlle Blanche* elle-même, qui n'éprouve pas le besoin de le cacher, je conclus...

— Assez ! la coupa-t-elle d'une voix vive, je sais tout ! Je me suis toujours dit qu'il me ferait un coup dans ce genre-là, je l'ai toujours pris pour l'homme le plus vide et le plus frivole que je connaissais. Il se pavane parce qu'il est général (un colonel, promu général à la retraite), il fait le fanfaron. Moi, ma petite fille, je sais tout – les télégrammes que vous n'arrêtiez pas d'envoyer à Moscou, n'est-ce pas, "alors, elle se dépêche, la vieille, de passer l'arme à gauche ?" C'est l'héritage que vous attendiez ; sans l'argent, cette sale fille – comment elle s'appelle ? *de Cominges,* c'est ça ? – elle n'en voudrait même pas comme laquais – avec ses

136

fausses dents, en plus. Elle a déjà un magot elle-même, à ce qu'on dit, elle fait de l'usure, c'est comme ça qu'elle s'engraisse. Moi, Prascovia, je ne t'en veux pas ; ce n'est pas toi qui envoyais les télégrammes ; et puis le passé, c'est le passé. Pour le caractère aussi, je sais ça, tu te poses là – une vraie guêpe ! tu piques, ça fait des cloques, mais je me fais du souci pour toi, parce que ta mère, Caterina, paix à son âme, je l'aimais bien. Allez, tu veux ? Laisse-les tomber, et rentre avec moi. Où tu pourrais aller, sinon ? Et puis, c'est indécent que tu restes avec eux, maintenant. Attends ! fit la grand-mère pour couper Polina qui voulait déjà répondre, je n'ai pas fini. Je ne te demanderai rien du tout. Ma maison, à Moscou, tu sais bien, c'est un palais – tu peux te prendre tout un étage, ne pas me voir pendant des semaines, si tu te méfies de mon caractère. Alors, oui ou non ?

— Puis-je vous demander, avant : est-ce vrai que vous voulez partir ?

— Tu crois que je plaisante, ma fille ? J'ai dit que je partais. J'ai perdu quinze mille roubles aujourd'hui à votre fichue roulette. J'ai fait le vœu, il y a cinq ans, de reconstruire en pierre la vieille église en bois de mon domaine, près de Moscou, et je suis venue ici pour me faire plumer. Maintenant, ma fille, je pars la construire, cette église.

— Mais les eaux, grand-mère ! Vous étiez venue prendre les eaux…

— Fiche-moi donc la paix, avec tes eaux ! Ne me mets pas en colère, Prascovia ; tu fais exprès, ou quoi ? Réponds – tu viens, oui ou non ?

— Grand-mère, je vous remercie du fond du cœur, commença Polina d'une voix émue, pour le refuge que vous me proposez. Vous avez deviné en partie ma situation. Je vous suis si reconnaissante que, croyez-moi, j'irai vous rejoindre, et peut-être même très vite ; mais, pour le moment, il y a des raisons... graves... et je ne peux pas me décider maintenant, sans attendre. Si vous étiez restée ne serait-ce que deux semaines...

— Alors tu ne veux pas ?

— Alors je ne peux pas. Et puis, de toute façon, je ne peux pas laisser mon frère et ma sœur, et comme... comme... comme c'est vrai qu'il peut arriver qu'ils restent abandonnés, alors... si vous me prenez avec les petits, grand-mère, bien sûr que j'irai chez vous et, croyez-moi, je saurai vous remercier ! ajouta-t-elle avec passion, mais, sans les enfants, grand-mère, je ne peux pas.

— Allez, pas la peine de geindre ! (Polina n'avait pas l'intention de geindre, et même, elle ne pleurait jamais) – les poussins, on leur trouvera de la place ; il est grand, le poulailler. En plus, il serait temps de les mettre à l'école ! Alors, tu ne viens pas maintenant ? Ça te regarde, Prascovia ! Je ne te souhaite que du bien, mais je sais pourquoi tu ne pars pas. Je sais tout, Prascovia ! Ça se terminera mal, avec ton sale Français.

Le rouge monta aux joues de Polina. Moi, je fus secoué par un sursaut. (Tout le monde savait ! Il n'y avait que moi, donc, qui ne savais rien !)

— Allez, allez, ne te fâche pas. Je n'insiste pas. Mais attention qu'il n'arrive rien, tu me comprends ? Tu n'es pas bête comme fille ; ça me ferait de la peine pour toi. Bon, ça suffit, je vous ai assez vus, tous ! Va-t'en ! Adieu !

— Je peux encore vous raccompagner, grand-mère, dit Polina.

— Pas la peine ; ne me dérange pas, vous m'embêtez, tous, à la fin. Polina baisa la main de la grand-mère, celle-ci la lui arracha et l'embrassa elle-même sur la joue.

Passant devant moi, Polina me jeta un regard rapide et se hâta de détourner les yeux.

— Bon, et toi aussi, adieu, Alexeï Ivanovitch ! Il ne me reste plus qu'une heure jusqu'au train. Et toi aussi, tu es fatigué de moi, je crois bien. Tiens, prends ces cinquante frédérics.

— Je vous remercie infiniment, grand-mère, mais c'est gênant...

— De quoi ? De quoi ? cria la grand-mère, d'un ton si énergique, si menaçant que, sans plus oser rien dire, je pris l'argent.

— A Moscou, si tu cherches une place, passe me voir ; je saurai bien te caser. Allez, file !

Je suis rentré dans ma chambre, je me suis étendu sur le lit. Je suis resté affalé, sans doute, une demi-heure, les bras croisés derrière la tête. La catastrophe était en train de se jouer. Il y avait de quoi réfléchir. J'avais décidé d'avoir une conversation très ferme, le lendemain, avec Polina. Quoi, ce maudit Français ? C'était donc vrai, alors ! Mais que pouvait-il y avoir, quand même ? Polina et des Grieux ? Mon Dieu, quel rapprochement !

C'était tout bonnement invraisemblable. Soudain, j'ai bondi, hors de moi, il fallait que je trouve tout de suite Mr. Astley, que je l'oblige à parler, coûte que coûte. Il en savait plus long que moi, bien sûr. Mr. Astley ? C'en était un autre, de mystère !

Soudain, on frappa à ma porte. Que vis-je ? Potapytch.

— Monsieur Alexeï Ivanovitch : il y a Madame qui vous demande.

— Qu'est-ce qu'il se passe ? Elle s'en va déjà ? Elle a vingt bonnes minutes avant son train.

— Il y a Madame qui s'inquiète, monsieur, elle ne peut pas rester en place. "Vite, vite !" qu'elle me dit, pour vous, c'est-à-dire, Monsieur ; au nom du Ciel, soyez pas long.

J'ai dévalé les marches, tout de suite. On avait déjà sorti la grand-mère dans le couloir. Elle tenait son porte-feuille.

— Alexeï Ivanovitch, marche devant, on y va !...

— Où ça, grand-mère ?

— Que je crève sur place, mais je vais me refaire ! En avant marche, on ne discute pas ! On peut jouer jusqu'à minuit, c'est ça ?

Ça m'a figé d'un coup, j'ai réfléchi, j'ai pris ma décision en une seconde.

— C'est comme vous voulez, Antonida Vassilievna, moi, je n'y vais pas.

— Tiens donc ? Et pourquoi ça, encore ? Ça ne tourne pas rond ?

— C'est comme vous voulez ! Après, je me ferai des reproches ; je ne veux pas – je ne veux être ni témoin, ni acteur ; laissez-moi en dehors, Antonida Vassilievna. Tenez, je vous rends vos cinquante frédérics ; adieu. J'ai posé le rouleau des cinquante frédérics sur le gué-ridon auprès duquel on avait roulé le fauteuil de la grand-mère, je l'ai saluée, et je suis parti.

— En voilà des bêtises ! me cria dans le dos la grand-mère, pas la peine de venir, je trouverai bien toute seule ! Potapytch, avec moi ! Allez, levez-moi, portez !

Je n'ai pas trouvé Mr. Astley, je suis rentré chez moi. Tard le soir, à minuit passé, j'ai su par Potapytch comment s'était achevée la journée de la grand-mère. Elle avait perdu tout ce que je venais de lui changer, c'est-à-dire, en reconvertissant, dix mille roubles de plus. Un petit Polak s'était collé à ses basques, celui-là

même qu'elle avait gratifié de deux frédérics la première fois, il avait tout le temps dirigé son jeu. D'abord,
avant le Pоιак, elle faisait miser Potapytch, mais elle
eut tôt fait de le chasser ; c'est là que le Polak surgit.
Comme par hasard, il comprenait le russe, il savait même
baragouiner un mélange de trois langues, de sorte
qu'ils arrivaient à se comprendre tant bien que mal. La
grand-mère ne cessa pas de l'agonir, quand bien même
il n'arrêtait pas de "s'étaler sous les pieds de la Pani".
"Mais c'était pas à comparer avec vous, Alexeï Ivanovitch, racontait Potapytch. Avec vous, elle faisait *comme
avec un monsieur,* alors que, lui, de mes propres yeux,
je l'ai vu, que le bon Dieu me foudroie – il lui volait
tout, là, sur la table. Deux fois, même, elle l'a pris la
main dans le sac, qu'est-ce qu'elle lui a passé comme
savon, elle lui a dit son compte, mon bon Monsieur,
avec des mots, et même qu'elle l'a tiré, comme ça, par
ses cheveux, c'est vrai, je vous mens pas, même que
les gens riaient partout. C'est qu'elle a tout perdu, mon
bon monsieur ; tout ce qu'elle avait, tout, ce que vous
avez changé. On l'a ramenée ici, la pauvre Madame,
elle a juste voulu un verre d'eau, elle s'est signée, et
hop, au lit. Elle en pouvait plus, faut croire, l'infor-
tunée, elle a dormi tout de suite. Dieu lui envoie des
rêves d'ange ! Parlez-moi-z'en, de l'étranger ! conclut
Potapytch. Quand je disais que ça finirait mal. Vive-
ment qu'on soit rentrés à Moscou ! Et qu'est-ce qui
nous manquait chez nous, dites, à Moscou ? Le jardin,
les fleurs, des qu'on voit pas ici, et les odeurs, et les
pommiers qui montent en sève, le grand air – mais non :
fallait qu'on parte à l'étranger : ah la la la la !…"

XIII

Voilà un mois, ou presque, que je n'ai plus touché ces notes commencées sous l'influence d'impressions désordonnées mais ô combien puissantes. La catastrophe dont je pressentais l'approche est arrivée réellement, mais cent fois plus violente et plus inattendue que je ne pensais. J'ai traversé des aventures – presque miraculeuses ; c'est ainsi, du moins, que je les ressens jusqu'à présent, quoique, d'un autre point de vue, et surtout à en juger par le vortex dans lequel je tournoyais alors, elles n'étaient que, disons, finalement, pas tout à fait ordinaires. Mais ce que je trouve le plus miraculeux, c'est la façon dont j'ai moi-même vécu ces événements. Jusqu'à présent, je ne me comprends pas ! Tout cela a fusé comme un rêve – même ma passion, et elle était pourtant si forte, si véritable... où donc est-elle passée maintenant ? Vraiment, maintenant, il s'en faut de peu que je ne me dise, comme dans un éclair : "Est-ce que je ne suis pas devenu fou à ce moment-là, peut-être suis-je resté tout le temps dans un asile, je ne sais pas, ou peut-être y suis-je encore maintenant, au point que tout cela n'a fait que me *sembler* et que, jusqu'à présent, il n'y a là que *semblance*..."

J'ai regroupé mes feuilles, je les ai relues. (Qui sait, peut-être pour m'assurer que ce n'est pas dans un

142

asile que je les ai écrites ?) Maintenant, je suis tout seul au monde. L'automne arrive, le jaune monte aux feuilles. Je suis là, dans cette petite ville morne (oh, qu'elles sont mornes, les petites villes allemandes !) et, plutôt que de réfléchir à ce que je dois faire, je vis sous l'influence de sensations à peine dissipées, sous l'influence de souvenirs récents, sous l'influence de toute cette tempête qui m'engloutit dans ce tourbillon et qui vient à nouveau de me rejeter je ne sais où. Il me semble parfois que je tourne toujours dans le même vortex et que, sitôt que la tempête viendra rouler encore, elle me prendra aussi d'un seul coup d'aile, et je devrai rebondir, hors des ornières, de l'ordre et de la mesure, et je tournoierai, je tournoierai, je tournoierai…

Pourtant, je m'arrêterai peut-être, d'une façon ou d'une autre, je cesserai de tournoyer si je me fais à moi-même un compte rendu aussi exact que possible de tout ce qui m'est survenu pendant ce mois. Quelque chose me pousse à nouveau vers la plume ; et puis, certains soirs, il n'y a vraiment rien d'autre à faire. C'est bizarre, mais pour avoir ne serait-ce qu'une occupation, j'emprunte des romans de Paul de Kock (traduits en allemand !) à la bibliothèque miteuse de la ville, des romans que je ne supporte pas, mais je les lis – et je m'étonne moi-même : comme si je craignais qu'un livre sérieux ou une occupation sérieuse, n'importe laquelle, ne détruise le charme de ce qui vient de se passer. Comme si ce rêve abominable et toutes les impressions qu'il m'a laissées m'étaient si chers que j'allais jusqu'à craindre de les toucher par quelque chose de neuf qui les évapore ! Ainsi, je tiens vraiment à tout cela ? Bien sûr que oui, j'y tiens ; j'y repenserai encore, peut-être, dans quarante ans…

Je commence donc à écrire. Du reste, tout cela, maintenant, je pourrai aussi l'abréger ; les impressions ne sont plus du tout les mêmes…

D'abord, pour en finir avec la grand-mère. Le lendemain, elle a perdu définitivement. C'était dans l'ordre des choses : des gens comme elle, une fois qu'ils ont mordu, c'est comme pierre qui roule – toujours plus vite. Elle a joué toute la journée, jusqu'à huit heures du soir ; je n'y ai pas assisté, je ne le sais que par des récits.

Potapytch a passé toute la journée au casino avec elle. Les Polonais qui dirigeaient la grand-mère ont changé plusieurs fois ce jour-là. Elle a commencé par mettre dehors son Polak de la veille, celui qu'elle tirait par les cheveux, elle en a pris un autre, mais cet autre était presque pire que le premier. Elle a chassé le deuxième et a repris le premier, lequel était resté sur place à s'agiter tout le temps de sa disgrâce, derrière son fauteuil, tendant la tête vers elle à chaque instant, si bien qu'elle a fini par sombrer dans le désespoir le plus complet. Le deuxième Polak congédié ne voulait partir pour rien au monde ; il s'est placé à sa droite, l'autre à sa gauche. Les deux n'arrêtaient pas de s'insulter, de s'injurier pour les mises et les coups, se traitaient de *"laïdaks"* et d'autres noms d'oiseau en polonais, puis se réconciliaient, jetaient l'argent sans aucun ordre, prenaient des décisions pour rien. Quand ils étaient brouillés, ils misaient chacun de son côté, l'un, par exemple, sur le rouge, et l'autre, en même temps, sur le noir. Ils ont fini par donner le tournis à la grand-mère, la perdre complètement, tellement que c'est en pleurant presque qu'elle s'est adressée au croupier, un petit vieux, lui demandant de la protéger et de les jeter dehors. On les a mis dehors à l'instant même, malgré leurs cris et leurs protestations ; ils criaient tous les deux à la fois, ils démontraient que la grand-mère, en plus, leur devait quelque chose, qu'elle les avait bernés je ne sais comment, qu'elle avait mal agi à leur égard, que c'était vil et bas. Le malheureux Potapytch m'a raconté tout cela le même soir, les larmes aux yeux, après qu'elle a eu tout perdu, il se plaignait de ce qu'ils se remplissaient les poches, il les avait bien vus, ils volaient sans vergogne et se bourraient les poches à tout bout de champ. Par exemple, ils demandent cinq frédérics d'or à la grand-mère pour prix de leurs efforts, et ils les misent là, à la roulette, à côté des mises de la grand-mère. La grand-mère gagne, l'autre crie que c'est sa mise qui a gagné, et que la grand-mère a perdu. Pendant qu'on les chassait, Potapytch s'est avancé pour dire qu'ils avaient les poches pleines d'or. La *babouchka* demanda au croupier de prendre des mesures : les deux Polaks eurent beau s'égosiller (deux coqs pris par les pattes), la police parut et leurs poches furent vidées au profit de la grand-mère. Tant qu'elle ne perdit pas, la grand-mère put jouir visiblement pendant toute la journée d'une grande autorité auprès des croupiers et de la direction du casino. Petit à petit, sa célébrité s'était répandue à travers toute la ville. Tous les curistes, de toutes les nations, des plus communs jusqu'aux plus grands aristocrates, tous arrivaient pour regarder *une vieille comtesse russe tombée en enfance* qui avait déjà perdu "plusieurs millions".

Mais la grand-mère ne gagna que très peu à s'être débarrassée de ses deux Polonais. Un troisième Polonais lui offrit immédiatement ses services – lui, il parlait un russe irréprochable, était vêtu en gentleman, avec quand même des manières de laquais, des moustaches énormes, et de la distinction. Lui aussi, il embrassait les "pieds de la Pani", il "s'étalait sous les pieds de la Pani", mais, face à ceux qui l'entouraient, il se conduisait avec orgueil, il régnait en despote – bref, il se plaça tout de suite non plus comme serviteur mais comme patron de la grand-mère. A chaque instant, pour chaque mise, il s'adressait à elle et lui jurait, par les serments les plus effroyables, qu'il était lui-même un *pan* "rempli d'honneur", et qu'il ne prendrait pas un kopeck de son argent. Il répétait ces serments si souvent qu'il arriva à la terroriser. Mais, comme ce *pan* avait vraiment commencé à redresser sa chance et qu'il semblait gagner, c'est la grand-mère elle-même qui se montra incapable de se détacher de lui. Une heure plus tard, les deux premiers Polaks expulsés du casino étaient réapparus derrière le fauteuil de la grand-mère, lui proposant encore leurs services, ne fût-ce que comme garçons de courses. Potapytch jurait que ce "pan rempli d'honneur" leur envoyait des clins d'œil, et qu'il leur faisait même passer des choses de la main à la main. Comme la grand-mère n'avait pas déjeuné et qu'elle n'avait, pour ainsi dire, pas quitté son fauteuil, un des Polaks lui fut vraiment utile ; il courut, tout près, dans la salle de restaurant du casino, et il lui rapporta une tasse de bouillon, puis du thé. Ils y coururent tous les deux, d'ailleurs. Or, à la fin de la journée, quand tout le monde put voir qu'elle perdait son dernier billet de banque, c'est jusqu'à six Polaks qui se tenaient derrière elle, des gens qu'on n'avait jamais vus ni entendus. Quand la grand-mère perdait ses dernières pièces, non seulement ils ne l'écoutaient plus, ils ne la remarquaient même plus, ils la poussaient sans façon pour se pencher sur la table, ils décidaient et ils misaient eux-mêmes, ils s'injuriaient, criaient, ils débattaient avec le pan rempli d'honneur comme de vieux amis, et le *pan* rempli d'honneur faillit même, lui aussi, oublier jusqu'à l'existence de la grand-mère. Même au moment où la grand-mère, définitivement décavée, rentrait à son hôtel à huit heures du soir, même là, trois ou quatre Polonais ne se décidaient toujours pas à la quitter, ils couraient autour de son fauteuil, de tous côtés, criant à tue-tête, et assurant, avec un débit incroyable, que la grand-mère les avait bernés, qu'elle devait leur rendre on ne savait trop quoi. Ils arrivèrent ainsi jusqu'à l'hôtel, d'où ils furent enfin chassés par les valets.

D'après les calculs de Potapytch, la grand-mère avait perdu ce jour-là jusqu'à quatre-vingt-dix mille roubles, en plus de l'argent qu'elle avait perdu la veille. Tous ses billets – les cinq pour cent, les emprunts intérieurs, toutes les actions qu'elle portait, elle avait tout changé, l'un après l'autre, l'une après l'autre. Je voulais m'étonner de ce qu'elle eût supporté ainsi ces sept ou ces huit heures, assise dans son fauteuil, sans jamais, ou presque, quitter la table, mais Potapytch racontait que, deux-trois fois, elle s'était vraiment mise à gagner gros ; dès lors, obnubilée à nouveau par l'espoir, elle était condamnée. Du reste, les joueurs savent bien qu'on peut rester cloué à sa chaise pendant une journée entière pour une partie de cartes, l'œil rivé sur la droite et sur la gauche.

Pourtant, durant toute cette journée, des événements cruciaux se déroulaient aussi dans notre hôtel. Le matin encore, avant onze heures, quand la grand-mère était encore chez elle, les nôtres, c'est-à-dire le général et des Grieux se décidèrent à faire une dernière tentative. Apprenant que la grand-mère n'avait pas l'intention de partir mais qu'au contraire, elle voulait retourner au casino, ils vinrent la trouver en conclave (sauf Polina) pour lui parler d'une façon définitive et même *sincère*.

Le général, qui frissonnait et se mourait intérieurement au vu des conséquences dramatiques, força même la dose : après une demi-heure de prières et de requêtes, après lui avoir même sincèrement avoué tout ce qu'il pouvait, c'est-à-dire toutes ses dettes, et même sa passion pour *Mlle Blanche* (il ne savait plus ce qu'il disait), le général se fit soudain menaçant, il commença même à crier, et à taper du pied contre la grand-mère ; il criait qu'elle déshonorait son nom, qu'elle était le scandale de toute la ville, et, pour finir… pour finir… : "Vous déshonorez un nom russe, madame ! criait le général, il y a une police pour cela !" La grand-mère finit par le chasser à coups de bâton – un vrai bâton. Le général et des Grieux tinrent encore conseil une ou deux fois pendant cette matinée, ils débattaient cette question : et si, vraiment, d'une façon ou d'une autre, on appelait la police ? Parce que, n'est-ce pas, une malheureuse et respectable vieille dame était devenue sénile, elle allait perdre ses derniers sous, etc. Bref, n'y avait-il pas moyen d'obtenir une tutelle, ou une interdiction ?… Mais des Grieux se contentait de hausser les épaules, et de rire à la face d'un général qui disait désormais n'importe quoi et ne faisait que courir de long en large dans son bureau. Des Grieux finit par rendre les armes et disparut on ne sait où. Le soir, on apprit qu'il avait vraiment quitté l'hôtel, mais non sans avoir eu auparavant une conversation secrète et tout à fait tranchante avec *Mlle Blanche*. Quant à celle-ci, le matin même, elle avait pris des mesures radicales ; elle avait littéralement envoyé balader le général, elle refusait même de le recevoir. Quand le général courut derrière elle jusqu'au casino et qu'il la retrouva au bras du petit prince, ni elle ni *Mme veuve Cominges* ne le reconnurent. Nilski non plus ne le salua même pas. Pendant toute cette journée, *Mlle Blanche* tâtait et travaillait le prince pour qu'il s'exprime enfin d'une façon définitive. Hélas ! Elle s'était cruellement trompée dans ses calculs ! Une catastrophe en miniature lui arriva le soir même ; on découvrit soudain que le prince était pauvre comme Job, et que c'était lui qui comptait sur elle, pour lui emprunter de l'argent et jouer à la roulette. *Blanche* le jeta dehors avec indignation et s'enferma chez elle.

Le matin du même jour, je m'étais rendu chez Mr. Astley ou, pour mieux dire, j'avais cherché Mr. Astley toute la matinée, mais je n'avais pas réussi à le trouver. Il n'était ni chez lui, ni au casino, ni dans le parc. Cette fois, il n'avait pas déjeuné à son hôtel. A cinq heures, je le découvris soudain qui revenait directement du quai du chemin de fer à l'*Hôtel d'Angleterre*. Il était pressé et semblait très soucieux, même s'il est difficile de distinguer le souci ou n'importe quel trouble sur son visage. Il me tendit très gentiment la main, avec son exclamation habituelle, "ah !", sans s'arrêter, pourtant, et poursuivant son chemin d'un pas assez rapide. Je m'attachai à le suivre ; mais il sut me répondre de telle façon que je n'eus pas le temps de lui demander quoi que ce fût. Et puis, je me demande pourquoi, j'éprouvais une honte terrible à parler de Polina ; et lui non plus, il ne me dit pas un mot sur elle. Je lui racontai, pour la grand-mère ; il m'écouta attentivement, sérieusement, et haussa les épaules.

— Elle va tout perdre, remarquai-je.

— Oh oui, répliqua-t-il, je l'ai vue qui partait jouer tantôt, quand je prenais mon train, voilà pourquoi j'étais sûr qu'elle allait perdre. Si j'ai le temps, je passerai voir au casino, c'est vraiment très curieux…

— Où étiez-vous parti ? m'écriai-je, ahuri de ne lui poser cette question que maintenant.

149

— Je suis allé à Francfort.

— Pour affaires ?

— Oui, pour affaires.

Que pouvais-je demander de plus ? Du reste, je marchais toujours à côté de lui quand il tourna soudain vers l'*Hôtel des Quatre Saisons* qui se trouvait sur notre chemin, me fit un signe de tête, et disparut. Rentrant chez moi, je comprenais petit à petit que même si j'avais pu lui parler pendant deux heures, je n'aurais rien appris, pour la raison... que je n'avais rien à lui demander ! Oui, c'était bien ainsi ! Je n'avais aucun moyen, à ce moment, de formuler ma question.

Toute cette journée, Polina l'avait passée soit à se promener dans le parc avec les enfants et la nourrice, soit à rester chez elle. Le général, elle l'évitait depuis longtemps et ne lui disait presque rien, du moins rien de sérieux. Cela, je l'avais noté de longue date. Mais connaissant l'état du général ce jour-là, je m'étais dit que, lui, il n'aurait pas pu l'éviter, et qu'ils devaient nécessairement avoir une explication décisive. Pourtant, rentrant après ma conversation avec Mr. Astley, je croisai Polina et les enfants, et son visage reflétait le calme le plus imperturbable, comme si elle était bien la seule que les tempêtes familiales eussent épargnée. Je lui ai fait un salut, elle a hoché la tête. Je suis rentré chez moi en rage.

Bien sûr, j'avais évité de lui parler et je ne l'avais plus jamais vue en tête-à-tête après cet épisode avec les Wurmerhelm. D'autant que, plus ou moins, je fanfaronnais, je jouais la comédie ; mais plus le temps passait, plus c'était une véritable indignation qui bouillonnait en moi. Même si elle ne m'aime pas du tout, on ne peut pas, quand même, je crois, piétiner à ce point mes sentiments et recevoir mes aveux avec une telle indifférence. Parce qu'elle sait bien que c'est vrai, que je l'aime ; parce que c'est elle qui m'a laissé, qui m'a permis de le lui dire ! C'est vrai, nous avons commencé d'une façon bizarre. A un certain moment, il y a longtemps, deux mois déjà, j'avais remarqué qu'elle voulait que je devienne son ami, son confident, que c'était même un peu ce qu'elle essayait de faire. Mais, je ne sais pas pourquoi, ça s'était mal passé – et, à la place, nous avons aujourd'hui ces relations bizarres ; c'est pourquoi que je me suis mis à lui parler de cette façon. Et puis, si mon amour la dégoûte, pourquoi ne pas m'interdire tout net de lui en parler ?

On ne me l'interdit pas ; c'est elle-même, parfois, qui m'appelait à en parler et… bien sûr, elle le faisait par dérision. Je le sais à coup sûr, je l'ai remarqué sans erreur, cela lui plaisait, après m'avoir entendu, après m'avoir exaspéré jusqu'à me faire mal, de me désarçonner soudain par une marque de mépris ou par l'indifférence la plus grande. Elle sait pourtant que je ne peux pas vivre sans elle. Voilà déjà trois jours de passés depuis l'histoire du baron, et, déjà, je n'arrive plus à supporter notre séparation. Quand je l'ai rencontrée, là, à l'instant, devant le casino, mon cœur s'est mis à battre si fort que j'ai pâli. Mais elle non plus, elle ne vivra pas longtemps sans moi. Elle a besoin de moi… et puis, quand même, quand même – seulement comme du bouffon du roi ?

Elle a un secret – c'est clair ! Sa conversation avec la grand-mère, c'était comme une aiguille qu'elle m'enfonçait dans le cœur. Mille fois je lui avais demandé d'être sincère avec moi, elle savait bien que, vraiment, j'étais prêt à me tuer pour elle. Mais elle, elle s'en sortait toujours avec comme du mépris, ou bien, plutôt que d'exiger ma vie, des lubies dans le genre du baron ! Et il n'y avait pas là de quoi s'indigner ? Enfin, vraiment, le monde entier tenait-il donc pour elle dans ce Français ? Et Mr. Astley ? C'est ici que toute l'affaire devenait résolument mystérieuse, et cependant, mon Dieu, qu'est-ce que je souffrais !

Rentré chez moi, dans un accès de rage, je pris la plume et lui écrivis le billet suivant :

"Polina Alexandrovna, je vois clairement que le dénouement est arrivé, un dénouement qui vous touchera aussi, bien sûr. Je le répète pour la dernière fois : avez-vous besoin, oui ou non, de ma vie ? Si vous avez besoin de moi, même pour quoi que ce soit, disposez de moi, je reste dans ma chambre, du moins presque tout le temps, et je n'irai nulle part. Si je peux vous servir, écrivez-moi ou appelez."

Je cachetai le billet et je l'envoyai par le garçon d'étage, lui recommandant de ne le remettre qu'en mains propres. Je n'attendais pas de réponse mais, trois minutes plus tard, le laquais revint avec cette nouvelle : "Madame a dit de vous saluer."

Je fus convoqué chez le général après six heures.

Il était dans son bureau, habillé comme s'il voulait sortir. Le chapeau et la canne étaient sur son divan. Il me sembla, au moment où j'entrai, qu'il restait debout au milieu de la pièce, les jambes écartées, la tête baissée, et qu'il se parlait à voix haute. Pourtant, dès qu'il m'eut aperçu, c'est juste s'il ne se jeta pas sur moi à grands cris, tellement que j'eus un sursaut malgré moi, et que je voulus m'enfuir ; mais il me prit par les mains et me traîna vers le divan ; c'est sur ce divan qu'il vint s'asseoir, m'installant face à lui dans un fauteuil et, sans me lâcher les mains, les lèvres tremblantes, des larmes luisant soudain sur ses cils, il murmura d'une voix qui suppliait :

— Alexeï Ivanovitch, sauvez-moi, sauvez-moi, par pitié !

Je mis longtemps à comprendre ; il parlait, il parlait, il parlait, il répétait sans cesse : "Par pitié ! par pitié !" Je finis par deviner qu'il me demandait quelque chose comme un conseil ; ou bien, pour mieux dire, qu'abandonné de tous, dans l'inquiétude et dans l'angoisse, il s'était souvenu de moi et m'avait fait appeler, dans le seul but de parler, de parler, de parler.

Il n'avait plus toute sa tête, il me semblait du moins au dernier stade de l'égarement. Il gesticulait, il était prêt à se mettre à genoux devant moi pour obtenir (imaginez-vous !...) que j'aille, sans délai, voir *Mlle Blanche* et que je la supplie, que je la persuade de revenir à lui et de l'épouser.

— Mais voyons, général, m'écriai-je, mais *Mlle Blanche* ne m'a peut-être même pas remarqué jusqu'à présent ? Qu'est-ce que je peux faire ?

J'avais tort de répliquer ; il ne comprenait pas ce qu'on lui disait. Il se mettait aussi à parler de la grand-mère, mais dans un désordre terrible ; il s'accrochait encore à son idée d'appeler la police.

— Chez nous, chez nous, commençait-il soudain, bouillant d'indignation, enfin, chez nous, quoi, dans un Etat bien fait, il y a des autorités, les vieilles femmes comme celle-là, on les met sous tutelle ! Oui, oui, mon cher monsieur, oui, oui, poursuivait-il, prenant soudain un ton de reproche, bondissant de sa place et marchant de long en large ; encore une chose que vous ne saviez pas, mon cher monsieur, disait-il, s'adressant à un cher monsieur imaginaire dans le coin du bureau – eh bien, vous le saurez... oui, monsieur... des bonnes femmes de ce genre-là, chez nous... on en fait de la bouillie, oui, de la bouillie, parfaitement, monsieur, de la bouillie... Ah, nom de nom !

Et il courait encore jusqu'au divan, et, une minute plus tard, ravalant presque ses sanglots, le souffle court, il se hâtait de me raconter que si *Mlle Blanche* refusait de se marier avec lui, c'était que la grand-mère était arrivée à la place du télégramme, et qu'il savait maintenant qu'il n'aurait jamais son héritage. Il pensait que je ne savais rien encore de tout cela. Je voulus lui parler de des Grieux ; il eut un geste de désespoir :

— Il est parti ! Je lui ai hypothéqué tout ce que j'avais ; je suis nu comme un ver ! L'argent que vous avez ramené... cet argent, je ne sais pas, combien il en reste, maintenant, sept cents francs, peut-être, et voilà tout, n'est-çe pas, et après, je n'en sais rien, n'est-ce pas, je n'en sais rien...

— Mais l'hôtel, comment vous allez le payer ? m'écriai-je, effrayé, et après... quoi ?...

Il me considéra d'un air pensif, mais je crois qu'il n'avait rien compris, et peut-être même ne m'avait-il pas entendu. J'essayai de lui parler de Polina Alexandrovna, des enfants ; il répondit à la hâte :

— Oui, oui ! mais il se remit tout de suite à me parler du prince, de *Mlle Blanche* qui partirait avec lui... et, à ce moment-là ?... Qu'est-ce que je peux faire, Alexeï Ivanovitch ? Dites-moi, qu'est-ce que je peux faire ? Mais c'est de l'ingratitude, n'est-ce pas ? N'est-ce pas que c'est de l'ingratitude ?

Et il pleura soudain à chaudes larmes.

Rien à faire avec un homme pareil ; le laisser seul aussi devenait dangereux ; un malheur lui serait vite arrivé. Je finis quand même par me débarrasser de lui, tout en demandant à la nourrice qu'elle passe le voir souvent, et je touchai un mot au garçon d'étage, un type avec la tête sur les épaules ; celui-ci me promit également de veiller au grain.

A peine avais-je laissé le général que Potapytch venait me voir pour m'appeler chez la grand-mère. Il était huit heures du soir, elle venait juste de rentrer du casino après s'être fait définitivement plumer. Je me rendis chez elle : je trouvai la vieille femme assise dans son fauteuil, complètement épuisée, visiblement malade. Marfa lui donnait une tasse de thé qu'elle l'obligeait à boire, non sans peine. Le ton et la voix de la grand-mère avaient changé du tout au tout.

— Bonjour, mon bon Alexeï Ivanovitch, dit-elle d'une voix lente, hochant la tête d'un air grave, excusez-moi de vous avoir dérangé une fois de plus, pardonnez à la vieille femme que je suis. J'ai tout laissé là-bas, mon bon ami, presque cent mille roubles. Tu avais bien raison, hier soir, d'avoir refusé de me suivre. Je n'ai plus rien, maintenant, plus un sou. Je ne veux plus m'attarder une minute de plus, je partirai à neuf heures et demie. J'ai envoyé chercher ton Anglais, Astley, comment s'appelle-t-il, je veux lui demander trois mille francs pour une semaine. Essaie de le convaincre, qu'il n'aille pas penser je ne sais quoi, qu'il ne refuse pas. Je suis encore assez riche, mon bon ami. J'ai trois villages et deux immeubles. Et du liquide aussi, j'en trouverai, je n'ai quand même pas tout pris sur moi. Si je te le dis, c'est pour qu'il n'ait pas de doutes, je ne sais pas !... Ah, mais le voilà ! On voit le brave homme !

Mr. Astley répondit au premier appel de la grand-mère. Sans hésiter, sans parole inutile, il lui confia tout de suite trois mille francs, en échange d'un reçu que la grand-mère signa. L'affaire réglée, il salua et se hâta de sortir.

— Maintenant, va-t'en aussi, Alexeï Ivanovitch. Il me reste un peu plus d'une heure – je veux m'allonger, j'ai mal aux os. Ne m'en veux pas, je suis une vieille idiote. Je n'accuserai plus les jeunes d'être frivoles, maintenant, et ce pauvre imbécile, comment, votre général, c'est péché que je l'accuse, maintenant. L'argent, je ne lui donnerai pas quand même, il peut toujours courir, il est vraiment trop bête, je crois, mais moi, vieille idiote que je suis, je ne suis pas plus futée. C'est vrai, ce qu'on dit, que Dieu peut même vous accabler dans la vieillesse pour vous punir de votre orgueil. Allez, adieu. Marfoucha, relève-moi.

Pourtant, je voulais raccompagner la grand-mère. En plus, j'étais empli d'une attente bizarre, j'attendais toujours qu'il se passe quelque chose, d'un instant à l'autre. Je n'arrivais pas à rester en place. Je sortais dans le couloir, je suis même sorti une minute prendre l'air dans l'allée. Je lui avais écrit une lettre ferme, claire, et la catastrophe que nous vivions était, bien sûr, définitive. A l'hôtel, j'ai entendu parler du départ de des Grieux. A la fin, si elle me refuse comme ami, elle ne me refusera pas, peut-être, comme laquais. Parce qu'elle a besoin de moi, même comme garçon de courses ; bien sûr qu'elle aura besoin de moi, bien sûr !

A l'heure du train, j'ai vite fait un saut à la gare, pour installer la grand-mère. Ils occupaient un wagon de famille particulier. "Merci, mon bon, pour ton aide désintéressée, me dit-elle en guise d'adieu, et répète bien à Prascovia ce que je lui ai dit hier, moi, je l'attendrai."

Je suis rentré chez moi. Passant devant la suite du général, j'ai croisé la nourrice et j'ai demandé des nouvelles. "Ça va, Monsieur, on fait aller", répondit-elle tristement. J'entrai quand même, mais, devant le bureau du général, je m'arrêtai, stupéfait. *Mlle Blanche* et le général riaient, de je ne sais quoi, à gorge déployée. La *veuve Cominges* était là, avec eux, sur le divan. Le général semblait littéralement fou de bonheur, il bafouillait toutes sortes d'absurdités, s'inondait d'un long rire nerveux qui plissait son visage d'une foule infinie de petites rides et lui cachait bizarrement les yeux. J'appris plus tard de *Blanche* elle-même qu'après avoir chassé le prince et entendu dire que le général était en train de pleurer, elle avait eu l'idée de le consoler – elle était donc passée chez lui une minute. Mais il ne savait pas, le pauvre général, qu'en cette minute précise son sort était déjà réglé, que *Blanche* faisait déjà ses bagages, et que, dès le lendemain, par le premier train du matin, elle filerait vers Paris.

Je suis resté sur le seuil du bureau, j'ai changé d'avis, et je suis sorti sans qu'on me remarque. De retour chez moi, quand j'ouvris la porte, je remarquai soudain dans la pénombre une silhouette, assise sur la chaise, dans le coin, auprès de la fenêtre. Elle resta assise quand j'entrai. Je m'approchai, en toute hâte, je regardai – j'en eus le souffle coupé : Polina !

XIV

J'ai même poussé un cri.

— Eh bien ? Eh bien ? demandait-elle bizarrement. Elle était blême, le regard noir.

— Mais, comment, mais ? Vous ? Ici, chez moi !

— Si je viens, je viens *tout entière*. Je suis comme ça. Je vais vous le montrer ; allumez la bougie.

J'allumai la chandelle. Elle se leva, s'approcha de la table et posa devant moi une lettre décachetée.

— Lisez, m'ordonna-t-elle.

— Mais… c'est la main de des Grieux ! m'écriai-je, saisissant cette lettre. Mes mains tremblaient, les lignes sautaient devant mes yeux. J'ai oublié les formules exactes de la lettre, mais la voilà – si ce n'est mot à mot, du moins idée à idée.

"*Mademoiselle,* écrivait des Grieux, des circonstances défavorables me forcent à partir sans attendre. Vous aurez remarqué vous-même, j'en suis sûr, que j'évitais volontairement une explication définitive avec vous, en attendant que toutes les circonstances se fussent éclaircies. La venue *de la vieille dame,* votre parente, et sa conduite inconséquente ont mis un terme à mes incertitudes. Le mauvais état de mes propres affaires m'interdit à jamais de nourrir plus longtemps les doux espoirs dont je me suis permis de m'enivrer un certain temps. Je regrette le passé mais espère que vous ne trouverez rien dans ma conduite qui soit indigne d'un *gentilhomme et honnête homme.* Ayant perdu presque tout mon argent sur les dettes de votre beau-père, je me trouve dans une obligation pressante de me servir de ce qui me reste ; j'ai déjà mandé à mes amis de Petersbourg de prendre sans tarder toutes leurs dispositions pour vendre le domaine qui m'est hypothéqué ; sachant, néanmoins, que votre frivole beau-père a aussi dépensé tout l'argent qui vous appartenait, j'ai décidé de lui faire grâce de cinquante mille francs et je lui rends sur cette somme une partie de ce domaine qu'il m'a hypothéqué, afin que vous puissiez être en état de vous faire restituer ce que vous avez perdu, en lui demandant raison par voie de justice. J'espère, *mademoiselle,* que, dans les circonstances présentes, mon geste vous sera entièrement avantageux. J'espère aussi, par ce geste, remplir toutes les obligations d'un gentilhomme et d'un honnête homme. Soyez assurée que votre souvenir me restera toujours gravé au fond du cœur."

— Eh bien, tout est clair, dis-je, me tournant vers Polina, mais vous pouviez vraiment attendre autre chose de lui ? ajoutai-je, indigné.

— Je n'attendais rien, répondit-elle, apparemment très calme – mais quelque chose dans sa voix semblait comme pris de soubresauts. Je savais tout depuis longtemps ; je lisais dans ses pensées, je voyais ce qu'il pensait... Il croyait que j'allais chercher... que j'insisterais... (Elle s'arrêta, puis, sans finir sa phrase, elle se mordit les lèvres et elle se tut.) J'ai redoublé de mépris, exprès, reprit-elle, j'attendais ce qu'il ferait. Si nous avions reçu un télégramme sur l'héritage, je lui aurais jeté à la figure la dette de cet idiot (mon beau-père) et je l'aurais mis dehors ! Depuis longtemps, longtemps, je le haïssais. Oh, ce n'était pas le même homme, avant, oh, mille fois pas le même, et maintenant, maintenant !... Oh, avec quelle joie je les lui jetterais à la figure, maintenant, ces cinquante mille francs, je lui cracherais dessus... Et le crachat, je l'écraserais sur lui !...

— Mais, le papier, cette hypothèque qu'il rend pour cinquante mille, c'est le général qui l'a, maintenant ? Reprenez-le et rendez-le à des Grieux.

— Oh, ce n'est pas ça, pas ça...

— Non, c'est vrai, c'est vrai, ce n'est pas ça ! Qu'est-ce qu'on pourrait attendre du général, maintenant ? Mais, la grand-mère ? m'écriai-je soudain.

Polina me lança une sorte de regard distrait et impatient.

— Quoi, la grand-mère ? murmura Polina avec rancune, je ne peux pas allez chez elle... Et je ne veux demander pardon à personne, ajouta-t-elle, d'une voix agacée.

— Mais que faire ? m'écriai-je, mais comment, non mais, comment vous avez pu aimer ce des Grieux ? Oh, la canaille, la canaille ! Tenez, vous voulez, je le tue en duel ! Où est-il maintenant ?

— Il est à Francfort, il y reste trois jours.

— Un mot de vous, et je pars, dès demain, au premier train ! murmurai-je dans une espèce d'enthousiasme imbécile.

Elle éclata de rire.

— Eh bien, je parie qu'il vous dirait : rendez-moi d'abord les cinquante mille francs. Et puis, pourquoi se battrait-il ?... Quelles bêtises !

— Mais alors, alors, où pourrions-nous les prendre, ces cinquante mille francs, répétais-je, grinçant des dents, comme si ça se trouvait dans le pas d'un cheval... Dites : Mr. Astley ?

Ses yeux étincelèrent.

— Alors, tu veux *toi-même* que je te quitte et que j'aille chez cet Anglais ? murmura-t-elle, me fixant les yeux d'un regard perçant, et avec un sourire amer. La première fois de ma vie qu'elle me disait *tu*.

Je crois qu'elle était si agitée à cet instant que la tête lui tourna, elle s'assit soudain sur le divan, comme épuisée.

A croire que la foudre m'avait brûlé ; je restais là, je n'en croyais pas mes yeux, je n'en croyais pas mes oreilles ! Donc, alors, elle m'aimait ! Elle était venue *chez moi,* et pas chez Mr. Astley ! Elle, toute seule, une jeune fille, elle était venue dans ma chambre, à l'hôtel, elle s'était compromise, donc, au su de tous – et moi, moi je restais devant elle, je n'arrivais toujours pas à comprendre !

Une idée délirante fusa dans mon cerveau.

— Polina ! Donne-moi seulement une heure ! Attends-moi là, rien qu'une heure... Je reviens ! C'est... c'est indispensable ! Tu verras ! Reste ici ! Reste ici !

Je sortis en courant, sans répondre à son regard surpris et interrogateur ; elle me cria quelque chose – je poursuivis ma course.

Oui, il peut arriver que l'idée la plus délirante, l'idée la plus impossible, à première vue, se cristallise si fort dans notre tête qu'on finisse par la prendre pour quelque chose de réalisable... Bien plus : si cette idée se fond avec un désir très puissant, un désir passionné, il peut même arriver qu'on la prenne pour quelque chose de fatal, d'indispensable, de prédestiné, quelque chose qui, déjà, ne peut pas ne pas être, qui est forcé de survenir ! Peut-être y a-t-il là quelque chose, comme une espèce de combinaison de pressentiments, une sorte d'invraisemblable effort de volonté, comme un empoisonnement de notre propre fantaisie par elle-même ou autre chose encore – je n'en sais rien ; mais ce soir-là (un soir que je n'oublierai jamais de toute ma vie), il m'est arrivé un miracle. Même si cela peut parfaitement se justifier par l'arithmétique, cela tient quand même – pour moi, jusqu'à présent – du vrai miracle. Pourquoi donc, non mais pourquoi cette certitude s'est-elle ancrée depuis si puissamment, et si profondément, et depuis tant de temps déjà, dans mon esprit ? Car, à cela, j'y pensais, bien sûr – je vous le répète, non pas comme à quelque chose qui arriverait par hasard (et pourrait donc très bien ne jamais arriver), mais comme à quelque chose qui ne pouvait qu'arriver obligatoirement !

Il était dix heures un quart ; je pénétrai dans le casino avec une espérance si ferme et à la fois une agitation telle que je n'en avais encore jamais ressentie. Il y avait encore pas mal de monde dans les salles de jeu, mais deux fois moins que le matin.

A onze heures, seuls les joueurs authentiques, les enragés, restent autour des tables de jeu, ceux pour qui n'existent dans les villes d'eaux que la roulette, ceux qui ne sont venus que pour elle, qui ne remarquent presque pas ce qui se passe autour d'eux, qui ne s'intéressent à rien de toute la saison, qui ne font que jouer du matin jusqu'au soir et seraient prêts, sans doute, à jouer du soir jusqu'aux aurores, si cela était possible. Et c'est toujours avec dépit qu'ils se dispersent quand, à minuit, on ferme la roulette. Quand le croupier chef, avant la fermeture de la roulette, aux environs de minuit, proclame : *"Les trois derniers coups, messieurs !"*, ils sont parfois prêts à miser sur ces trois derniers coups tout ce qu'ils ont en poche, et il est vrai que c'est là qu'ils perdent le plus. Je suis arrivé à la table où la grand-mère s'était trouvée le matin même. La cohue était supportable – j'ai très vite pu trouver une place debout au premier rang. Juste devant moi, sur la feutrine verte, je pouvais lire le mot : *"Passe." "Passe"*, c'est la rangée des chiffres qui va du dix-neuf inclus au trente-six. La première rangée, elle, qui va du un au dix-huit inclus, s'appelle : *"Manque."* Mais je m'en fichais. Je n'avais rien calculé, je n'avais même pas entendu sur quel chiffre était tombé le dernier coup, et je ne l'avais pas demandé en commençant à jouer, ce qu'aurait fait n'importe quel joueur un tant soit peu réfléchi. Je sortis mes vingt frédérics d'or et les jetai sur le *"passe"* qui se trouvait devant moi.

— *Vingt-deux !* s'écria le croupier.

J'avais gagné – et je misai le tout, une fois encore : ce que j'avais déjà, et ce que j'avais gagné.

— *Trente et un !* claironna le croupier. Encore gagné ! En tout, cela me faisait donc quatre-vingts frédérics ! Je les poussai, les quatre-vingts, sur les douze chiffres du milieu (gain triple, mais deux chances contre une) – la roue tourna, le vingt-quatre sortit. On m'offrit trois rouleaux de cinquante frédérics, et dix pièces d'or ; en tout, en comptant tout, je me retrouvais avec deux cents frédérics d'or.

Comme délirant de fièvre, je poussai toute cette masse d'argent sur le rouge – et je revins soudain à moi ! C'est seulement là, cette seule fois, dans toute cette soirée, dans toute cette partie, que la peur me traversa comme un vent glacé et me fit passer un frisson dans les bras et les jambes. Je le ressentis avec horreur, je venais de le comprendre : ce que cela signifiait, pour moi, de perdre maintenant ! C'est toute ma vie que je venais de miser !

— *Rouge !* cria le croupier, et je repris haleine, des picotis de feu couraient dans tous mes membres. On me paya en billets de banque ; cela faisait donc déjà quatre mille florins et quatre-vingts frédérics d'or ! (A ce moment, j'étais encore en état de compter.)

Après, je me souviens que j'ai misé à nouveau deux mille florins sur les douze du milieu, et j'ai perdu ; j'ai misé mon or plus quatre-vingts frédérics, et j'ai perdu. La fureur m'envahit : je saisis les deux mille derniers florins qui me restaient, et je les misai sur les douze premiers - comme ça, au hasard, pour rien, à l'aveuglette ! Du reste, il y eut une seconde d'attente qui ressemblait, peut-être, par l'impression qu'elle me laissa, à l'impression qui fut celle de Mme Blanchard, au moment où elle volait dans le vide du haut de sa montgolfière.

— *Quatre !* cria le croupier. En tout, avec ma mise précédente, je me retrouvais à nouveau avec six mille florins. J'étais déjà un vainqueur, je n'avais plus peur de rien, maintenant, de rien quand je jetai quatre mille florins sur le noir. Neuf-dix personnes se précipitèrent, à ma suite, pour miser sur le noir. Les croupiers se regardaient, discutaient entre eux. Tout autour, on parlait, on guettait.

C'est le noir qui sortit. Là, je ne me souviens plus ni du calcul ni de l'ordre de mes mises. Je me souviens seulement, comme dans un rêve, que j'avais déjà gagné, je crois, près de seize mille florins ; soudain, par trois coups malheureux, j'en reperdis douze ; puis je poussai ces quatre derniers mille sur *"passe"* (mais je ne ressentais déjà plus rien, j'attendais juste, comme mécaniquement, sans rien penser) et je gagnai encore ; puis je gagnai encore quatre fois de suite. Je me souviens seulement que je raflais l'argent par milliers ; je me souviens aussi que ce qui sortait le plus souvent, c'étaient les douze chiffres du milieu, et c'est à eux que je m'étais attaché. Ils apparaissaient, bizarrement, d'une façon régulière, toujours trois quatre fois de suite, puis ils disparaissaient deux fois, et revenaient encore pour trois ou quatre fois de suite. Cette régularité étonnante survient parfois par périodes – et c'est ce qui perd les joueurs enragés, ceux qui calculent le crayon en main. Quelles monstrueuses moqueries du destin peuvent survenir ici !

Je pense qu'une demi-heure ne s'était pas passée depuis que j'avais commencé. Soudain le croupier m'annonça que j'avais déjà gagné trente mille florins et que, comme la banque se trouvait hors d'état de répondre d'un coup supplémentaire, la roulette serait fermée jusqu'au lendemain matin. Je saisis tout mon or, je le fourrai dans mes poches, je raflai tous les billets et je courus aussitôt à une autre table, dans une autre salle, à une deuxième roulette ; la foule se précipita derrière moi ; là, on me nettoya une place séance tenante, déjà – j'étais relancé, je misai à nouveau, pour rien, et sans aucun décompte. Je ne comprends pas ce qui m'a sauvé !

Parfois, du reste, des éclairs de calcul me passaient par la tête. Je m'attachais à tels ou tels chiffres, à telles chances, mais j'avais tôt fait de les abandonner, et je me remettais à miser, dans une espèce d'état second. Je devais être bien distrait ; je me souviens que les croupiers me corrigèrent plusieurs fois. Je commettais des fautes grossières. Mes tempes étaient moites, mes mains tremblaient. Des petits Polaks accouraient, proposant leurs services, je n'écoutais personne. La chance s'obstinait ! Soudain, on entendit un brouhaha, des rires. "Bravo ! bravo !" criaient les gens, certains se mirent même à applaudir. Là aussi, je décrochai trente mille florins, et la banque fut encore fermée jusqu'au lendemain !

— Partez, partez, me chuchotait une voix à droite. C'était, je crois, un petit Juif de Francfort ; il se tenait toujours près de moi, et m'aidait, semble-t-il, de temps à autre, dans mon jeu.

— Au nom du Ciel, partez, chuchota une deuxième voix à mon oreille gauche. Je me tournai une seconde. C'était une dame, vêtue modestement mais avec dignité, dans la trentaine, le visage lassé, d'une pâleur maladive, mais conservant encore des échos d'une merveilleuse beauté. A cette minute, je me bourrais les poches de billets que je froissais littéralement en boule, et je ramassais l'or qui restait sur la table. Saisissant le dernier rouleau de cinquante frédérics d'or, j'eus le temps, sans que personne ne s'en rende compte, de le laisser dans la main de cette dame si pâle ; j'eus une envie terrible de le faire à cet instant, et ses petits doigts fins et maigres, je m'en souviens, s'agrippèrent aux miens en signe de la reconnaissance la plus vive. Tout cela se fit en une seconde.

Je raflai tout, et je courus au *trente et quarante*.

Au *trente et quarante* on ne trouve que le public huppé. Ce n'est pas de la roulette, ce sont des cartes. Ici, la banque peut répondre jusqu'à cent mille thalers d'un coup. La mise la plus forte est, là encore, de quatre mille florins. Je ne connaissais rien de ce jeu, j'ignorais presque toutes les mises, sauf le rouge et le noir qu'on y retrouve aussi. C'est à eux que je me cramponnai. Le casino tout entier s'amassait autour de moi. Je ne me souviens pas si j'ai pensé une seule fois à Polina. Ce que je ressentais, c'était une sorte de jouissance insurmontable à ramasser, à rafler les billets de banque qui s'entassaient devant moi.

Oui, je me sentais poussé par le destin. Cette fois, comme par un fait exprès, il arriva une circonstance qui se répète d'ailleurs assez souvent. La chance s'attache, par exemple, au rouge, et ne l'abandonne plus pendant une dizaine, ou même une quinzaine de coups. J'avais entendu dire, deux jours avant, que le rouge, la semaine précédente, était sorti vingt-deux fois de suite ; on ne se souvenait pas d'une chose pareille à la roulette, et on le racontait avec étonnement. Tout le monde mise sur le rouge, bien entendu, mais, par exemple, après dix fois, il n'y a presque plus personne pour s'obstiner à miser dessus. Mais le joueur expérimenté ne misera pas non plus sur le noir, à l'opposé. Le joueur expérimenté sait ce que signifient les "lubies du hasard". Par exemple, on pourrait croire qu'après seize coups de suite sur le rouge, le dix-septième coup ne peut que tomber sur le noir. Les jeunes se précipitent en foule, ils doublent ou triplent les mises, et perdent des sommes effroyables.

Moi, par une espèce de lubie étrange, j'avais remarqué que le rouge était sorti sept fois de suite, et j'avais voulu m'y attacher. Je suis sûr que c'était, pour moitié, de la gloriole ; j'avais envie d'étonner les spectateurs par un risque dément, et – une impression étrange – je me souviens très bien que je fus soudain, et sans aucun appel à la gloriole, réellement envahi par une soif de risque démentielle. Peut-être, après être passée par tant de sensations, l'âme ne parvient-elle plus à se rassasier – elle ne fait que s'exciter toujours plus fort, elle a besoin de sensations nouvelles, plus fortes, toujours plus fortes, jusqu'à l'épuisement final. Et, je ne mens pas, si les règles du jeu avaient permis de miser cinquante mille florins d'un coup, je les aurais certainement misés. On criait autour de moi que j'étais fou, que c'était la quatorzième fois que le rouge venait de sortir !

— *Monsieur a gagné déjà cent mille florins,* résonna une voix près de moi.

Soudain, je revins à moi. Quoi ? Dans cette soirée, j'avais déjà gagné cent mille florins ? Pourquoi en aurais-je voulu plus ? Je me jetai sur les billets, je les froissai dans ma poche, sans compter, je ratissai tout mon or, tous les rouleaux, et je m'enfuis du casino. Autour de moi, tout le monde riait quand je traversai les salles, en regardant mes poches boursouflées de billets, ma démarche hésitante sous le poids de l'or. Cela devait faire une bonne dizaine de livres. Des mains se tendirent vers moi ; je distribuais par poignées, tout ce que je pouvais saisir. Deux petits Juifs m'arrêtèrent à la sortie.

— Vous êtes courageux ! vous êtes très courageux ! me dirent-ils, mais partez demain matin, sans faute, aussitôt que vous pourrez, sinon, vous allez tout reperdre, tout...

Je ne les écoutais pas. L'allée était noire, on ne voyait pas même le bout de son bras. Une demi-verste jusqu'à l'hôtel. Je n'avais jamais craint les voleurs, les brigands, même tout petit ; maintenant non plus, je n'y pensais pas. Du reste, je ne me souviens pas à quoi je pensais ; il n'y avait pas de pensées. Tout ce que je sentais, c'était une sorte de monstrueuse jouissance du succès, de la victoire, de la puissance – je ne sais comment exprimer ça. Je voyais aussi cligner devant moi l'image de Polina ; je me souvenais, je comprenais que j'allais vers elle, que j'allais la retrouver, j'allais lui montrer, lui raconter... Mais je ne me rappelais plus qu'à peine ce qu'elle venait de me dire, pourquoi j'étais parti, et toutes ces impressions récentes, qui ne dataient que d'une heure et demie, me semblaient appartenir maintenant au plus profond passé – à quelque chose de réparé, de caduc – à quelque chose dont nous ne devions plus nous souvenir, car tout allait recommencer depuis le début. C'est seulement au bout de l'allée que je fus soudain saisi par la frayeur : "Si je me faisais agresser, qu'on me tuait ?" Cette frayeur doublait à chaque pas. Je courais presque. Soudain, au bout de l'allée, tout l'hôtel s'illumina devant moi, éclairé par une foule de lumières – Dieu soit loué ! – j'étais rentré !...

Je courus jusqu'à mon étage, j'ouvris la porte en hâte. Polina était toujours là, assise sur mon divan, à la lueur de la chandelle, les bras croisés. Elle me lança un regard ébahi – et c'est vrai que je devais paraître étrange, en cet instant. Je m'arrêtai devant elle et je me mis à balancer sur la table toute la masse de mon argent.

XV

Je me souviens, elle me fixa horriblement, mais sans bouger, sans même changer de position.

— J'ai gagné deux cent mille francs, m'écriai-je, jetant le dernier rouleau. Une masse énorme de billets et de rouleaux d'or occupait toute la table, je ne pouvais pas en détacher les yeux ; par instants j'oubliais complètement Polina. Ou bien je commençais à mettre en ordre ces monceaux de billets de banque, je les empilais, ou bien je groupais l'or en un seul tas ; ou bien encore j'abandonnais le tout, et j'arpentais la chambre, à toute vitesse, je réfléchissais, je revenais brusquement vers la table, je me remettais à compter cet argent. Soudain, comme revenant à moi, je courus vers la porte, je la fermai, à clé, à double tour. Puis je m'arrêtai, pensif, devant ma petite valise.

— Ou je les range dans la valise, jusqu'à demain ? demandai-je, et, me tournant soudain vers Polina, je me souvins d'elle. Elle était toujours là, assise, immobile, à la même place, elle continuait de me fixer avec une attention terrible. Son expression était un peu bizarre ; oh, elle ne m'a pas plu, cette expression ! Je ne me tromperai pas si je dis que j'y ai lu de la haine.

Je courus vers elle.

— Polina, voilà vingt-cinq mille florins – ça fait cinquante mille francs, même plus. Prenez, jetez-lui ça demain à la figure.

Elle ne répondit rien.

— Si vous voulez, je les porterai moi-même, tôt le matin. Vous voulez bien ?

Soudain, elle éclata de rire. Elle rit pendant longtemps.

Je la regardais sidéré, dans une profonde tristesse. Ce rire ressemblait tellement à celui, si fréquent, si moqueur, qu'elle me lançait à mes déclarations les plus brûlantes. Elle s'arrêta enfin, elle fronça les sourcils ; elle me regardait, par en dessous, avec un regard buté.

— Je ne prendrai pas votre argent, murmura-t-elle avec mépris.

— Quoi ? Comment ça ? m'écriai-je. Polina, mais pourquoi donc ?

— Je ne prends pas d'argent pour rien.

— Je vous le propose en ami ; c'est ma vie que je vous propose.

Elle me lança un regard long et scrutateur, comme si elle voulait me transpercer.

— Vous donnez cher, murmura-t-elle en ricanant, la maîtresse de des Grieux ne vaut pas cinquante mille francs.

— Polina, comment pouvez-vous dire des choses pareilles ! m'écriai-je d'un ton de reproche, est-ce que je suis des Grieux ?

— Je vous hais ! Non… non ! Je ne vous aime pas plus que des Grieux, s'écria-t-elle, ses yeux lançaient soudain des étincelles.

Alors, elle se cacha soudain le visage dans les mains, elle avait une crise d'hystérie. Je me précipitai vers elle.

Je compris qu'il lui était arrivé quelque chose en mon absence. On aurait cru qu'elle n'avait plus sa tête.

— Achète-moi ! Tu veux ? Tu veux ? Pour cinquante mille francs, comme des Grieux ? laissa-t-elle échapper entre des sanglots convulsifs. Je l'avais prise dans mes bras, je lui baisais les mains, les jambes, j'étais tombé à genoux devant elle.

Son hystérie se dissipait. Elle posa les deux bras sur mes épaules, elle me fixait attentivement ; il semblait qu'elle voulait lire quelque chose sur mon visage. Elle m'écoutait, mais elle n'entendait pas, sans doute, ce que je disais. Une espèce de souci, de préoccupation, était apparu sur son visage. J'avais peur pour elle ; j'avais l'impression très nette que sa raison était en train de chavirer. Elle se mettait soudain à m'attirer tout doucement vers elle, un sourire confiant passait sur son visage ; ou elle me repoussait soudain, et son regard à nouveau rembruni me fixait encore.

Soudain, elle se jeta dans mes bras.

— Mais c'est vrai que tu m'aimes, tu m'aimes ? disait-elle, c'est vrai, dis, c'est vrai... tu voulais te battre avec le baron, pour moi ! Soudain elle éclata de rire, comme si quelque chose d'amusant, de gentil, avait soudain fusé dans sa mémoire. Elle pleurait, elle riait – tout à la fois. Que pouvais-je bien faire ? Moi aussi, j'avais la fièvre. Je me souviens qu'elle commençait à me parler, mais je ne pouvais presque rien comprendre. C'était une espèce de délire, de balbutiement, comme si elle avait voulu me raconter quelque chose au plus vite, un délire entrecoupé de temps en temps par le rire le plus joyeux, un rire qui commençait à m'effrayer. "Non, non, tu es mon chéri, mon chéri ! répétait-elle. Mon fidèle à moi !..." et, de nouveau, elle reposait les bras sur mes épaules, elle me scrutait

172

encore et ne cessait de répéter : "Tu m'aimes… tu m'aimes… tu m'aimeras toujours ?" Je ne la quittais pas des yeux ; je ne l'avais encore jamais vue dans ces accès de tendresse et d'amour ; bien sûr, ce n'était qu'un délire – elle remarquait mon regard passionné. elle me faisait soudain des sourires enjôleurs ; puis, brusquement, elle se mettait à parler de Mr. Astley.

En fait, Mr. Astley, elle parlait de lui sans cesse (surtout quand elle avait voulu me dire quelque chose sur lui), mais quoi exactement, je n'avais pas pu le saisir vraiment ; je crois même qu'elle se moquait de lui ; elle répétait toujours qu'il l'attendait… savais-je qu'il attendait sans doute sous ma fenêtre ? "Oui, oui, sous la fenêtre, tiens, ouvre, regarde, regarde, il est là, il est là !" Elle me poussait vers la fenêtre, mais dès que je faisais un geste pour y aller, elle éclatait de rire, et je restais auprès d'elle, et elle se jetait dans mes bras.

— Nous partirons ? Nous partirons demain, dis ? (Quelque chose, avec quelle inquiétude, lui était soudain passé par la tête.) Hein… (elle resta pensive), hein, nous rattraperons la grand-mère, tu ne penses pas ? A Berlin, je pense, nous la rattraperons. Qu'est-ce que tu en penses, qu'est-ce qu'elle dira quand nous la rattraperons et qu'elle nous verra ? Et Mr. Astley ?… Oh, celui-là, il ne se jettera pas du haut du Schlangenberg, n'est-ce pas ? (Elle éclata de rire.) Dis, écoute : tu sais ce qu'il veut faire, l'été prochain ? Il veut aller au Pôle Nord, pour des recherches scientifiques, il voulait que je vienne avec lui, ha ha ha ! Il dit que nous, les Russes, sans les Européens, nous ne savons rien faire, nous sommes des incapables… Mais lui aussi, il a bon cœur ! Tu sais, le "général", il lui trouve des excuses ; il dit que *Blanche*… que la passion, enfin, je ne sais pas, je ne sais pas, répéta-t-elle soudain, comme si elle

173

s'embrouillait, qu'elle en avait trop dit. Les pauvres, comme je les plains, et la grand-mère… Dis, écoute, écoute, et c'est toi qui voulais tuer des Grieux ? Et tu pensais vraiment, vraiment que tu allais le tuer ? Quel animal ! Tu pouvais vraiment penser que je te laisserais te battre avec des Grieux ? Mais, même le baron, tu n'aurais pas pu le tuer, ajouta-t-elle, dans un soudain éclat de rire. Oh, comme tu étais drôle, l'autre jour, avec le baron ; je vous regardais, tous les deux, sur le banc ; et comme tu n'avais pas envie d'y aller quand je t'envoyais. Ce que j'ai pu rire, oh ce que j'ai pu rire, ajouta-t-elle en s'esclaffant.

Et, soudain, à nouveau, elle m'embrassait, elle m'étreignait, à nouveau, avec passion, avec tendresse, elle posait son visage contre le mien. Je ne pensais plus à rien, je n'entendais plus rien… Ma tête se mit à tourner…

Je crois qu'il était près de sept heures du matin quand je me réveillai ; un rayon de soleil pénétrait dans la chambre. Polina était assise auprès de moi, ses yeux roulaient bizarrement, comme si elle sortait d'une espèce de ténèbre et qu'elle rassemblait ses souvenirs. Elle aussi, elle venait de se réveiller, elle gardait les yeux fixés sur la table et l'argent. J'avais la tête lourde, la migraine. Je voulus prendre le bras de Polina ; elle me repoussa soudain et bondit du divan. Le jour qui pointait était gris ; il avait plu avant l'aube. Elle alla vers la fenêtre, l'ouvrit, sortit la tête et la poitrine, et, se maintenant avec les bras, les coudes posés sur le rebord, elle demeura ainsi bien trois minutes, sans se tourner vers moi, sans écouter ce que je lui disais. Une idée effrayante me traversait l'esprit : que se passerait-il maintenant, comment cela se terminerait-il ? Soudain, elle se releva de la fenêtre, s'approcha de la table et,

me regardant avec une expression de haine inextin-
guible, les lèvres tremblantes de rage, elle me dit :

— Maintenant, donne-les-moi, mes cinquante mille
francs !

— Polina, encore, mais, encore !... voulais-je lui
dire.

— Tu as changé d'avis ? Ha ha ha ! Ça te ferait
peine, maintenant, peut-être ?

Les vingt-cinq mille florins, que j'avais comptés
encore la veille, étaient là, sur la table ; je les pris, je les
lui tendis.

— Ils sont à moi, maintenant ? C'est bien ça ? C'est
ça ? me demandait-elle méchamment, tenant les billets
dans ses mains.

— Ils ont toujours été à toi, lui dis-je.

— Eh bien, les voilà, tes cinquante mille francs !
Elle prit son élan et me les envoya à la figure ! La
liasse me heurta, me fit mal, s'éparpilla sur le plancher. Son geste accompli, Polina se précipita hors de
la chambre.

Je sais, bien sûr, qu'elle n'avait pas toute sa raison, à
cette minute précise, quoique je ne comprenne pas cette
folie passagère. Il est vrai que, jusqu'à présent, un mois
plus tard, elle est toujours malade. Pourtant, quelle était
la raison de son état, et, surtout, de son geste ? Sa fierté
blessée ? Ou bien le désespoir d'être même venue me
voir ? Ne lui aurais-je pas montré que j'étais très fier de
mon bonheur et que, vraiment, comme des Grieux, je
voulais me débarrasser d'elle en lui offrant ces cinquante mille francs ? Mais ce n'était pas le cas, je le
sais sur ma conscience. Je pense quand même qu'une
partie de la faute incombe aussi à sa fierté à elle : c'est
sa fierté qui l'a poussée à me refuser sa confiance et à
m'humilier, encore qu'elle-même se représentait cela,

sans doute, d'une façon très brumeuse. Quoi qu'il en soit, j'ai répondu pour des Grieux, et je me suis retrouvé coupable, peut-être, sans une trop grande faute. Il est vrai que tout cela n'était qu'un délire ; il est vrai aussi que je savais qu'elle délirait, et… que j'avais fait l'impasse sur cette circonstance. Peut-être, maintenant, ne pourra-t-elle plus jamais me le pardonner ? Oui, mais c'est maintenant ; et sur le moment, sur le moment ? Sa maladie et son délire n'étaient quand même pas assez forts pour qu'elle oublie complètement ce qu'elle faisait quand elle venait me voir avec cette lettre de des Grieux ? Elle savait bien, donc, ce qu'elle faisait.

A la hâte, n'importe comment, j'ai fourré tous mes billets, toute cette masse d'or au fond de mon lit, j'ai recouvert le tout, et je suis sorti une dizaine de minutes après Polina. J'étais sûr qu'elle avait couru chez elle, je voulais me glisser dans leur appartement et, dans l'entrée, demander à la nourrice comment se portait la demoiselle. Quelle ne fut pas ma stupéfaction quand j'appris par la nourrice que je croisai dans l'escalier que Polina n'était pas encore rentrée chez elle, et que c'était elle, la nourrice, qui venait chez moi pour la chercher.

— Elle vient juste, lui dis-je, elle vient juste de partir de chez moi, il y a dix minutes de ça, où a-t-elle bien pu se cacher ?

La nourrice me lança un regard de reproche.

Or il arriva toute une histoire, qui avait déjà fait le tour de l'hôtel. On chuchotait, chez les portiers et le maître d'hôtel, que la *fraulein,* le matin, sur les six heures, était sortie de l'hôtel en courant, sous la pluie, et qu'elle avait couru vers l'*Hôtel d'Angleterre.* D'après ce qu'ils disaient, et à leurs allusions, je compris qu'ils savaient déjà qu'elle avait passé la nuit chez moi. Du reste, on parlait déjà de toute la famille du général : on savait que le général était en train de délirer, la veille, qu'on l'entendait pleurer dans tout l'hôtel. On racontait aussi que la grand-mère qui venait d'arriver était en fait sa mère, et qu'elle était venue exprès du fin fond de la Russie pour interdire à son fils de se marier avec *Mlle de Cominges,* menaçant de le déshériter en cas de désobéissance, et que, comme il avait désobéi, la comtesse, sous ses propres yeux, pour se venger, avait perdu tout son argent à la roulette, pour que, n'importe comment, il ne lui reste rien. *"Diese Russen !"* répétait le maître d'hôtel, hochant la tête avec indignation. D'autres pouffaient de rire. Le maître d'hôtel préparait l'addition. Mes gains étaient déjà connus ; Karl, mon garçon d'étage, avait été le premier à me féliciter. Mais j'avais d'autres chats à fouetter. Je courus à l'*Hôtel d'Angleterre.*

Il était encore tôt ; Mr. Astley ne recevait personne ; apprenant que j'étais là, il sortit dans le couloir et s'arrêta devant moi, me fixant en silence de son regard de plomb ; il attendait ce que j'allais dire. Je l'interrogeai aussitôt sur Polina.

— Elle est souffrante, répondit Mr. Astley, me regardant toujours en face sans me quitter des yeux une seconde.

— Mais c'est donc vrai qu'elle est chez vous ?

— Oh oui, elle l'est.

— Mais... comment, vous avez l'intention de la garder chez vous ?

— Oh oui, j'ai l'intention.

— Mister Astley, ça fera un scandale ; c'est impossible. En plus, elle est vraiment souffrante ; vous n'avez pas remarqué, peut-être ?

— Oh si, j'ai remarqué, et je vous ai dit moi-même qu'elle était souffrante. Si elle n'avait pas été souffrante, elle n'aurait pas passé la nuit chez vous.

— Comment, ça aussi, vous le savez ?

— Oui, je le sais. Elle allait chez moi hier soir, et je l'aurais amenée chez une parente à moi, mais elle était tellement souffrante qu'elle s'est trompée, elle est entrée chez vous.

— Voyez-vous ça ! Allez, je vous félicite, mister Astley ; au fait, vous me donnez une idée ; n'êtes-vous pas resté toute la nuit sous ma fenêtre ? Miss Polina a passé toute la nuit à me demander de l'ouvrir pour regarder si vous n'étiez pas là, sous la fenêtre – c'était terrible, comme elle riait.

— Vraiment ? Non, je n'étais pas sous la fenêtre ; mais j'attendais dans le couloir, je faisais les cent pas.

— Mais il faut la soigner, mister Astley.

— Oh oui, j'ai déjà appelé un médecin, et, si elle meurt, vous me rendrez compte de cette mort.

Je restai bouche bée :

— Voyons, mister Astley, qu'est-ce que vous me dites là ?

— Est-il vrai que vous avez gagné deux cent mille thalers ?

— Non, seulement cent mille francs.

— Vous voyez. Partez à Paris, dès ce matin.

— Pourquoi ça ?

— Tous les Russes qui ont de l'argent vont à Paris, m'expliqua Mr. Astley d'une voix et d'un ton tels qu'on aurait cru qu'il venait de lire cela dans un livre.

— Mais qu'est-ce que je ferais, maintenant, en plein été, à Paris ? Je l'aime, mister Astley ! Vous le savez bien.

— Croyez-vous ? Je suis sûr que non. En plus, si vous restez ici, vous ne pourrez que tout perdre, et vous n'aurez plus rien pour aller à Paris. Mais, adieu, je suis absolument sûr que vous partirez à Paris ce matin.

— Fort bien, adieu, mais je ne pars pas à Paris. Réfléchissez, mister Astley, qu'en sera-t-il de nous, maintenant ?... Enfin, le général... Et maintenant, cette aventure avec miss Polina – ça fera le tour de la ville.

— Oui, de toute la ville ; mais le général, lui, je ne crois pas qu'il y pense, il a d'autres soucis en tête. De plus, miss Polina a tous les droits de vivre comme elle l'entend. Quant à sa famille, le plus juste est de dire que cette famille n'existe plus.

Je rentrai, riant sous cape de l'étrange conviction de cet Anglais que j'allais partir à Paris. "Pourtant, il veut me tuer en duel, me disais-je, si *Mlle* Polina ne s'en sort pas – en voilà une autre !..." Je le jure, j'avais pitié de Polina, mais, étrangement, à la minute même où, hier soir, j'avais touché la table de jeu et m'étais mis à rafler des montagnes d'argent, mon amour était comme passé au second plan. Cela, je le dis aujourd'hui ; mais, à l'époque, je ne le remarquais pas d'une façon claire... Est-ce que, vraiment, je suis un joueur et puis, est-ce que vraiment, j'aimais Polina d'une façon si étrange ? Non, je l'aime toujours, Dieu me voit quand je le dis ! Et sur le moment, au moment où je sortais de chez Mr. Astley et que je rentrais chez moi, je souffrais du fond du cœur, je m'accusais. Mais... c'est à ce moment-là qu'il m'est arrivé une histoire particulièrement étrange et ridicule.

Je courais chez le général quand, soudain, pas loin de leur appartement, une porte s'ouvrit et quelqu'un m'appela. C'était *Mme veuve Cominges,* elle m'appelait sur ordre de *Mlle Blanche.* J'entrai chez *Mlle Blanche.*

C'était une petite suite de deux pièces. On entendait *Mlle Blanche* qui riait et criait dans la chambre à coucher. Elle était en train de se lever.

— *Ah, c'est lui !! Viens donc, bêta !* C'est vrai *que tu as gagné une montagne d'or et d'argent ? J'aimerais mieux l'or.*

— C'est vrai, répondis-je en riant.

— Combien ?

— Cent mille florins.

— *Bibi, comme tu es bête.* Tiens, entre, je n'entends rien. *Nous ferons bombance, n'est-ce pas ?*

J'entrai chez elle. Elle se prélassait sous une couverture de satin rose, qui laissait apparaître ses épaules mates, somptueuses, étonnantes – le genre d'épaules qu'on ne verrait qu'en rêve, à peine couvertes par la batiste blanche ornée de dentelles immaculées de la chemise de nuit, ce qui allait d'une façon étonnante à sa peau bronzée.

— *Mon fils, as-tu du cœur ?* s'écria-t-elle sitôt qu'elle m'aperçut et elle éclata de rire. Son rire était toujours très gai, et même, parfois, sincère.

— *Tout autre...* voulais-je poursuivre, paraphrasant Corneille.

— *Vois-tu,* commença-t-elle soudain à jacasser, d'abord, trouve-moi mes bas, aide-moi à me chausser, et ensuite, *si tu n'es pas trop bête, je te prends à Paris.* Tu sais que je pars tout de suite ?

— Tout de suite ?

— Dans une demi-heure.

C'est vrai que tout était rangé. Les valises, tous ses bagages, tout était prêt. Le café avait été servi depuis longtemps.

— *Eh bien !* tu veux, *tu verras Paris. Dis donc, qu'est-ce que c'est qu'un* outchitel *? Tu étais bien bête quand tu étais* outchitel. Qu'as-tu fait de mes bas ? Mais chausse-moi, enfin !

Elle me tendit un petit pied vraiment extraordinaire, mat, tout fin, absolument intact, à la différence de tous

180

ces jolis petits pieds qui semblent si mignons dans leurs bottines. J'éclatai de rire et je me mis à lui enfiler un joli bas de soie. Pendant ce temps, *Mlle Blanche* restait assise sur le lit et continuait de jacasser.

— *Eh bien, que feras-tu, si je te prends avec ?* D'abord, *je veux cinquante mille francs.* Tu me les donneras à Francfort. *Nous allons à Paris ;* là-bas, nous allons vivre ensemble *et je te ferai voir des étoiles en plein jour.* Tu verras des femmes comme tu n'en a jamais vues. Ecoute…

— Attends, comme ça, je te donne cinquante mille francs, qu'est-ce qui me reste, à moi ?

— *Et cent cinquante mille francs,* tu les oublies ? Et puis, en plus, je suis d'accord pour vivre chez toi pendant un mois, deux mois, *que sais-je !* Mais, tu sais, on les aura dépensés, en deux mois, tes cent cinquante mille francs. Tu vois, *je suis bonne enfant,* je te préviens à l'avance, *mais tu verras des étoiles.*

— Comment, tout ça en deux mois ?

— Quoi ? Ça te fait peur ? *Ah, vil esclave !* Mais sais-tu qu'un seul mois de cette vie, ça vaut mieux que toute ton existence ? Un mois – *et après, le déluge ! Mais tu ne peux pas comprendre, va !* Va-t'en, va-t'en, tu n'es pas digne de ça ! Aïe, *que fais-tu ?*

A cet instant, je chaussais son autre pied mais ç'avait été plus fort que moi, je venais de l'embrasser. Elle s'arracha à moi et se mit à me cogner le visage avec le bout de son pied. Elle finit par me faire déguerpir. *"Eh bien, mon* outchitel, *je t'attends, si tu veux ;* je pars dans un quart d'heure !" me cria-t-elle dans le dos.

Rentré chez moi, j'étais déjà pris dans le tourbillon. C'est vrai, était-ce ma faute si *Mlle Polina* m'avait jeté une liasse de billets à la tête, et si, dès la veille, elle

181

m'avait préféré Mr. Astley ? Quelques billets de banque étaient encore éparpillés par terre ; je les ramassai. A cet instant, la porte s'ouvrit et c'est le maître d'hôtel en personne qui entra (avant, il ne me jugeait même pas digne d'un regard), il m'invitait : ne préférais-je pas déménager à un étage inférieur, une suite excellente, celle qui venait juste d'être occupée par le comte V. ?

Je restais là, je réfléchissais.

— La note ! m'écriai-je. Je pars tout de suite, dans dix minutes. "Paris ? Va pour Paris ! me disais-je, ça doit être le destin !"

De fait, un quart d'heure plus tard, nous nous retrouvions tous trois dans un wagon de famille : *Mlle Blanche, Mme veuve Cominges* et moi-même. *Mlle Blanche* riait à gorge déployée, en me regardant, cela frôlait l'hystérie. La *veuve Cominges* l'imitait ; je ne dirai pas que je me sentais très gai. Ma vie se cassait en deux, mais, depuis la veille, je m'étais habitué à la jouer sur une seule carte. Peut-être est-ce vraiment vrai que je n'ai pas tenu devant l'argent, que je me suis laissé prendre par le tournis. *Peut-être, je ne demandais pas mieux.* Il me semblait que, pour un temps – mais seulement pour un temps – ce serait un changement de décor. "Mais, dans un mois, je serai revenu et, à ce moment-là… à ce moment-là, on se retrouvera, Mr. Astley !" Non, comme je m'en souviens maintenant, je me sentais d'une tristesse terrible, même si je pouffais de rire avec cette petite bécasse de *Mlle Blanche*.

— Mais qu'as-tu donc ! Que tu es bête ! Oh que tu es bête ! s'écriait *Blanche,* arrêtant de rire pour me tancer sérieusement. Oui, oui, nous les dépenserons, tes deux cent mille francs, mais alors, *mais tu seras heureux comme un petit roi* ; je te ferai moi-même tes nœuds de cravate, je te présenterai à *Hortense*. Et puis, quand nous aurons fini de tout dépenser, tu reviendras, et tu referas sauter la banque. Qu'est-ce qu'ils t'ont dit, les Juifs ? L'essentiel, c'est le courage, et tu en as, du courage, tu m'en ramèneras souvent, de l'argent, à Paris. *Quant à moi, je veux cinquante mille francs de rente et alors...*

— Et le général ? lui demandai-je.

— Le général, tu le sais toi-même, il va me chercher un bouquet de fleurs tous les jours. Cette fois, je lui ai demandé, exprès, les fleurs les plus rares. Il va revenir, le pauvre chou, l'oiseau s'est envolé. Il va courir à notre poursuite, tu verras. Ha ha ha ! Je serai ravie. A Paris, il me sera bien utile ; Mr. Astley pourra payer sa note...

Et voilà comment je me suis retrouvé à Paris.

XVI

De Paris, qu'en dirai-je ? C'était, bien sûr, de la folie, une pure sottise. J'ai passé à Paris un peu plus de trois semaines, en tout et pour tout, et ce temps m'a suffi pour en finir avec mes cent mille francs. Je ne parle que de cent mille francs ; les autres cent mille francs, je les avais donnés en liquide à *Mlle Blanche* – cinquante mille francs à Francfort, et, trois jours plus tard, à Paris, cinquante autres mille francs, un billet à ordre, qu'elle encaissa d'ailleurs une semaine plus tard, *"et les cent mille francs qui nous restent, tu les mangeras avec moi, mon* outchitel". C'est toujours ainsi qu'elle m'appelait. Il est difficile de s'imaginer créatures plus calculatrices, plus avares, plus retorses que celles du genre de *Mlle Blanche*. Mais cela ne concernait que son argent. Quant aux cent mille francs qui m'étaient restés, elle me déclara tout net qu'elle en avait besoin pour commencer de s'établir à Paris. "Maintenant, c'est pour toujours que je me suis établie sur un pied comme il faut, personne ne m'en fera descendre avant longtemps, maintenant – j'ai pris toutes mes dispositions", ajouta-t-elle. Du reste, ces cent mille francs, je ne les ai, pour ainsi dire, jamais vus : c'est elle qui tenait les cordons de la bourse, et, dans mon porte-monnaie, qu'elle vérifiait tous les jours, je n'ai jamais vu plus de cent francs – souvent moins.

"Qu'est-ce que tu pourrais en faire, de ton argent ?" me demandait-elle parfois avec une bonne foi désarmante, et je ne répondais rien. Par contre, grâce à cet argent, elle a refait la décoration de son appartement, avec un goût certain, puis m'y a installé et m'a dit en me montrant les chambres : "Voilà ce qu'on peut faire avec du goût et de l'idée, pour une misère." Cette misère me coûta cependant, au centime près, cinquante mille francs. Pour les cinquante mille restants, elle s'offrit un équipage de chevaux, et nous donnâmes deux bals, c'est-à-dire deux soirées, qu'honorèrent de leur présence *Hortense, Lisette* et *Cléopâtre* – des femmes remarquables, et même loin d'être mauvaises, de bien des points de vue. Pendant ces deux soirées, je me vis obligé de jouer le rôle imbécile du maître de maison, d'accueillir et d'occuper des épiciers enrichis et stupides, insupportables d'ignorance et de grossièreté, toutes sortes de lieutenants, d'écrivaillons misérables et des moucherons de journalistes, qui étaient venus en frac dernier cri, en gants beurre frais, avec une vanité, un amour-propre tellement exacerbés que cela semblait impensable chez nous, à Petersbourg – ce qui n'est pas peu dire. Ils voulurent même se moquer de moi parce que je m'étais soûlé au champagne et que j'avais passé le plus clair de mon temps allongé dans ma chambre. Tout cela me dégoûtait au plus haut point. *"C'est un* outchitel, disait de moi *Blanche, il a gagné deux cent mille francs,* il ne saurait pas les dépenser sans moi. Il redeviendra un *outchitel*, après ; il n'y a pas quelqu'un qui lui trouverait une place ? Il faut faire quelque chose pour lui." Le champagne, j'y avais recours de plus en plus souvent, parce que je me sentais constamment triste, et que je m'ennuyais à mourir. Je vivais dans le milieu le plus bourgeois, le plus mercantile qui soit,

185

le moindre sou était compté, pesé. *Blanche* ne m'avait pas du tout aimé les deux premières semaines, c'est une chose que j'avais notée ; il est vrai qu'elle m'habillait comme un prince, et que, chaque matin, c'est elle qui me nouait ma cravate, mais elle me méprisait le plus sincèrement du monde. Morfondu, taciturne, je me mis à fréquenter le *Château des Fleurs* où, régulièrement, chaque soir, je me saoûlais et j'apprenais le cancan (qu'on y danse d'une manière exécrable), à la suite de quoi j'acquis, en mon genre, une sorte de célébrité dans cette discipline. Puis *Blanche* finit par me comprendre : elle s'était fait d'avance une idée de moi et croyait que tout le temps que nous vivrions ensemble, je la suivrais à la trace, un crayon et un papier à la main, pour compter combien elle avait dépensé, combien elle m'avait volé, combien elle dépenserait encore, combien elle pourrait me voler. Naturellement, elle était sûre qu'il lui faudrait livrer bataille tous les dix francs. A chacune de mes attaques, qu'elle supposait d'avance, elle avait déjà préparé une réponse adéquate ; pourtant, découvrant qu'aucune attaque n'avait eu lieu, elle essaya d'abord de répliquer toute seule. Elle commençait, parfois, en trombe, mais elle voyait que je me taisais – le plus souvent vautré sur la couchette, les yeux fixés au plafond – elle en venait même à s'étonner. Au début, elle se disait que j'étais tout simplement stupide, *"un outchitel"*, et coupait court, par conséquent à ses explications, en se disant : "Il est stupide, à quoi bon le chercher, il ne comprend rien à rien." Elle partait donc et revenait dix minutes plus tard (cela se passait au moment de ses dépenses les plus frénétiques, dépenses qui dépassaient de loin nos moyens : par exemple, elle avait changé ses chevaux et en avait acheté une paire pour seize mille francs).

— Alors, *Bibi,* tu n'es pas fâché ? faisait-elle en venant vers moi.

— No-o-on ! Tu m'embê-ê-êtes ! lui répondais-je, en la repoussant du bras ; cela lui parut si curieux qu'elle vint s'asseoir auprès de moi.

— Tu vois, si je me suis décidée à faire une telle dépense, c'est que c'était une occasion. On peut les revendre vingt mille.

— Mais oui, mais oui ; ils sont bien, tes chevaux ; tu as un très bel équipage, maintenant ; ça peut toujours servir ; allez, ça suffit.

— Alors tu n'es pas fâché, donc ?

— Mais pourquoi ? C'est très prudent, ce que tu fais, d'acheter maintenant des choses qui te seront indispensables. Tout ça, tu en auras besoin plus tard. Je vois bien que c'est vrai, qu'il faut que tu te places sur un pied comme il faut ; sinon, ton million, tu peux lui dire adieu. Nos cent mille francs ne sont qu'un petit début, une goutte d'eau dans la mer.

Blanche, qui attendait de moi n'importe quoi sauf ce raisonnement-là (au lieu des cris et des reproches !…), sembla comme tomber du ciel.

— Ah mais… c'est donc comme ça que tu es ! *Mais tu as d^e l'esprit pour comprendre ! Sais-tu, mon garçon,* tu as beau être *outchitel,* c'est prince que tu aurais dû naître ! Alors, ça ne te fait rien que notre argent file si vite ?

— Mais non, le plus vite sera le mieux !

— *Mais… sais-tu… mais dis donc,* est-ce que tu es si riche ? *Mais sais-tu,* c'est vraiment que tu le méprises trop, ton argent. *Qu'est-ce que tu feras après, dis donc ?*

— *Après,* j'irai à Hombourg, et je gagnerai encore cent mille francs.

— *Oui, oui, c'est ça, c'est magnifique !* Et je le sais, c'est sûr, tu gagneras, et tu me les ramèneras. *Dis donc,* mais je finirai par t'aimer pour de vrai ! *Eh bien,* puisque tu es comme ça, je t'aimerai tout le temps, et je ne te ferai même pas une infidélité. Tu vois, je ne t'aimais pas, bien sûr, *parce que je croyais que tu n'étais qu'un* outchitel *(quelque chose comme un laquais, n'est-ce pas ?), mais je t'ai été fidèle quand même, *parce que je suis bonne fille.*

— Oh la menteuse ! Et Albert, ton moricaud, là, l'officier, est-ce que je ne l'ai pas vu, la dernière fois ?

— *Oh, oh, mais tu es…*

— Allez, allez… Tu ne vas quand même pas croire que je t'en veux ? Je m'en fiche ; *il faut que jeunesse se passe.* Tu ne vas pas le chasser, n'est-ce pas, s'il était là avant moi, et si tu l'aimes. Seulement, ne lui donne pas d'argent, tu m'entends bien ?

— Alors, même pour ça, tu ne m'en veux pas ? *Mais tu es un vrai philosophe, sais-tu ? Un vrai philosophe !* s'écria-t-elle, enthousiaste. *Eh bien, je t'aimerai, je t'aimerai – tu verras, tu seras content.*

Et c'est vrai que, depuis ce moment-là, elle sembla même vraiment s'être attachée à moi, même comme amie, et c'est ainsi que passèrent nos dix derniers jours. Les "étoiles" promises, je ne les ai pas vues ; mais, d'un certain point de vue, c'est vrai qu'elle tint parole. En plus, il faut dire qu'elle me présenta *Hortense,* laquelle était, dans son genre, une femme exceptionnelle, et même trop, et qu'on appelait dans notre cercle d'amis *Thérèse-philosophe…*

Du reste, à quoi bon raconter les détails ; tout cela constituerait un épisode à part, avec des couleurs bien à lui, que je ne veux pas inclure dans ce récit. Le fait est que je voulais, de toutes mes forces, que tout cela finisse le plus vite possible. Mais nos cent mille francs, je l'ai déjà dit, suffirent pour presque un mois entier, ce qui ne laissait pas de m'étonner ; *Blanche* s'était acheté des choses pour au moins quatre-vingt mille francs, nous n'avons pas dépensé plus de vingt mille francs pour la vie quotidienne – et cela nous a suffi. *Blanche,* qui avait fini par être tout à fait sincère avec moi (du moins, quand elle ne mentait pas) m'avait avoué qu'au moins, je ne serais pas responsable des dettes qu'elle avait été obligée de contracter. "Je ne t'ai pas donné de traites à signer, me disait-elle, parce que tu me faisais peine ; une autre l'aurait fait à coup sûr, elle t'aurait envoyé en prison. Tu vois, tu vois comme je t'aimais, et comme je suis bonne ! Rien que ce sale mariage, tout ce qu'il me coûte."

Oui, nous avions un mariage. Il nous est arrivé à la toute fin de notre mois, et je suppose qu'il a englouti les derniers vestiges de mes cent mille francs ; c'est ainsi que cela s'est terminé, c'est-à-dire que le mois s'est terminé, après quoi j'ai formellement donné ma démission.

C'est arrivé de la façon suivante : une semaine après notre installation à Paris, le général a débarqué. Il a couru tout droit chez *Blanche,* et, dès la première visite, il s'est presque installé chez nous. C'est vrai qu'il gardait un petit appartement personnel. *Blanche* l'accueillit avec joie, avec des cris stridents et des éclats de rire, elle se jeta même à son cou, l'affaire se passa de telle façon qu'elle ne le lâchait plus et qu'il se trouvait obligé de la suivre partout : sur le boulevard, en promenade, au théâtre, chez les amis. Pour cet usage, le général était encore éminemment rentable ; il était encore assez noble, assez digne – d'une taille presque grande, des favoris teints et des moustaches gigantesques (un ancien cuirassier), des traits qui vous en imposaient, bien qu'un peu empâtés. Ses manières étaient excellentes, il restait maître dans le port du frac. A Paris, il se mit à arborer ses médailles. Faire un tour sur le boulevard au bras d'un homme comme lui, c'était, si je puis dire, même recommandable. Le brave et incapable général en paraissait terriblement heureux ; il s'attendait à bien autre chose quand il était venu nous voir en arrivant à Paris. Quand il était venu, il tremblait presque de frayeur ; il pensait que *Blanche* se mettrait à hurler et qu'elle le jetterait dehors ; ainsi, voyant le tour que prenaient ses affaires, il en fut tellement enthousiasmé qu'il passa tout le mois dans une sorte d'état d'extase absurde ; je l'ai d'ailleurs laissé dans cet état. C'est ici que j'ai appris en détail qu'après notre départ surprise de Roulettenbourg, il avait été pris, le matin même, d'une espèce de crise. Il avait fait une syncope, et puis, toute la semaine, il était resté comme presque fou, il délirait. On essayait de le soigner, mais lui, il envoya soudain tout le monde au diable, sauta dans le premier train et courut à Paris. Il va de soi que l'accueil de *Blanche* fut la meilleure des médecines ; pourtant, les signes de sa maladie subsistèrent longtemps après, malgré son état euphorique et enthousiaste. Raisonner, ou mener une conversation un tant soit peu sérieuse, c'était au-dessus de ses forces ; dans ces cas-là, il ajoutait à chacune de ses phrases un "hum !" et il hochait la tête – ce qui le sortait d'affaire. Souvent, il riait, mais d'un rire nerveux, maladif, comme s'il perdait pied ; d'autres fois, il restait, pendant des heures entières, sombre comme la nuit, fronçant ses sourcils épais. Il y avait même beaucoup de choses qu'il avait complètement oubliées : c'était affreux, ce qu'il était devenu distrait – il avait pris l'habitude de parler tout seul. Il n'y avait que *Blanche* pour lui donner de la vie, et même ces crises d'humeur sombre, noire, quand il se rencognait dans une pièce, signifiaient simplement qu'il n'avait pas vu *Blanche* depuis longtemps, ou bien que *Blanche* était sortie, qu'elle ne l'avait pas pris avec elle ou qu'en sortant, elle ne l'avait pas consolé. Avec tout cela, il n'aurait pas dit de lui-même ce qu'il voulait, il ignorait lui-même qu'il était sombre et noir. Il restait dans son coin une heure, deux heures (je l'ai remarqué deux trois fois, quand *Blanche* sortait toute la journée, pour aller chez Albert, sans doute), il commençait soudain à rouler de gros yeux, à s'agiter, à guetter, il essayait de se souvenir, semblait vouloir retrouver quelqu'un ; mais, ne voyant personne, et ne se rappelant pas ce qu'il voulait demander, il retombait dans la même apathie jusqu'au moment où, tout d'un coup, *Blanche* ressurgissait, vive, joyeuse, élégante, avec son rire sonore ; elle accourait vers lui, le secouait, ou même elle l'embrassait, ce dont, du reste, elle le gratifiait rarement. Une fois, le général se réjouit si fort de la voir qu'il fondit en larmes – j'en fus surpris moi-même.

Blanche, dès qu'il avait paru chez nous, voulut se faire son avocate. Elle se lançait même dans l'éloquence ; elle me rappelait qu'elle avait trahi le général pour mes beaux yeux, qu'elle était déjà presque sa fiancée, qu'elle lui avait donné sa parole ; que lui, à cause d'elle, il avait abandonné sa famille et que, à la fin, j'avais servi chez lui, et que je devais le sentir, quand même, et comment donc n'avais-je pas honte… Moi, je me taisais, et elle, elle jacassait terriblement. Je finis par éclater de rire, ce qui mit un terme au débat, car elle me prit d'abord pour un idiot et pensa pour finir que j'étais un garçon très brave et bien compréhensif. En un mot, à la fin, j'eus le bonheur de mériter résolument la pleine bienveillance de cette digne fille. (*Blanche,* d'ailleurs, était vraiment une jeune fille adorable – dans son genre, bien sûr ; ce n'est pas ainsi que je la voyais avant.) "Tu es un brave garçon, pas bête, me disait-elle à la fin, et… et… quel dommage, seulement, que tu sois tellement idiot ! Jamais, jamais tu ne gagneras un sou !"

"Un vrai Russe, un Kalmouk !" Elle m'envoya plusieurs fois faire prendre l'air au général, comme un laquais à sa levrette. Moi, du reste, je le conduisais au théâtre, au *Bal Mabille,* au restaurant. Pour tout cela, *Blanche* donnait même de l'argent, quoique le général eût le sien – il adorait d'ailleurs sortir son portefeuille devant les gens. Un jour, j'ai presque dû employer la force pour l'empêcher d'acheter une broche de sept cents francs qui lui avait tapé dans l'œil au Palais-Royal et qu'il voulait absolument offrir à *Blanche.* Cette broche de sept cents francs, qu'en avait-elle à faire ? Le général, lui, au total, n'avait pas plus de mille francs. Je n'ai jamais pu savoir d'où il les tenait. Je suppose que c'était de Mr. Astley, d'autant que celui-ci avait réglé la note de l'hôtel. Quant à savoir ce que le général pensait de moi pendant tout ce temps, je crois qu'il n'avait même pas idée de mes relations avec *Blanche.* Il avait vaguement entendu dire que j'avais gagné une fortune, mais il pensait sans doute que je travaillais chez *Blanche* comme une espèce de secrétaire particulier, voire de domestique. Du moins continuait-il de me parler de haut, comme avant, à jouer les grands chefs, et chercha-t-il quelquefois à me crier dessus. Une fois, il faillit même nous faire mourir de rire, *Blanche* et moi, un matin, au petit déjeuner. Il n'était pas trop susceptible, d'habitude, mais là, il prit la mouche contre moi, et pour quelle raison – même aujourd'hui, je ne le comprends pas – et lui non plus, bien sûr, il ne le

comprenait pas. Bref, il se lança dans un discours sans queue ni tête, *à bâtons rompus,* criait que j'étais un blanc-bec, qu'il m'apprendrait... qu'il me ferait comprendre... etc., etc. Mais personne n'y comprenait rien. *Blanche* n'en pouvait plus de rire ; nous avons quand même fini par le calmer et nous l'avons sorti respirer un peu. J'ai remarqué plusieurs fois, du reste, qu'il semblait pris de tristesse, qu'il regrettait quelque chose ou quelqu'un, que quelqu'un lui manquait, et cela, malgré la présence de *Blanche.* Dans ces minutes-là, il s'est lancé lui-même, par deux fois, dans des conversations avec moi, sans être jamais capable de s'expliquer vraiment, il repensait à son service, à sa défunte épouse, à sa maison, à son domaine. Il tombait sur un mot, ce mot le remplissait de joie, et il le répétait cent fois par jour, même si ce mot n'exprimait rien ni de ses sentiments ni de ses pensées. J'ai voulu évoquer ses enfants – il se mettait soudain à me parler à toute vitesse et passait vite à un autre sujet "Oui, oui, les enfants, les enfants, vous avez raison, les enfants !" Un jour seulement, il s'attendrit – nous allions au théâtre, tous les deux : "Ce sont des enfants malheureux ! me dit-il soudain – oui, monsieur, des enfants mal-heu-reux !" Une fois, comme je lui parlais de Polina, il fut pris d'une crise de furie. "C'est une femme ingrate, s'exclama-t-il, elle est méchante, elle est ingrate ! Elle a déshonoré mon nom ! S'il y avait des lois ici, mais j'en ferais de la bouillie, oui, parfaitement, monsieur !" Quant à des Grieux, il ne pouvait même plus entendre son nom. "Il a causé ma perte, disait-il, il m'a volé, il m'a assassiné ! Il a fait mon cauchemar pendant deux longues années ! Pendant des mois entiers, je l'ai vu dans mes rêves ! C'est – c'est, c'est... Oh, ne me parlez jamais plus de lui !"

193

Je voyais que leurs affaires se précisaient, mais je me taisais, comme d'habitude. C'est *Blanche* qui m'apprit la nouvelle – juste une semaine avant que nous nous quittions.

— *Il a de la chance,* jacassait-elle, la *babouchka* est réellement malade, cette fois-ci, c'est sûr qu'elle va mourir. Mr. Astley a envoyé un télégramme ; tu comprends, il hérite, malgré tout. Et quand bien même, ce n'est pas lui qui viendrait nous gêner. D'abord, il a sa pension, et puis, il habitera dans la chambre à côté, il sera parfaitement heureux. Moi, je serai *"Mme la générale".* J'entrerai dans la bonne société (*Blanche* en rêvait constamment), je serai une grande propriétaire russe, *j'aurai un château, des moujiks, et puis j'aurai toujours mon million.*

— Et s'il commence à être jaloux, s'il exige... Dieu sait quoi, tu comprends ?

— Penses-tu, *non, non, non !* De quel droit ! J'ai pris mes précautions, ne crains rien. Je lui ai déjà fait signer des traites au nom d'Albert. S'il lève le petit doigt, il sera bien puni ; et puis, il n'osera pas !

— Bon, marie-toi...

Le mariage fut célébré sans grande pompe, une ambiance familiale, tranquille. Les invités étaient Albert et quelques proches. *Hortense, Cléopâtre* et toutes les autres furent résolument écartées. Le fiancé semblait très passionné par sa situation. *Blanche* lui fit elle-même son nœud de cravate, lui mit de la pommade et, en frac et gilet blanc, il avait l'air *très comme il faut.*

— *Il est pourtant très comme il faut,* me déclara d'elle-même *Blanche* en sortant de la chambre du général, comme si cette idée que le général était *très comme il faut* l'avait vraiment impressionnée. Je m'intéressais si peu à ces détails, je n'y participais qu'en

194

spectateur si nonchalant que j'en ai oublié beaucoup. Je me souviens seulement qu'on découvrit que *Blanche* ne s'appelait pas du tout *de Cominges,* de même que sa mère pas du tout la *veuve Cominges,* mais *du Placet.* Pourquoi, jusqu'à présent, avaient-elles été toutes deux des *Cominges* – je n'en sais rien. Mais le général resta très satisfait, et même, il préférait *du Placet* à *Cominges.* Le matin de son mariage, vêtu de pied en cap, il marchait de long en large dans la salle et répétait tout seul, d'un air incroyablement sérieux, avec une mine de sénateur : "*Mlle Blanche du Placet ! Blanche du Placet ! Du Placet !* La demoiselle Blanca du Placet !..." Une dose certaine d'autosatisfaction illuminait ses traits. A l'église, devant le maire et chez nous, pendant le petit repas, il semblait non seulement joyeux et content, mais même très fier. Il leur était arrivé quelque chose, à tous les deux. *Blanche,* elle aussi, avait pris comme un air de dignité extrême.

— Je n'ai plus le droit de me tenir comme avant, me disait-elle d'un ton particulièrement grave, *mais vois-tu,* je n'ai oublié qu'un seul ennui : imagine-toi que je n'arrive toujours pas à me souvenir de mon nouveau nom : Sagorianski, Sagozianski, *Mme la générale de Sago-Sago, ces diables de noms russes, enfin Mme la générale à quatorze consonnes ! comme c'est agréable, n'est-ce pas ?*

Enfin, nous nous sommes quittés, et *Blanche,* cette pauvre gourde de *Blanche* a même versé une larme en me faisant ses adieux. "*Tu étais bon enfant,* me disait-elle en larmoyant. *Je te croyais bête et tu en avais l'air,* mais ça te va bien." Elle m'avait déjà serré la main quand elle s'écria soudain : "*Attends !*", courut dans son boudoir, et, une minute plus tard, m'en ramena deux billets de mille francs. Cela, jamais je ne l'aurais cru. "Ça te sera bien utile ; tu es peut-être très instruit, comme *outchitel,* mais tu es terriblement bête comme garçon. Jamais de la vie je ne te donnerai plus de deux mille francs – de toute façon, tu vas tout perdre au jeu. Allez, adieu ! *Nous serons toujours bons amis* – et puis, si tu gagnes encore, viens me voir, sans faute, *et tu seras heureux* !"

A moi-même, il me restait encore cinq cents francs ; en plus, il y a cette montre splendide, qui vaut mille francs, des boutons de manchette en diamant, etc. – on peut faire durer ça assez longtemps, sans se soucier de rien. C'est volontairement que je me suis installé dans cette petite ville, pour reprendre mes esprits, et, surtout, j'attends Mr. Astley. J'ai appris avec certitude qu'il passera par ici, et qu'il s'arrêtera vingt-quatre heures, pour affaires. J'apprendrai tout… et puis, et puis, je file à Hombourg. A Roulettenbourg, je n'y vais pas, ou peut-être l'année prochaine. C'est vrai, on dit que c'est mauvais signe de tenter sa chance deux fois de suite à la même table – et puis, le vrai grand jeu, c'est à Hombourg.

XVII

Voici un an et huit mois que je n'ai plus mis le nez dans ces carnets et ce n'est qu'aujourd'hui, d'ennui et de douleur, que j'ai eu l'idée de me distraire un peu, et que je les ai relus par hasard. Ainsi, je les avais laissés au moment de partir pour Hombourg. Mon Dieu ! De quel cœur léger, relativement parlant, n'ai-je pas écrit ces dernières lignes ! C'est-à-dire, non pas quel cœur léger, mais avec quelle assurance, quelles espérances inébran-lables ! Avais-je le moindre doute sur moi-même ? Voilà passé plus d'un an et demi, et je me retrouve, j'ai l'impression, bien pire qu'un mendiant ! Mais quoi, un mendiant ! Je m'en fiche, de mendier ! Ce qu'il y a, c'est que je me suis perdu ! Mais, quoi, cela ne peut se comparer à rien, et pas la peine de se faire la morale à soi-même ! Oh, les gens satisfaits : avec quel contente-ment ces bavards sont-ils toujours prêts à vous lire leurs sentences ! S'ils savaient à quel point je comprends tout seul ce qu'il y a de répugnant dans la position où je me trouve, je parierais gros qu'ils hésite-raient à ouvrir le bec pour me la faire, leur morale. C'est vrai, enfin, que pourraient-ils me dire de nouveau que je ne sache pas déjà, oui, quoi ? Et puis, est-ce qu'il s'agit de ça ? Ce dont il s'agit, voilà – un tour de roue, tout change, et ces mêmes moralistes sont les premiers (ma main au feu) à venir me congratuler, en plaisantant comme de vieux camarades. Et plus jamais ils ne se détournent de moi, comme tout le monde aujourd'hui. Mais qu'ils aillent donc au diable ! Aujourd'hui, qu'est-ce que je suis ? *Zéro*. Et demain, que puis-je être ? Demain, je peux ressusciter des morts et recommencer à vivre ! Je peux retrouver l'homme qui est en moi, tant qu'il existe encore !

Oui, sur le moment, je suis vraiment parti pour Hombourg mais... plus tard, je suis retourné à Roulettenbourg, je suis allé à Spa, je suis même allé à Baden, où je suis entré, comme valet de chambre, au service du conseiller Hinze, une canaille, et mon ex-dernier maître. Oui, j'ai servi comme laquais, pendant cinq mois ! Ça, ça m'est arrivé après la prison. (Parce que je suis resté en prison, à Roulettenbourg, pour dettes. Un inconnu m'a racheté – mais qui ? Mr. Astley ? Polina ? Je ne sais pas, toujours est-il que la dette était payée, deux cents thalers en tout, je suis sorti libre.) Où donc pouvais-je bien aller ? Je suis entré chez ce Hinze. Il est jeune, il est frivole, il aime la paresse, et moi, je sais parler et écrire en trois langues. D'abord, je suis entré chez lui comme une espèce de secrétaire, à trente gouldens par mois ; mais j'ai fini comme domestique ; il n'a plus eu les moyens de garder un secrétaire, il m'a diminué mes gages ; je n'avais nulle part où aller, je suis resté – et voilà comment, de moi-même, je me suis retrouvé domestique. Je me privais de boire et de manger à son service, mais, en cinq mois, j'avais mis de côté soixante-dix gouldens. Un soir, à Baden, je lui ai déclaré que je voulais le quitter ; le soir même je suis allé à la roulette. Oh, comme mon cœur battait ! Non, ce n'était pas l'argent que je voulais ! Ce que je voulais alors, c'était que, dès le lendemain, tous ces Hinze, tous ces maîtres d'hôtel, toutes ces somptueuses dames de Baden, que tout le monde parle de moi, qu'ils racontent tous mon histoire, qu'ils s'étonnent de moi, qu'ils me félicitent, qu'ils me vénèrent dans ma nouvelle victoire. Des rêves et des soucis de gosse, mais... qui sait : j'aurais peut-être pu croiser Polina, je lui aurais raconté, elle aurait vu que je suis capable de surmonter ces chiquenaudes absurdes du destin... Oh, ce n'est pas l'argent que je veux ! Je suis sûr que je l'aurais jeté par les fenêtres avec une autre *Mlle Blanche*, que j'aurais fait le voyage de Paris, pour trois semaines, avec ma propre paire de chevaux à seize mille. Je le sais, à coup sûr – je ne suis pas un avare ; je crois même que je suis un panier percé – et cependant, comme je frissonne, comme mon cœur se fige quand j'entends le croupier s'exclamer : *trente et un, rouge, impair et passe* ou bien : *quatre, noir, pair et manque* ! Avec quelle avidité je regarde la table de jeu où sont éparpillés louis d'or, frédérics d'or et thalers, ces petites piles de pièces d'or quand le râteau du croupier, les renversant, en fait des petits tas brûlants, des braises chaudes, ou bien les longs rouleaux d'argent qui entourent la roue. Il suffit que j'approche de la salle de jeu, à deux salles de distance, dès que j'entends s'entrechoquer les pièces qui circulent, c'est tout juste si je n'ai pas une attaque.

Oh, cette soirée où j'ai porté mes soixante-dix gouldens à la table de jeu, elle aussi, elle était étonnante ! J'ai commencé par dix gouldens, et de nouveau, sur *passe*. J'ai un préjugé pour *passe*. J'ai perdu. Il me restait soixante gouldens en pièces d'argent ; j'ai réfléchi – j'ai préféré le *zéro*. J'ai misé chaque fois cinq gouldens sur le *zéro*, et le *zéro*, soudain, il est sorti dès la troisième mise, j'ai failli mourir de bonheur, je venais de toucher cent soixante-cinq gouldens ; quand j'ai gagné cent mille gouldens, je n'étais pas aussi heureux. J'ai misé tout de suite cent gouldens sur le rouge – j'ai gagné ; tous les deux cents sur le rouge – j'ai gagné ; tous les quatre cents sur le noir – gagné ; tous les huit cents sur manque – gagné ; en comptant avec ce que j'avais avant, je possédais mille sept cents gouldens et cela – en moins de cinq minutes ! Oui, des instants pareils, tous les échecs sont oubliés ! Car j'avais gagné cela en jouant plus que ma vie, j'avais eu le courage de risquer et voilà – je me retrouvais au nombre des humains !

J'ai loué une chambre, je me suis enfermé et, jusqu'à trois heures du matin, j'ai compté mon argent. Le matin, au réveil, je n'étais plus un laquais. J'ai décidé de partir à Hombourg le jour même ; là, je n'avais pas servi comme laquais, je n'avais pas fait de prison. Une demi-heure avant mon train, je suis juste allé jouer deux tours, pas plus, et j'ai perdu mille cinq cents florins. Mais je suis quand même reparti à Hombourg, et voici un mois que je suis là.

Je vis, bien sûr, dans une angoisse permanente, je joue le plus petit jeu, j'attends je ne sais quoi, je calcule, je reste des jours entiers devant la table, j'observe le jeu, je vois le jeu même dans mes rêves, et j'ai pourtant l'impression d'être comme encroûté, comme englué dans une espèce de vase. Je conclus cela d'après les impressions de ma rencontre avec Mr. Astley. Nous ne nous étions plus revus depuis, et nous nous sommes retrouvés par hasard ; voici comment. Je traversais le jardin, je calculais que j'étais presque sans le sou, mais que j'avais quand même cinquante gouldens ; en plus, à l'hôtel, où j'occupais un cagibi, j'avais complètement réglé deux jours auparavant. Ainsi me restait-il la possibilité d'aller une seule fois, maintenant, à la roulette

– si je gagnais, ne serait-ce qu'un petit peu, je pouvais jouer encore ; si je perdais, il fallait que je retrouve une place de domestique, au cas où je n'aurais pas trouvé de Russes qui m'embauchent comme précepteur. Plongé dans mes pensées, je suis parti pour ma promenade habituelle, à travers le parc et la forêt, jusqu'à la principauté voisine. De temps en temps, je marchais ainsi parfois presque quatre heures de suite, après quoi je rentrais à Hombourg fourbu et affamé. Je venais de sortir du jardin pour entrer dans le parc quand je découvris Mr. Astley assis sur un banc. Il m'avait remarqué le premier, il m'appela. Je m'assis près de lui. Je remarquai en lui une certaine gravité, qui me fit modérer ma joie ; ç'avait été une joie terrible de le revoir.

— Ainsi, vous êtes là ! Je pensais bien que je vous rencontrerais, me dit-il. Ne vous donnez pas la peine de raconter ; je sais, je sais tout ; je connais toute votre vie depuis un an et huit mois.

— Bah ! c'est donc ainsi que vous veillez sur vos vieux amis ! lui répondis-je. Cela vous fait honneur, de ne pas oublier… Mais, dites, vous m'y faites penser – ce n'est pas vous qui m'avez racheté de la prison de Roulettenbourg où j'étais enfermé pour une dette de deux cents gouldens ? J'ai été racheté par un inconnu.

— Non, oh non ; je ne vous ai pas racheté de la prison de Roulettenbourg où vous étiez détenu pour une dette de deux cents gouldens ; mais je savais que vous étiez en prison pour dette, et pour une dette de deux cents gouldens.

— Donc, quand même, vous savez qui m'a racheté ?

— Oh non, je ne peux pas dire que je sache qui vous a racheté.

— C'est bizarre ; parmi les Russes, personne ne me connaît ici, et puis, je doute que les Russes aient fait quoi que ce soit ; c'est chez nous, en Russie, qu'on peut se racheter entre croyants. Moi, je me disais que c'était une espèce d'Anglais, juste par bizarrerie.

Mr. Astley m'écoutait avec un certain étonnement. Je crois qu'il pensait me retrouver accablé, abattu.

— Je suis très heureux de voir que vous avez conservé toute votre indépendance d'esprit, et même votre gaieté, prononça-t-il d'un ton assez désagréable.

— C'est-à-dire qu'au fond de vous-même, vous grincez des dents de ne pas me voir écrasé et humilié, lui répondis-je en riant.

Il mit du temps à comprendre, mais il comprit, et il sourit.

— Vos remarques me plaisent. Je reconnais dans vos paroles mon ami de jadis, un homme intelligent, mûr, enthousiaste, et, en même temps, cynique ; seuls les Russes peuvent réunir en eux, dans le même moment, autant de contradictions. C'est vrai, on aime voir son meilleur ami humilié devant soi ; l'humiliation est à la base de la majeure partie de l'amitié ; c'est là une vérité très vieille, que tous les hommes intelligents connaissent. Mais, dans le cas présent, je vous l'assure, je suis sincèrement heureux de voir que vous ne perdez pas courage. Dites-moi, vous n'avez pas l'intention d'abandonner le jeu ?

— Oh, je m'en fiche ! Mais je l'abandonne, dès que…

— Dès que vous vous serez refait, maintenant ? C'est bien ce que je pensais ; n'en dites pas plus long, je le sais, vous l'avez dit sans le vouloir, donc vous avez dit la vérité. Et en dehors du jeu, vous ne faites rien ?

— Non, rien.

Il me fit passer un examen. Je ne savais rien, je n'avais presque pas ouvert les journaux et, de tout ce temps-là, je n'avais positivement pas lu un livre.

— Vous vous êtes encroûté, remarqua-t-il, non seulement vous avez renoncé à la vie, à vos intérêts personnels et publics, à votre devoir d'homme et de citoyen, à vos amis (et vous en avez eu, jadis), non seulement vous avez renoncé à tout autre but que celui de gagner, vous avez même renoncé à vos souvenirs ; je me souviens de vous dans une minute brûlante et forte de votre vie ; mais je suis sûr que vous avez oublié vos plus belles impressions de ce moment ; vos rêves, vos rêves d'aujourd'hui, vos désirs les plus profonds ne vont pas plus loin que *pair et impair, rouge, noir,* les douze du milieu, etc., etc., j'en suis persuadé !

— Assez, mister Astley, je vous en prie, je vous en prie, ne me le rappelez pas ! m'écriai-je avec dépit, pour ne pas dire avec rage, sachez que je n'ai rien oublié du tout ; j'ai juste chassé tout cela de ma tête pour un temps, même mes souvenirs – jusqu'au moment où j'aurais réparé ma position d'une façon radicale ; alors… alors, vous verrez bien, je ressusciterai d'entre les morts !

— Vous serez encore ici dans dix ans, dit-il. Je vous propose un pari, je vous le rappellerai, si je suis toujours vivant, là, sur ce même banc.

— Oh, assez, l'interrompis-je d'une voix impatiente, et, pour vous démontrer que je n'ai rien oublié du passé, permettez-moi de vous le demander : où se trouve maintenant miss Polina ? Si ce n'est pas vous qui m'avez racheté, ce doit être elle, sans doute. Je n'ai eu aucune nouvelle depuis ce moment-là.

— Non, oh non ! Je ne crois pas que ce soit elle qui vous ait racheté. En ce moment, elle est en Suisse, et vous me ferez un grand plaisir si vous cessez de m'interroger sur miss Polina, dit-il d'une voix ferme, et même coléreuse.

— Cela veut dire que, vous aussi, elle vous a bien blessé ! lui répondis-je, en éclatant de rire malgré moi.

— Miss Polina est la meilleure des créatures de toutes les créatures les plus dignes de respect mais, je vous le répète, vous me ferez un grand plaisir si vous cessez de m'interroger sur elle. Vous ne l'avez jamais connue, et je considère son nom dans votre bouche comme une offense à mon sens moral.

— Houlà ! N'empêche que vous avez tort ; et puis, de quoi pourrais-je vous parler, sinon de cela, réfléchissez ? C'est bien de cela qu'ils sont faits, nos souvenirs. Ne craignez rien, du reste, je ne veux rien savoir de vos affaires intérieures, de vos secrets... Tout ce qui m'intéresse, pour ainsi dire, c'est la situation extérieure de miss Polina, disons sa position visible. Cela, il vous suffit de deux mots pour le dire.

— Si vous voulez, mais pour en finir sur ces deux mots. Miss Polina a longtemps été malade ; elle est encore malade à l'heure qu'il est ; elle a vécu un certain temps avec ma mère et ma sœur, au nord de l'Angleterre. Il y a six mois, sa grand-mère – vous vous souvenez, cette vieille folle – est décédée et lui a laissé, à elle personnellement, sept mille livres de rente. A l'heure qu'il est, miss Polina voyage avec la famille de ma sœur, qui vient de se marier. Son petit frère et sa petite sœur ont, eux aussi, été dotés par le testament de la grand-mère, ils vont à l'école à Londres. Le général, son beau-père, est mort il y a un mois, à Paris, d'une apoplexie. *Mlle Blanche* l'a bien traité, mais tout ce qu'il a reçu de la grand-mère, elle a eu le temps de le faire passer à son nom... Voilà tout, me semble-t-il.

— Et des Grieux ? Lui aussi, il voyage en Suisse ?

— Non, des Grieux ne voyage pas en Suisse, et je ne sais pas où se trouve des Grieux ; en outre, je vous préviens une fois pour toutes d'éviter ce genre de rapprochements et d'allusions infamantes, sans quoi vous ne manquerez pas d'avoir affaire à moi.

— Comment ? Malgré nos vieilles relations amicales ?

— Oui, malgré nos vieilles relations amicales.

— Je vous demande mille fois pardon, mister Astley. Mais permettez, quand même ; je ne vois rien là d'humiliant ou d'infamant ; car je n'ai rien à reprocher à miss Polina. En plus, un Français et une demoiselle russe, d'une façon générale, c'est le genre de rapprochement, mister Astley, que ni vous ni moi ne pouvons résoudre ou comprendre d'une façon définitive.

— Si vous ne prononcez pas le nom de des Grieux avec cet autre nom, je vous demanderai de m'expliquer ce que vous entendez par l'expression : "un Français et une demoiselle russe" ? Qu'est-ce que c'est que ce "rapprochement" ? Pourquoi justement un Français et une demoiselle russe ?

— Vous voyez, ça vous intéresse, vous aussi. Mais c'est une longue histoire, mister Astley. Il y a beaucoup de choses à connaître d'abord. Du reste, c'est une grave question – même si elle semble comique à première vue. Le Français, mister Astley, est une forme achevée, une belle forme. Vous, en tant que Britannique, vous pouvez ne pas être d'accord avec ce que je dis là ; moi aussi, en tant que Russe, je peux ne pas être d'accord – eh bien, ne serait-ce que par jalousie ; mais nos demoiselles peuvent être d'un avis différent. Vous pouvez dire que Racine est tarabiscoté, maniéré, parfumé ; vous allez même, sans doute, refuser de le lire. Moi aussi, je le trouve tarabiscoté, maniéré, parfumé, et même, d'un certain point de vue, ridicule ; mais il est beau, mister Astley, et, surtout, c'est un grand poète, que nous le voulions ou non, vous et moi. La forme nationale du Français, c'est-à-dire du Parisien, a commencé à être l'élégance quand nous étions encore des ours. La révolution a hérité de la noblesse. Aujourd'hui, le Français le plus vulgaire peut avoir des manières, des façons, des expressions et même des pensées de la forme la plus élégante, sans être partie prenante dans cette forme ni de sa propre initiative, ni par l'esprit, ni par le cœur ; tout ça n'est rien qu'un héritage ; eux-mêmes, ils peuvent être les hommes les plus vides, les plus vils qui soient. Eh bien, mon cher mister Astley, je vous apprendrai maintenant qu'il n'y a pas de créature au monde plus confiante et plus sincère qu'une demoiselle russe bonne, pas bête et pas trop maniérée. Un des Grieux, se présentant en jouant un rôle, se présentant masqué, peut conquérir son cœur avec une facilité invraisemblable ; il possède l'élégance de la forme, mister Astley, et notre demoiselle peut prendre cette forme pour le fond de son âme, pour la forme naturelle de son âme et de son cœur, et non pour son habit dont il a hérité. Pour votre plus grand déplaisir, je dois vous confesser que les Anglais sont, pour la plupart, des lourdauds, des gens dénués d'élégance, et que les Russes, qui savent avec assez de précision reconnaître la beauté, en sont très entichés. Or, pour distinguer une âme belle et une personnalité originale, il faut une liberté et une indépendance infiniment plus grandes que celles que possèdent nos femmes, à plus forte raison nos demoiselles, et, en tout cas, beaucoup plus d'expérience. Miss Polina, quant à elle – excusez-moi, mais ce qui est dit est dit – doit prendre beaucoup, beaucoup de temps pour vous préférer à cette canaille de des Grieux. Elle peut vous apprécier, elle peut vous offrir son amitié ; elle vous ouvrira même son cœur ;

mais, dans ce cœur, celui qui restera le maître, ce sera toujours ce salaud que vous haïssez, cet usurier à la petite semaine qu'est des Grieux. Cela ne changera pas, pour ainsi dire, rien que par vanité, par entêtement, parce que ce même des Grieux lui est apparu un beau jour avec l'auréole d'un élégant marquis, d'un libéral désenchanté et, soi-disant, ruiné, qui venait en aide à sa famille et à ce pauvre niais de général. Ses manigances se sont découvertes plus tard. Mais ce n'est pas grave, si elles se sont découvertes , donnez-lui aujourd'hui le des Grieux d'hier – voilà ce qu'elle veut ! Et plus elle haïra le des Grieux d'aujourd'hui, plus elle regrettera celui d'hier, même si ce des Grieux d'hier n'a jamais existé que dans son imagination. Vous êtes dans le sucre, mister Astley ?

— Oui, je participe à la célèbre compagnie sucrière de l'usine Lowell and Cie.

— Eh bien, vous voyez, mister Astley. D'un côté, le sucre, de l'autre, l'Apollon du Belvédère ; quelque chose d'incompatible. Et moi, je ne suis même pas dans le sucre ; je ne suis qu'un petit joueur à la roulette, j'ai même servi comme domestique, ce que miss Polina doit certainement déjà savoir, car je crois bien qu'elle a une bonne police.

— Vous êtes aigri, voilà pourquoi vous dites ces sottises, dit froidement Mr. Astley, après une seconde de réflexion. De plus, il n'y a rien d'original dans ce que vous dites.

— Je suis d'accord, mais l'horreur est bien là, mon honorable ami – toutes mes accusations, elles sont peut-être vieillies, elles sont vulgaires, vaudevillesques, mais elles sont vraies ! Et nous n'avons quand même rien gagné, ni vous ni moi !

— Vous dites des abominations et des sottises... parce que... parce que... sachez-le donc ! prononça

Mr. Astley d'une voix tremblante, les yeux brillants, sachez-le donc, homme sans honneur, indigne, mesquin et malheureux, sachez que je suis venu à Hombourg sur sa demande expresse, pour vous revoir, pour vous parler longuement, à cœur ouvert, et lui transmettre tout – vos sentiments, vos pensées, vos espoirs… et vos souvenirs !

— Vraiment ?… Vraiment ?. . m'écriai-je, et des torrents de larmes jaillirent de mes yeux. Je ne pouvais pas les retenir, et c'était, je crois bien, la première fois de ma vie.

— Oui, malheureux que vous êtes, elle vous aimait, et je peux vous le dire maintenant, parce que vous êtes un homme perdu ! Bien plus, je vous dirai même qu'elle vous aime toujours – mais vous, vous resterez ici, n'importe comment. Oui, vous vous êtes perdu vous-même. Vous possédiez quelques capacités, une personnalité, vous n'étiez pas mauvais ; vous pouviez même vous rendre utile à votre patrie, qui a tellement besoin d'hommes, mais non – vous resterez ici, et votre vie est perdue. Je ne vous accuse pas. De mon point de vue, tous les Russes sont comme vous, ou ont tendance à l'être. Si ce n'est pas la roulette, c'est autre chose, qui lui ressemble. Les exceptions sont trop rares. Vous n'êtes pas le premier à ne pas comprendre ce que c'est que le travail (je ne parle pas de votre peuple). La roulette, c'est le jeu russe par excellence. Jusqu'à présent, vous êtes resté honnête, vous avez préféré servir comme domestique plutôt que voler… Mais je tremble de penser à ce qu'il peut en être à l'avenir. Assez, adieu ! Vous avez besoin d'argent, à l'évidence. Tenez, voilà dix louis d'or, je ne vous donnerai pas plus, vous perdrez tout de toute façon. Prenez, et adieu ! Mais prenez donc !

— Non, mister Astley, après tout ce que vous venez de dire…

— Pre-nez ! s'écria-t-il. Je suis sûr que vous êtes encore un homme honnête, et je vous les donne comme un ami peut les donner à son ami sincère. Si je pouvais être sûr que vous laisserez le jeu, Hombourg, et que vous rentrerez dans votre patrie aujourd'hui même, je serais prêt à vous donner, là, maintenant, un millier de livres pour que vous commenciez une nouvelle carrière. Mais je ne vous les donne pas, ces mille livres, je ne vous donne que dix louis d'or, car mille livres ou dix louis, en cet instant, pour vous, c'est la même chose ; de toute façon, vous perdrez tout. Prenez, et adieu.

— Je les prendrai si vous me permettez de vous embrasser.

— Oh, cela, avec plaisir.

Nous nous embrassâmes du fond du cœur, et Mr. Astley repartit.

Non, il n'a pas raison ! Si j'ai été brutal et bête sur Polina et des Grieux, lui, il a été brutal et hâtif sur les Russes. De moi, je ne dis rien. Du reste… du reste, tout ça, ce n'est pas ça, pour l'instant. Oui, c'est des mots, des mots, rien que des mots – ce qu'il faut, c'est des actes ! Ici, aujourd'hui, l'essentiel, c'est la Suisse ! Dès demain, oh si je pouvais partir demain !… Pour renaître à nouveau, ressusciter. Il faut que je leur prouve… Qu'elle sache, Polina, que je peux encore redevenir un homme. Il suffit seulement… Aujourd'hui, pourtant, c'est trop tard, mais – demain… Oh, j'ai un pressentiment, ça doit se passer ainsi ! En ce moment, je possède quinze louis d'or, et j'avais commencé même avec quinze gouldens ! Si je commence en faisant attention… et vraiment, non mais, est-ce que, vraiment, je suis un si petit gosse ? Est-ce que, vraiment, je ne comprends pas que je suis l'homme le plus perdu qui soit ? Mais – pourquoi donc ne puis-je pas ressusciter ? Bien sûr ! Il me suffit, juste une fois dans ma vie, d'être raisonnable, d'être patient et – le tour est joué ! Il me suffit, juste une seule fois, d'avoir du caractère et, en une heure, je peux changer tout mon destin ! L'essentiel – c'est le caractère. Quand je me souviens, seulement, de ce qui m'est arrivé il y a sept mois à Roulettenbourg, avant de perdre définitivement. Oui, c'était un cas étonnant de fermeté ; j'avais tout perdu, tout... Je sors du casino, je regarde – dans la poche de mon gilet, il me reste encore un goulden. "Tiens, mon dîner !" me suis-je dit ; mais je n'avais pas fait cent pas, j'avais changé d'avis, et je repartais au casino. J'ai misé ce goulden sur *manque* (cette fois-là, c'était sur le *manque*), et, oui, il y a quelque chose d'unique dans cette sensation, quand on est seul, à l'étranger, loin de sa patrie, de ses amis, qu'on ne sait pas ce qu'on va manger le soir, et qu'on mise son dernier goulden, oui – le dernier, le tout dernier ! J'ai gagné et, vingt minutes plus tard, je sortais du casino avec cent soixante-dix gouldens en poche. Ça, c'est un fait, mes bons messieurs ! Voilà ce que ça peut signifier, parfois, le dernier goulden ! Que serait-il arrivé si je m'étais laissé abattre sur le coup, si je n'avais pas osé ?...

Demain, demain, tout sera fini !

NOTE DU TRADUCTEUR

Un auteur étranger est la somme de toutes ses traductions, passées, présentes et à venir. Nulle traduction prise en elle-même ne peut prétendre détenir une quelconque vérité de l'œuvre, à plus forte raison s'agissant d'une œuvre de l'ampleur de celle de Dostoïevski : chacune d'elles ne peut se flatter que d'une chose – participer, par un mouvement dialectique de prise en compte et de contestation, à une connaissance plus large, plus stéréoscopique de cette œuvre.

A quelques exceptions près, les dernières traductions de Dostoïevski datent d'il y a une trentaine d'années : c'est la durée de vie moyenne d'une traduction. Les premiers traducteurs, ceux de 1881, avaient nécessairement d'autres références, une autre langue que ceux des années 1940-1950, et les références de ces derniers ont, à leur tour, cessé d'être actuelles. Ce sont, chaque fois, des expériences qui s'ajoutent, des lectures parallèles qui permettent des approches différentes d'un texte apparemment invariable.

Plus encore, des traducteurs aussi éminents que Pierre Pascal, Boris de Schlœzer, Constantin Andronikof ou Sylvie Luneau ne pouvaient disposer d'un instrument de travail comme l'édition en trente volumes des Œuvres complètes menée à bien par l'Académie des sciences de l'URSS sous la direction de Guéorgui Mikhaïlovitch Fridlender, édition dont le dernier tome vient d'être mis en vente à la fin 1990. Guéorgui Fridlender et son équipe ne se contentent pas d'établir chaque texte, de lui donner un appareil critique avec des notes détaillées et des introductions historiques et textologiques, ils en présentent toutes les variantes, tous les états préparatoires.

Cette nouvelle version du Joueur part de trois a priori *sur la nature de l'œuvre : son oralité, sa maladresse recherchée et sa structure poétique. Dostoïevski compose moins des romans écrits que des poèmes proférés.*

Une position fondamentale de Dostoïevski est que le Joueur, *œuvre non pas écrite, mais dictée, n'est pas de la "littérature", pas un "roman" : il est la confession d'un "jeune homme", une confession directe, racontée sans intermédiaire.*

Je me suis fixé un impératif : qu'on sente à chaque phrase la parole vivante, presque toujours familière, parfois vulgaire (dans certaines réflexions du joueur, dans ce que dit la grand-mère), mais aussi dans l'analyse des sentiments. Cela signifiait accepter des phrases inachevées, incohérentes, sachant que, là encore, l'idée est de Dostoïevski ("seuls les Russes peuvent contenir en eux-mêmes tant de contradictions", dit Mr. Astley) et qu'elle est capitale car ces cassures, ces sauts logiques définissent la structure même du livre.

L'essentiel m'a semblé de montrer qu'il n'existait pas dans le Joueur *de narration neutre – disons, de point de vue exprimé par l'auteur.*

L'oralité est à la source de l'entreprise de Dostoïevski. Chacun de ses textes est bâti pour, et par,

une voix. *Dès 1846-1847, il avait entrepris une grande fresque, qu'il appelait* Carnets d'un inconnu, *basant
chaque "carnet" – chaque récit, souvent donné sous
forme de monologue (ainsi,* Netotchka Nezvanova, *le*
Joueur, *les* Carnets du sous-sol, *et bien d'autres) –
moins sur une intrigue que sur une intonation,
moins sur les faits rapportés que sur la sensation
laissée par ces faits dans l'âme, donc dans la langue,
de tel ou tel personnage. C'est cette intonation qui
crée l'atmosphère, qui justifie le réseau profond des
métaphores. Il s'agit moins, apparaît-il, de romans
"dickensiens" que de traités des passions – et, à cet
égard, la référence à Racine, à la fin du* Joueur, *semble
un signe paradoxal mais important.*

Une des lignes de force du Joueur *(comme d'une
série d'autres textes, ainsi les* Notes d'hiver sur des
impressions d'été, *1863) est le "rapprochement", c'est-
à-dire l'opposition de la France et de la Russie. La
France, pays de Racine et de la beauté reçue en héritage, devenue creuse, involontaire, et la Russie, pays
désordonné, absurde, invraisemblable, "lourdaud"
– réellement humain. L'opposition du mouvement,
du devenir, ne fût-ce que potentiel ("vous aviez des
capacités, dit Mr. Astley à Alexeï Ivanovitch), à la
beauté "élégante" du marbre, à l'immobilité et au
mensonge. Dès lors, la langue du* Joueur *mime ce
monde de passion.*

*De là, sans doute, la maladresse extrême, et
maintes fois soulignée (par le joueur, au début et à la
fin du roman, avec une symétrie parfaite, sur ce
qu'il entend par l'élégance de la forme), de bien des
phrases, les lourdeurs, les répétitions, parfois réellement insupportables, et qu'on supporte pourtant, en
russe, parce qu'elles sont portées par une tension qui*

ne faiblit pas. *Combien de fois, par exemple, Alexeï Ivanovitch répète-t-il des mots comme "soudain", "brusquement", des verbes comme "crier", "s'écrier" ? Combien de fois le mot "grand-mère" revient-il dans une même phrase alors qu'il ne coûterait rien de le remplacer de temps en temps par un simple pronom personnel ? Une difficulté accessoire paraît : comment distinguer les maladresses voulues par l'auteur de celles oubliées par son traducteur ? Telle phrase, construite en dépit du bon sens, où l'ordre des arguments est réellement absurde, où la syntaxe la plus élémentaire est mise à mal, est-elle acceptable pour un lecteur qui ne connaît pas la langue russe ?*

Les traducteurs de Dostoïevski ont toujours "amélioré" son texte, ont toujours voulu le ramener vers une norme française. – C'était, je crois, un contresens, peut-être indispensable dans un premier temps pour faire accepter un auteur, mais inutile aujourd'hui, s'agissant d'un écrivain qui fait de la haine de "l'élégance" une doctrine de renaissance du peuple russe.

La répétition dans le Joueur *cesse de désigner la maladresse, l'oralité, le calque d'une réalité supposée. Elle est le signe de l'obsession et signifie l'unité profonde du texte. Cette unité réside (c'est du moins ce que j'ai voulu traduire) dans la répétition d'un mot et surtout d'un motif qui se développe et s'enrichit à travers tout le livre, celui du zéro – le mot lui-même est en français dans le texte.*

Misant sur le zéro, on gagne trente-cinq fois la mise, on se ruine, on devient un roi, on redevient un zéro. Mais le zéro est l'image du cercle – l'image de la roulette, l'image, aussi, des roues de ce fauteuil roulant de la grand-mère, c'est l'image de la bille, l'image de son mouvement quand elle tourne dans la roulette – de là aussi, les différentes formes de tourbillons, de tournoiements qu'on retrouve dans le texte russe (tout ce jeu sur les mots "kroug", le cercle et "vikhr", le tourbillon, et leurs innombrables composés), l'image centrale du vortex (le mot russe, krougovorot, désignant littéralement un tour de roue et, par exemple, le cycle des planètes), d'un tourbillon creux, qui emporte l'ensemble et représente la forme même des romans dostoïevskiens. "Je tournoierai, je tournoierai, je tournoierai…" dit Alexeï Ivanovitch. De là aussi, paradoxalement, la tête qui "tourne", le "tournis" qui fait s'évanouir les personnages ou qui les fait se perdre devant l'argent.

Cette façon de prendre le mot au pied de la lettre et de le décliner, de mettre au même niveau de symbolisme des réalités fortuites, cette façon, en clair, de se laisser porter par la langue n'est pas un des aspects les moins troublants, les moins contemporains, peut-être d'un roman qui reprend l'héritage de tout le romantisme russe (La Dame de pique de Pouchkine, Le Bal masqué de Lermontov, Les Joueurs de Gogol) et ouvre sur les achèvements majeurs de Dostoïevski.

ANDRÉ MARKOWICZ

LECTURE

D'UNE PASSION L'AUTRE

*S'il pouvait seulement s'ôter de l'esprit
ce malheureux espoir de gagner* [1]

ANNA GRIGORIEVNA DOSTOÏEVSKI
Journal, 23 mai 186₇

Pour tous ceux que les grands romans de Dostoïevski, si touffus, si démesurés, effraient ou écrasent quelque peu – et sans doute sont-ils, parmi les lecteurs français, plus nombreux qu'on ne le croit ou qu'on n'ose l'avouer –, *le Joueur* offre, en une forme ramassée, un accès particulièrement saisissant à l'univers du grand écrivain. Non que tous les thèmes dostoïevskiens y figurent (rien, ou presque rien, sur la culpabilité, sur l'existence de Dieu, sur la grandeur des humbles...), mais en ceci que l'humanité s'y dévoile comme elle est, ou comme Dostoïevski la voit : obscure, confuse, soumise à des forces qui l'écrasent, pleine de désirs fous et d'aspirations incontrôlées, incapable de raison ou de sagesse, perdue, en un mot, et tout juste assez bonne – sauf innocence ou grâce – pour garder, dou- loureuses comme une plaie, la nostalgie d'un bonheur ou l'espérance d'un salut.

C'est un roman sur la passion. Sur les passions. Elles se ressemblent toutes, et peut-être n'en font qu'une.
La trame du récit, fort simple, peut se résumer en quelques lignes : un jeune homme (ou un homme jeune : il a vingt-cinq ans), follement épris d'une jeune fille, joue, d'abord pour elle puis pour son propre compte, à

la roulette. Ce faisant, il se découvre joueur, tout aussi follement qu'il avait été amoureux. Cette seconde passion, sans supprimer tout à fait la première, s'y mêle puis, peu à peu, la fait passer au second plan. A la fin du récit, notre jeune homme se retrouve, comme c'était prévisible, seul et misérable : il a tout perdu. Mais c'est le jeu surtout qui le taraude, qui le tient, et qu'il voit, avoue-t-il, jusque dans ses rêves.

On sait que Dostoïevski était joueur, et cela (qui fit de sa vie, pendant près de dix ans, un cauchemar) donne sans doute à ce roman quelque chose de son intensité tragique. Autobiographie ? Au moins pour une part, mais cela n'explique pas tout. De même, il est vraisemblable que l'histoire d'amour ici racontée n'est pas sans rapports avec ce que Dostoïevski put vivre, par exemple avec cette autre Polina (Pauline Souslova, et non pas, comme dans le roman, Alexandrovna) dont il fut l'amant et le compagnon de voyage. Aucun romancier n'échappe à ce qu'il est, à ce qu'il a vécu, et Dostoïevski moins que quiconque. Alexeï Ivanovitch, c'est lui. Mais là n'est pas pourtant l'essentiel. Dostoïevski aurait pu transposer, et sans doute le fait-il aussi. Toute passion est bonne aux passionnés. C'est d'ailleurs pourquoi ce roman peut fasciner quelqu'un qui n'a jamais été joueur, ou même, si la chose était possible, qui n'a jamais été amoureux... L'important est d'avoir vécu une passion, quelle qu'elle soit. Et comment autrement aurait-on vécu ? La sagesse, si même elle est possible, n'est pas donnée d'abord. Alexeï Ivanovitch, c'est nous.

Mais qu'est-ce qu'une passion ? C'est un désir qui dépasse ou annihile tous les autres, au point que le sujet passionné est incapable de lui résister. Telle est la passion amoureuse : "Partout, je ne vois que vous, explique le

narrateur à Polina, le reste m'est indifférent*." La passion obnubile, fascine, aveugle. Elle ne voit que son
objet, ou plutôt ne voit qu'elle, et c'est en quoi elle est
égoïste, toujours. "Ce n'est pas son sort qui me préoccupe, reconnaît Alexeï. Ce que je veux, c'est pénétrer
dans ses secrets ; je veux qu'elle vienne me voir et
qu'elle me dise : «Je t'aime, tu sais»…" Egocentrisme
de la passion. On n'aime passionnément que soi, ou
pour soi. L'objet n'a pas du tout d'importance. "Pourquoi et comment je vous aime – je n'en sais rien. Vous
savez que, peut-être, vous n'êtes pas belle du tout ?
Figurez-vous que je ne sais même pas si vous êtes belle,
même de visage. Votre cœur, je parie, il ne doit pas être
très beau ; votre esprit – pas très honnête ; oui, oui,
c'est bien possible." Mais qu'importe ? La passion n'a
pas besoin d'être justifiée, expliquée, argumentée. Elle
se moque des raisons, des causes. Elle est là ou elle n'y
est pas, voilà tout : c'est une folie, et il serait fou de
vouloir la raisonner. "Je suis fou, tout simplement…
Quand je remonte chez moi, dans mon cagibi, il me
suffit de me souvenir, d'imaginer ne serait-ce que le
bruit de votre robe, et je me mordrais les bras jusqu'au
sang." Que peut la logique contre le bruit d'une robe ?
Et que peut aussi bien la morale, le respect de soi ou
d'autrui ? La passion dévore qui la ressent, mais c'est
faute de mieux : "Vous savez que je vous tuerai, un
jour ? Et je ne vous tuerai pas parce que je ne vous
aimerai plus, ou que je serai jaloux – non, je vous tuerai comme ça, parce que, des fois, j'ai une envie terrible de vous manger." C'est pourquoi elle est si proche
de la haine : "Je me posais donc, une fois encore, la

* Sauf indication contraire, toutes nos citations sont extraites du
roman qu'on vient de lire.

même question : est-ce que je l'aimais ? Et, encore une fois, je ne savais que répondre, ou plutôt, pour la centième fois, je me répondis que je la haïssais. Oui, je la haïssais. Il y avait des minutes (et plus précisément à la fin de chacune de nos conversations) où j'aurais bien donné mon âme pour lui tordre le cou. Je le jure, s'il avait été possible de lui enfoncer lentement dans la poitrine un couteau bien pointu, je l'aurais fait, je crois, avec délice. Et pourtant, je le jure sur tous les saints, si, au sommet de cette aiguille à la mode, le Schlangenberg, elle m'avait vraiment dit : «Jetez-vous dans le vide», je l'aurais fait tout de suite, et même avec délice." L'ambivalence, comme on dit aujourd'hui, est essentielle à toute passion. Comment ne pas haïr ce qui nous dévore ? Comment ne pas vouloir dévorer ce que l'on aime ? Comment ne pas aimer ce qu'on voudrait dévorer ? "L'homme, par nature, est un despote, il aime être un bourreau." Pour soi, pour l'autre. De là ce mixte insondable d'amour et de haine, de plaisir et de douleur, de maîtrise et d'humiliation, dont Dostoïevski – et comme homme sans doute autant que comme écrivain – a si fortement senti l'obscène et fascinante tentation. "Oui, il existe une jouissance dans le dernier degré de l'humiliation, de l'anéantissement ! Je n'en sais rien, peut-être, il y en a une aussi dans le fouet, quand il vous claque sur le dos, qu'il vous déchire les chairs…" Sado-masochisme ? Si l'on veut, mais l'erreur serait de n'y voir qu'une perversion comme une autre, parmi d'autres – un accident du destin ou de l'inconscient. Dostoïevski, aussi près de La Rochefoucauld que de Freud (sont-ils d'ailleurs l'un de l'autre si éloignés ?) y voit plutôt une structure essentielle de l'individu, même sain, et qui se manifeste dans le tout de son existence, dans l'amitié par exemple autant que dans la vie amoureuse ou sexuelle : "C'est vrai, on aime voir son meilleur ami humilié devant soi ; l'humiliation est à la base de la majeure partie de l'amitié ; c'est là une vérité très vieille, que tous les hommes intelligents connaissent."

Tout cela choquera, lassera, agacera… Ou bien, et c'est le plus probable peut-être, on n'y fera pas attention. Depuis le temps que les grands auteurs disent la vérité sur l'amour, si on voulait l'entendre, ce serait fait depuis longtemps. Mais on ne veut pas. On ne peut pas. Trop d'enjeux ici, trop de souffrances. Nous n'aimons que nous, ou l'autre seulement pour qu'il nous aime. Mais comment le pourrait-il, puisqu'il n'aime que lui, et nous seulement pour que nous l'aimions ? Labyrinthes du narcissisme, dont la passion n'est que l'extrême survolté. Comment se fait-il que nous aimions tellement nos enfants, et si peu ceux des autres ? C'est que nous nous aimons à travers eux – et comment pourraient-ils s'en contenter ? Trop aimés, mal aimés : c'est notre lot à tous, dans la famille comme dans le couple (tant que l'amour y dure), et c'est la vérité de la passion. L'amour est une souffrance, une catastrophe, comme dit un des personnages du *Joueur*, une folie comme dit un autre, et nous ne cessons pourtant d'en rêver, de le poursuivre, de nous y enfermer, de nous y perdre… L'amour ? Du moins cet amour-là : l'amour passion, passif, passionnel, passionnant… C'est avec lui qu'on fait les romans, bons ou mauvais, et comment ne pas voir que les mauvais le célèbrent et que les bons le démasquent ? Toute passion est atroce, voilà ce qu'enseigne Dostoïevski. Mais il serait plus atroce encore, pour presque tous, de renoncer à la passion. Nous n'aimons que l'amour, et nous ne savons pas aimer. Notre vie est vouée à l'échec : il n'y a pas d'amour heureux.

Nous ne savons renoncer, pourtant, ni au bonheur ni à l'amour. De là ce goût, en chacun, pour les *happy end*. Ce n'est pas le cas ici. Même se sachant finalement aimé, le héros se sait aussi vaincu, défait. L'amour échoue, même quand il est partagé. Mais s'il n'y avait que cela, dans ce roman, que ce constat d'échec, ou même s'il était énoncé directement, pourrait-on le lire jusqu'au bout ? "Quel pessimiste, ce Dostoïevski !", dirait l'un. "Quel malade !", dirait l'autre. Le troisième refermerait le livre, et penserait à autre chose…

Mais il se trouve que cette vérité insupportable, s'agissant de l'amour (parce que les enjeux y sont trop grands, trop douloureux, trop profondément ancrés, et depuis trop longtemps, en chacun de nous : il s'agit de nous-mêmes, de notre vie, de notre défaite la plus intime, la plus ancienne, la plus douloureuse), la roulette la rend tout à la fois plus lisible et plus acceptable. D'abord parce que tout le monde n'est pas joueur, ou ne l'est pas passionnément. Le tiercé, c'est une chose. Mais qui risquerait son salaire à trente-six contre un ? La passion du joueur, tellement spectaculaire, tellement irrépressible (Dostoïevski jura vingt fois à sa seconde femme, la douce Anna Grigorievna, qu'il ne jouerait plus, et vingt fois il se maudit d'avoir trahi son serment…), a quelque chose, pour ceux qui ne la partagent pas, d'inconcevable. Il veut s'enrichir, et le voilà qui fait tout pour se ruiner… Cet aveuglement étonne. Comment peut-on faire son malheur avec tant de bêtise et d'obstination ? Un Martien en penserait autant de nos histoires d'amour, et c'est à quoi d'abord sert la roulette. Elle fait de nous des Martiens (disons : des lecteurs lucides !) penchés sur une passion que nous ne ressentons pas, ou guère. C'est le point de vue de Sirius, ou d'Usbek. Comment peut-on être joueur ? Mais il y a davantage. Le jeu, parce qu'il est une situation artificielle, fait paraître l'artifice de toute passion. Non, certes, que les hommes n'aiment pas l'argent. Même le narrateur, si sentimental et au fond, comme on le voit dans le livre, si désintéressé, s'avoue "possédé par le désir du gain" ; et à Polina qui s'en étonne, il explique : "Vous demandez, pourquoi de l'argent ? Comment, pourquoi ? L'argent – c'est tout !" Disons qu'il sert à tout (c'est l'équivalent universel de Marx), y compris à ceux qui ne l'aiment pas pour lui-même. "Avec de l'argent, explique notre héros à sa bien-aimée, je serai à vos yeux un autre homme." Ce n'est pas l'argent qu'il aime, mais il a besoin de l'argent pour servir son amour. Cela fait ou s'avérant impossible, l'argent cesse de l'intéresser : il gaspille une fortune en moins d'un mois, à Paris, avec cette gourde de Mlle Blanche, et celle-ci le juge avec raison si généreux, si détaché des choses d'argent et de chair, qu'elle voit en lui "un prince" ou, excusez du peu, "un vrai philosophe" ! Il y a pourtant d'authentiques cupides dans ce roman (à commencer par Mlle Blanche !) mais, précisément, ceux-là évitent de jouer, pas si bêtes, et savent amasser plus sûrement leur magot.

Ce point, quoique d'abord anecdotique, est important. "Il est difficile de s'imaginer créatures plus calculatrices, plus avares, plus retorses que celles du genre de Mlle Blanche", écrit Dostoïevski. De fait, celle-là n'est pas une sentimentale (elle se donne au plus riche sans états d'âme), et si elle finit par paraître plutôt sympathique ou brave fille, c'est par la candeur qu'elle met à poursuivre son but. Quel but ? La richesse. Mais c'est pourquoi aussi, bien qu'ayant tâté de la roulette, elle n'est pas joueuse : "Aujourd'hui, elle ne joue plus, explique Mr. Astley ; mais tous les signes concordent pour dire qu'elle a un capital qu'elle prête aux joueurs de la ville, avec les intérêts. C'est bien mieux calculé." Les vrais cupides ne jouent pas. Inversement, les vrais joueurs (le narrateur, la grand-mère...) ne sont ni avares ni, au fond, cupides. C'est ce que Mlle Blanche n'arrive pas à comprendre (et qu'elle appelle *philosophie* !), tandis que le narrateur y voit fort clair : "Oh, ce n'est pas l'argent que je veux ! Je suis sûr que je l'aurais jeté par les fenêtres avec une autre *Mlle Blanche*... Je le sais, à coup sûr – je ne suis pas un avare ; je crois même que je suis un panier percé – et cependant, comme je frissonne, comme mon cœur se fige quand j'entends le croupier s'exclamer : *trente et un, rouge, impair et passe*, ou bien : *quatre, noir, pair et manque !*" L'argent, gain ou perte, est pourtant essentiel au jeu (personne n'aimerait la roulette si l'on y jouait pour rien), et c'est ce que notre héros, à nouveau, voit fort bien : "Avec quelle avidité je regarde la table de jeu où sont éparpillés louis d'or, frédérics d'or et thalers, ces petites piles de pièces d'or quand le râteau du croupier, les renversant, en fait des petits tas brûlants, des braises chaudes, ou bien les longs rouleaux d'argent qui entourent la roue. Il suffit que j'approche de la salle de jeu, à deux salles de distance, dès que j'entends s'entrechoquer les pièces qui circulent, c'est tout juste si je n'ai pas une attaque." Comment ne pas penser au froufrou de la robe qui, quelque cent pages plus haut, le mettait également dans tous ses états ? Et pourtant il n'aimait pas les robes, et pourtant il n'aime pas l'argent... Comment expliquer cela ? Dans le texte qu'il a consacré aux *Frères Karamazov* ("Dostoïevski et le parricide", 1928), Freud, sans d'ailleurs s'intéresser à notre récit, évoque "la passion du jeu" de Dostoïevski.

Il souligne que l'appât du gain, la volonté de rembourser ses créanciers, etc., n'étaient chez lui que prétextes : "L'essentiel était le jeu en lui-même, *le jeu pour le jeu.*" C'est d'ailleurs ce que Dostoïevski reconnaît expressément, dans une lettre que cite Freud : "L'essentiel est le jeu en lui-même. Je vous jure que la cupidité n'a rien à voir là-dedans, bien que j'aie on ne peut plus besoin d'argent." Mais alors, pourquoi jouer ? Freud, de manière plus ou moins convaincante, explique que "la passion du jeu, avec les vaines luttes pour s'en détourner et les occasions qu'elle offre à l'autopunition, constitue une répétition de la compulsion d'onanisme", et que c'est pourquoi elle occupe une si grande place dans la vie de Dostoïevski : "Nous ne trouvons en effet, continue Freud, aucun cas de névrose grave [et Dostoïevski, pour Freud, est gravement névrosé] où la satisfaction auto-érotique de la prime enfance et de la puberté n'ait joué son rôle, et les relations entre les efforts pour la réprimer et l'angoisse envers le père sont bien trop connues pour qu'il soit nécessaire de faire plus que les mentionner." De même que *les Frères Karamazov* expriment le désir et le remords du parricide (on sait que le père de Dostoïevski, que celui-ci détestait, mourut assassiné, sans doute par des paysans lassés de sa cruauté), on pourrait donc dire que *le Joueur* exprimerait, de manière sublimée, les plaisirs et l'angoisse également irrépressibles de la masturbation. Peut-être. Mais comment ne pas être frappé aussi par la similitude de la passion du jeu et de la passion amoureuse ? Dans les deux cas, même fascination par un objet reconnu indifférent (une femme dont le héros ne sait pas si elle est belle, de l'argent dont il n'a que faire...), même disparition de tout le reste (le général ne pense qu'à Mlle Blanche, Mlle Blanche qu'à

l'argent, le narrateur ou la grand-mère qu'à la roulette…), même délire de l'imagination (le bonheur du
joueur, comme le des Grieux de Polina, "n'a jamais
existé que dans son imagination"), même conduite
déraisonnable (les joueurs passionnés, comme les amants
passionnés, sont voués à perdre : le narrateur est aussi
lucide là-dessus, concernant la grand-mère, que Mr. Astley l'est le concernant), mêmes raisonnements d'enfants,
même impuissance, autrement dit, de la raison…

Je m'arrête sur ce dernier point, un instant. Le narrateur est loin d'être bête, et la bêtise n'est pas non plus
ce qu'on peut reprocher à Dostoïevski. S'agissant du
jeu, pourtant, ils disent l'un et l'autre des sottises. Le
plus élémentaire calcul des probabilités (pourtant bien
connu depuis Pascal et Fermat) semble leur échapper
totalement. A la fin du roman, Alexeï Ivanovitch est
encore persuadé – ou fait-il mine de l'être ? – qu'il
suffit, pour gagner, d'être raisonnable et patient,
comme Dostoïevski lui-même croyait encore, en 1867
(*Le Joueur* date de 1866), que "quand on est raisonnable, le cœur de marbre, froid et surhumainement
prudent, alors on peut à coup sûr, sans l'ombre d'un
doute, gagner tout ce qu'on veut" (*Lettre à sa femme*,
du 18 mai 1867). Et l'un et l'autre de chercher, dans le
hasard, "une espèce d'ordre", comme dit le narrateur,
autre évidemment que celui, purement statistique mais
très rigoureux, que le hasard impose, qui fait la fortune
des casinos, comme on sait, et la misère, si souvent, et
d'autant plus qu'ils sont davantage passionnés, des
vrais joueurs…

Il y a là un phénomène spécifique d'aveuglement,
qui doit être interrogé. Le jeu n'est possible que parce
que les martingales ne le sont pas : comment un homme
intelligent put-il passer dix ans de sa vie "à rêver de

martingales infaillibles*" ? Bien avant d'en être lui-même libéré, comme joueur (il n'arrêtera de jouer qu'en 1871), Dostoïevski, comme romancier, a su lever un coin du voile : "Oui, il peut arriver que l'idée la plus délirante, l'idée la plus impossible, à première vue, se cristallise si fort dans notre tête qu'on finisse par la prendre pour quelque chose de réalisable… Bien plus : si cette idée se fond avec un désir très puissant, un désir passionné, il peut même arriver qu'on la prenne pour quelque chose de fatal, d'indispensable, de prédestiné, quelque chose qui, déjà, ne peut pas ne pas être, doit survenir absolument !" Cet "empoisonnement de notre imagination par elle-même", comme dit encore Dostoïevski, c'est aussi, et bien clairement, la formule de l'illusion, telle que Freud, soixante ans plus tard, la dégagera : Une illusion est une croyance, vraie ou fausse, qui s'impose par la force de nos désirs**. Une illusion, autrement dit, n'est pas la même chose qu'une erreur, ni forcément une erreur : la jeune bergère persuadée qu'un prince va venir la chercher pour l'épouser se fait des illusions, remarque Freud, quand bien même, pour finir, la chose se réaliserait en effet. De même le joueur, convaincu, parce qu'il le désire ardemment, qu'il va gagner ("Cela devait être, cela serait", dit le narrateur au début du roman), se fait des illusions, et ce, bien évidemment, qu'il finisse par gagner ou non : la croyance, avant le gain, n'était pas fondée sur un savoir ni même sur un ensemble raisonné d'informations mais, comme le dit notre personnage, "sur un désir très puissant". Au reste, le héros perd tout, ce qui confirme que Dostoïevski était plus lucide, en 1866, sur

* Dostoïevski, *Lettre à sa femme* du 28 avril 1871.
** *L'Avenir d'une illusion*, VI (trad. franç. PUF, 1971, p. 44-45.)

ses personnages que sur lui-même (comme ses personnages, d'ailleurs, sont ordinairement plus lucides sur les autres que sur leur propre destin : ainsi le Joueur, persuadé que la grand-mère, parce qu'elle est joueuse, ne peut que perdre !). On n'est prisonnier que de soi. Toujours est-il que Dostoïevski nous fait comprendre ce que Freud, plus tard, explicitera. L'illusion est un désir qui se prend pour une vérité – une espérance qui se prend pour une preuve.

La découverte n'est pas neuve, mais chacun doit la refaire pour son compte. Spinoza notait déjà que "nous sommes disposés de nature à croire facilement ce que nous espérons, difficilement ce dont nous avons peur, et à en faire respectivement trop ou trop peu de cas*." Et il ajoutait : "De là sont nées les superstitions par lesquelles les hommes sont partout dominés." Or Dostoïevski remarquait aussi, après tant d'autres, qu'il est presque impossible "de s'approcher d'une table de jeu sans être immédiatement contaminé par la superstition". C'est que l'espoir y règne en maître. "Mon seul espoir, c'est la roulette", dit d'abord Polina, et la voilà aussitôt persuadée de gagner. Puis c'est au tour de la grand-mère, qui se ruine : "obnubilée à nouveau par l'espoir, elle était condamnée". Enfin c'est le narrateur, qui pénètre dans le casino "avec une espérance si ferme" qu'il est sûr de gagner (ce soir-là, il gagne en effet) et tôt ou tard, comme le lecteur le devine très vite, condamné à se perdre... Le jeu donne la formule de la passion, de l'illusion, de l'espoir, et c'est la même. Il n'y a que le désir. Il n'y a que l'imagination. L'objet n'importe pas du tout. Cette femme ou une autre, la roulette ou la politique, l'argent ou l'amour... Ce n'est pas parce

* *Éthique*, III, scolie de la proposition 50.

qu'une chose est bonne que nous la désirons, expliquait Spinoza, c'est parce que nous la désirons que nous la jugeons bonne.* Cet abîme c'est l'homme, et c'est la passion. Pourquoi l'un désire-t-il les femmes, et telle femme (qui n'était pas son genre !), pourquoi l'autre désire-t-il le pouvoir ou la fortune, pourquoi l'un par le jeu et l'autre par le commerce, c'est ce que psychologues ou sociologues pourront expliquer – et les explications de Freud, certes discutables, valent bien les classifications toutes faites de Dostoïevski (le jeu pour les Russes, le commerce pour les Allemands, l'usure pour les Juifs, la vanité pour les Français…). Mais enfin chacun désire, et désire, non ce qui est bon ou vrai, mais ce qui lui plaît, le séduit ou le fascine, et qu'il va pour cela juger bon (c'est le cercle de la valeur) ou vrai (c'est le cercle de l'illusion). Du premier cercle, on ne peut sortir ; mais du second, si. De là ce roman désenchanté et terrible, où toute la vie n'est qu'un jeu ("un tour de roue, tout change"), mais un jeu, parce qu'il n'est pas le nôtre, auquel nous ne croyons pas ! Roman désillusionné, sur l'illusion. Dépassionné, sur la passion. Désespéré, sur l'espérance. C'est comme un lendemain de fête, *pendant* la fête. "Tout cela a fusé comme un rêve – même ma passion, et elle était pourtant si forte, si véritable… où donc est-elle passée maintenant ? Vraiment, maintenant, il s'en faut de peu que je ne me dise, comme dans un éclair : «Est-ce que je ne suis pas devenu fou à ce moment-là, peut-être suis-je resté tout le temps dans un asile, je ne sais pas, ou peut-être y suis-je encore maintenant, au point que tout cela n'a fait que me *sembler* et que, jusqu'à présent, il n'y a là que *semblance*…" Mais nous savons,

* *Ethique*, III, scolie de la proposition 9.

nous, que cette *semblance* est la vraie vie, ou ce qui en tient lieu. De même que chacun des personnages est lucide sur les autres (sauf quand il en est amoureux !), nous sommes lucides sur eux tous, et cette supériorité facile, que nous devons à Dostoïevski, a elle-même un goût de cendre : parce que la lucidité sur eux, court-circuitant notre aveuglement, nous renvoie à nos propres passions, à nos propres illusions, à nos propres espérances... Roulettenbourg, c'est le monde. Le casino, c'est la vie. *"Trente et un, rouge, impair et passe..."* Tout est affaire de chance, et la volonté elle-même, et l'amour, et le bonheur... Ce ne sont que "chiquenaudes absurdes du destin". Les surmonter ? Oui, si le destin le permet ou en décide. Qui se choisit soi ? Qui choisit sa volonté ? sa passion ? sa névrose ? Quelle loterie que la vie ! Les philosophes sont amusants, avec leur sagesse. C'est un chiffre qui sort comme un autre, et qui ne prouve que lui-même. Le temps est un enfant qui joue à la roulette : "Un tour de roue, tout change." Ou bien c'est un regard. Ou un livre. Ou une élection... *"Quatre, noir, pair et manque."* Tout change, rien ne change. *Eadem, sed aliter* : les même choses, mais autrement. Schopenhauer aimait cette maxime, et cela ne surprendra pas ceux qui aiment Schopenhauer. Quoi de plus désespérant que cette chaîne sans fin des espérances ? *Faites vos jeux, messieurs dames !* Et toute la vie se passe ainsi, jusqu'au grand *Rien ne va plus* de la mort, comme un croupier ultime, qui ramasse les jetons... *Impasse, perds et meurs.* "Demain, demain, tout sera fini !"

Reste la belle figure de l'Anglais, qui ne joue pas, qui peut-être n'espère rien, et qui semble aimer, même, au-delà de la passion. Dans les catégories de Kierkegaard, il exprimerait assez bien le stade éthique. C'est l'homme sérieux et fidèle, et pourtant point de ces "gens satisfaits, de ces bavards toujours prêts à vous lire leurs sentences" que le narrateur, et on le comprend, vomit. Celui-là est trop lucide pour être satisfait, trop désespéré pour être bavard.

Reste la femme de Dostoïevski, si douce, si patiente, si *dépassionnée*. C'est à elle qu'il dicta (en vingt-six jours !) *le Joueur*, et c'est elle, avec lui, qui dut le vivre… La littérature n'a jamais guéri personne.

Reste enfin Dostoïevski lui-même, qui quelques années plus tard cessera de jouer – mais ne verra plus que Dieu pour le sauver du désespoir.

"Dans toute vie, écrit François George, tôt ou tard, la croix émerge un jour du brouillard des illusions ; il ne nous reste alors qu'à la porter, à nous y tenir, et tant pis pour nous si nous n'avons pas la foi*." Tant pis ou tant mieux, puisque aussi bien la formule de l'illusion (croire vrai ce qu'on désire) est celle aussi de la foi. Qui voudrait d'un bonheur payé d'illusions ? Et que propose d'autre la religion ? "Il serait certes très beau, écrit Freud, qu'il y eût un Dieu créateur du monde et une Providence pleine de bonté, un ordre moral de l'univers et une vie future, mais il est cependant très curieux que tout cela soit exactement ce que nous pourrions nous souhaiter à nous-mêmes**." C'est toujours *Le Joueur* qui continue : la religion n'est qu'une martingale métaphysique. Dostoïevski a simplement changé de roulette.

Pour qui refuse ces espérances fantastiques, reste-t-il alors autre chose que le courage ? Sans doute pas, si l'on entend par là je ne sais quoi qui permettrait de s'en

La Traversée du désert de Mauriac, Calligrammes, 1990, p. 89.
** *L'Avenir d'une illusion*, VI, p. 47.

passer. Mais comment croire que le courage, toujours nécessaire, pourrait suffire ?

Alors quoi ?

"Toute notre félicité et notre misère, écrivait Spinoza, ne résident qu'en un seul point : à quelle sorte d'objet sommes-nous attachés par l'amour* ?" Je dirais plutôt, mais les deux questions se rejoignent : par quel type d'amour sommes-nous attachés à ce que nous aimons ? Et le mot même d'*attachement* convient-il encore ?

Après avoir relu ce roman désespérant, je me dis une nouvelle fois que ce qu'il faudrait, décidément, ce sont des amours détachées, comme un rire de petite fille, un envol d'oiseaux, ou, si parfois nous en sommes capables, comme un geste de pure générosité ou de pure joie, anonyme et presque sans objet (le prochain est n'importe qui : c'est ce que la charité sait très bien et que la passion ne peut jamais accepter). Un amour libéré de soi, et même de ce qu'il aime. Un amour sans passion, sans illusions, sans espérance. Un amour léger, un amour transparent : une pure lumière de joie, posée dessus le monde.

Le Joueur nous aide à comprendre pourquoi nous n'en sommes pas capables, ou ce qui nous en sépare.

Il y a toujours une petite bille qui tourne et qui nous fascine. Toujours de l'or sur la table. Toujours de l'espoir dans le cœur.

ANDRÉ COMTE-SPONVILLE

---

* *Traité de la réforme de l'entendement*, § 3 (Trad. Appuhn).

CHRONOLOGIE
DES ŒUVRES DE DOSTOÏEVSKI

Les Pauvres Gens, 1846.
Le Double, 1845-1846.
Un roman en neuf lettres, 1846.
Monsieur Prokhartchine, 1846.
La Logeuse, 1847.
Les Annales de Pétersbourg, 1847.
Polzounkov, 1848.
Un cœur faible, 1848.
La Femme d'un autre et le mari sous le lit, 1848.
Le Voleur honnête, 1848.
Un sapin de Noël et un mariage, 1848.
Les Nuits blanches, 1848.
Nétotchka Nezvanova, 1848-1849.
Le Petit Héros, 1849.
Le Rêve de l'oncle, 1855-1859.
Le Bourg de Stépantchikovo et sa population, 1859.
Humiliés et Offensés, 1861.
Les Carnets de la maison morte, 1860-1862.
Une sale histoire, 1862.
Notes d'hiver sur impressions d'été, 1863.
Les Carnets du sous-sol, 1864.
Le Crocodile, 1864.
Crime et Châtiment, 1866.
Le Joueur, 1866.
L'Idiot, 1868.
L'Éternel Mari, 1870.
Les Démons, 1871.
Journal de l'écrivain 1873 (récits inclus) :
I. "Bobok" ;
II. "Petites images" ;
III. "Le Quémandeur".
Petites images (En voyage), 1874.
L'Adolescent, 1874-1875.
Journal de l'écrivain 1876 (récits inclus) :
I. "Le Garçon «à la menotte»" ;
II. "Le Moujik Maréï" ;
III. "La Douce" ;
IV. "La Centenaire".
Journal de l'écrivain 1877 (récit inclus) :
"Le Rêve d'un homme ridicule".
Le Triton, 1878.
Les Frères Karamazov, 1880.
Discours sur Pouchkine, 1880.

TABLE

Le Joueur 5

Note du traducteur 211
Lecture : d'une passion l'autre 217

BABEL

Extrait du catalogue

8. TERRE D'ASILE
   Pierre Mertens

9. L'ANNÉE DE L'AMOUR
   Paul Nizon

10. LE GRAND NOCTURNE
    LES CERCLES DE L'ÉPOUVANTE
    Jean Ray

11. BRUGES-LA-MORTE
    Georges Rodenbach

12. LE BOURGMESTRE DE FURNES
    Georges Simenon

13. PEDIGREE
    Georges Simenon

14. ÉLÉONORE A DRESDE
    Hubert Nyssen

15. LES PAPIERS DE WALTER JONAS
    Baptiste-Marrey

16. TRIPES D'OR
    Fernand Crommelynck

17. NOUVELLES DU GRAND POSSIBLE
    Marcel Thiry

18. LA DRAISINE
    Carl-Henning Wijkmark

19. LA FEMME DE GILLES
    Madeleine Bourdouxhe

20. PORTRAIT DES VAUDOIS
    Jacques Chessex

21. L'OR ET LA SOIE
    Raymond Jean

22. C'EST MOI QUI SOULIGNE
    Nina Berberova

23. LE SOLEIL NI LA MORT
    Jacques Mercanton

24. L'ISMÉ
    Cilette Ofaire

25. REQUIEM POUR UN PAYSAN ESPAGNOL
    Ramón Sender

26. ALTESSES
    Eduard von Keyserling

27. TEMPO DI ROMA
    Alexis Curvers

28. UN ENDROIT OÙ ALLER
    Robert Penn Warren

29. DIABELLI
    Hermann Burger

30. UN MÂLE
    Camille Lemonnier

31. MAX HAVELAAR
    Multatuli

32. TRILOGIE NEW-YORKAISE
    Paul Auster

33. REQUIEM POUR TANTE DOMENICA
    Plinio Martini

Ouvrage réalisé
par l'atelier graphique Actes Sud.
Reproduit et achevé d'imprimer
en décembre 2016
par Normandie Roto Impression s.a.s.
61250 Lonrai
sur papier fabriqué à partir de bois provenant
de forêts gérées durablement (www.fsc.org)
pour le compte des éditions
Actes Sud
le Méjan
Place Nina-Berberova
13200 Arles.

Dépôt légal
1re édition : octobre 1991.
N° d'impression : 1605855.
(Imprimé en France)